自序

寂静与安然

记得有这么一句诗：默然相守，寂静欢喜。

不知是个性使然还是其他缘故，特别喜欢"寂静"这两个字，那是一种清冷的味道。一个人长久的孤独凝望后，寂静和安然是最好的安放。

习惯在桌上放一杯水，然后对着屏幕在黑白相隔的键盘上敲出一个一个的文字。一直觉得文字有一种特别的东西让人迷恋，我喜欢这种气息。这些年来，我似乎在不断尝试穿越自我设置的迷雾。虽然并没有因此而了解得清晰、透彻，但我喜欢这种状态，是文字给了我一个天地一个世界。一直生活在浙东南的沿海小镇，喜欢过一种安逸的生活。小镇有老街、小巷、河流、古桥。春天的时候，阳光从街两旁的香樟树上洒落下来，光影斑驳而细碎。树荫下，有人聊天，有人下棋，有人在擦鞋。过往的车辆从街道上驶过，坚实的轮子掠过街面，会撩起心头那一丝幸福和忧伤的感觉。这样的小镇，似水流年。

小镇每天上演许多故事，有些风景看得见，有些风景是看不见。我一个人在小镇的暮光里散步，发呆，思考，想念。或者拿一本书，靠在湖边一棵树上。树枝散发着淡淡的清香，鸟雀在啁啾，寂静的湖面因鸟叫而荡漾。一些声音来回穿梭着：花开的声音，水波回荡的响声，鱼儿贴在水面跃动的声音，还有一些怯生生的笑声。这些声音交织在一起，构成了一些美好的印记。而这些印记通过不断地扩展和延伸，就成了一个故事。小镇的一些人物，一些旧事，一些记忆，或者是一条街，一支巷，一座桥，一湾水，遇见、相守、分离，都成了笔下最好的布景。有些细节需静静地，慢慢地展开，才能感受其间的意蕴与丰厚的内涵。

喧嚣的都市，难得有一颗寂静安然的心。年岁渐长，剥去浮华，世事也疏淡了。越来越在乎和关注那些生命中最本真的东西，于人，于物，于事，于生活亦安然。写一些清清淡淡的文字，记录生活，记录心情，给我安静的生活注入一抹微光，亦带我进入一种虚无的状态，如诗、入梦。我想，这就是我所想要结果。

江南小镇的闲适时光

A Moment of Leisure in a Small Jiangnan Town

李鸿 / 著

当代世界出版社
THE CONTEMPORARY WORLD PRESS

图书在版编目（CIP）数据

江南小镇的闲适时光 / 李鸿著.—北京：当代世界出版社，2017.7
ISBN 978-7-5090-1218-5

Ⅰ.①江… Ⅱ.①李… Ⅲ.①散文集—中国—当代 Ⅳ.①I267

中国版本图书馆CIP数据核字（2017）第142626号

书　　名：	江南小镇的闲适时光
出版发行：	当代世界出版社
地　　址：	北京市复兴路4号（100860）
网　　址：	http://www.worldpress.org.cn
编务电话：	（010）83908456
发行电话：	（010）83908409
	（010）83908455
	（010）83908377
	（010）83908423（邮购）
	（010）83908410（传真）
经　　销：	全国新华书店
印　　刷：	北京天宇万达印刷有限公司
开　　本：	880毫米×1230毫米　1/32
印　　张：	9
字　　数：	220千字
版　　次：	2017年8月第1版
印　　次：	2017年8月第1次
书　　号：	ISBN 978-7-5090-1218-5
定　　价：	39.80元

如发现印装质量问题，请与承印厂联系调换。
版权所有，翻印必究，未经许可，不得转载！

目录

择一小镇，慢慢变老

江南小镇 _3　西街 _11　烟火味的柴片巷 _14　梵音寺的况味 _17　香樟树下的女孩 _21

渐行渐远 _25　我的江南 _29　春分 _34　三月烟雨 _36　擦鞋工 _38　三轮车夫 _42

岁月忽已晚 _45　印花棉布 _49　年少青衫薄 _52　女孩百合 _55　锦瑟 _58

小面馆 _60　照相馆 _64　教堂 _67　寂静的黄昏 _70　香生别院晚风微 _72　那一片海 _74

一山一水，一草一木，皆清欢

岁月静好 _81　春光里我坐在廊桥上 _83　廊桥的记忆 _86　一脉山水在乡间 _88

半山静时光 _93　碧色 _96　小停云馆 _98　人生若如初见 _101　一刹那 _103

芸草居里的女子 _105　秋意浓郁话茶寮 _108　去双庙看花 _111　遗失的爱情 _113

约吗 _115　三生石 _117　暮色炊烟 _120　雨夜里的鸟 _123　最后的手摇渡 _126

真味清欢 _130

此去经年，浮华世事陌上花

看病 _133　中医院里的慢时光 _137　归家 _140　乡野老屋 _143　庭院 _147

又见炊烟 _150　陌生的村庄 _154　斯人已远去 _157　一寸一寸老去 _163

母亲 _167　蒹葭苍苍　白露为霜 _170　荒岛 _172　冬天的石屋 _175　雪天偶遇 _177

天珠 _181　红糖茶 _183　街头歌手 _185　落日 _188　幽微写尽 _191　看海 _193

龙浦河的怀想 _197　上坟 _199　古城遇见诗人舒婷 _202

转身、遇见，繁花似锦

只为遇见 _207　纵情小芝山水间 _218　孤独的胜坑 _222　寻找牛尾塘 _227

一座叫阿拉尔的城 _230　姑苏城外寒山寺 _240　春天的一次行走 _243

湘西散记 _246　泰顺之行 _252　初访白岩山 _255　尤溪印象 _259

漓江的记忆 _265　风雅的灵湖 _268　漫步紫阳街 _270　婺源寻梦 _272

羊岩山上看风景 _274　一个人的行走 _278

择一小镇,慢慢变老

小镇的浅淡暮色里,大抵是清冷的模样,一本书,一杯茶,一缕时光,放慢思绪,静听花开!

江南小镇

壹

一个人对一些远去的事物总有许多描摹和回忆,尽管这些回忆是零碎的,缓慢的,却始终是真实的。

记得来到这个叫杜桥的小镇是春天的一个午后,阳光清朗而温暖。一个人拉着一个很大的包,走在小镇有些高低不平的路上。小镇的碎石路上,散发着一种神秘而莫测的幽亮。我新鲜而好奇地感受着这陌生的小镇。在我的感觉中,小镇就该像我在电影里看到过的许多美丽小镇一样,清新、自然、质朴,带着原生态的风情。所以,当我来到这个陌生的小镇时,我是兴奋的,期待的。我眼睛里充满了新鲜的光亮,我步履轻快地走在小镇的青石小巷里。鞋跟扣着长长的青石板,清冷而响亮。

接我的是一个比我大几岁的男子,穿一身当时流行的灰色中山装。看我一个人在车站的出口处,他微笑地走到我面前,叫着我的名字问:是你吗?我笑着答:是的。这一答一问消除了初次见面的紧张。他接过我的包,我跟着他,一前一后,穿过杂乱拥挤的车站,再穿过车流和人流,在一座木结构的老楼前。他告诉我:这是你现在居住的地方。

就这样被安放在这座之前与我没一点关系的木屋里,我竟有一种轻松和自由感。放下随身带来的行李,有点好奇地看着这幢陈旧的木屋:低矮的二层楼房,木窗木门的颜色深得微微发黑,有淡淡的霉味,木门上的铜环泛着幽暗的光;抬头看那木窗子的上方,翘起的檐角上,有着木匠巧手精心雕刻的花纹。落日的余晖透过花纹落在地上,留下斑驳的印记。在木楼与木楼中间有一把木梯,一脚踩上去,会有吱呀的声音。这声音在寂静的时候特别刺耳,以至我上楼时不得不放轻脚步。楼上住着三户人家,左边是一对刚结婚的年轻夫妇,据说两个人都在镇上的供销社上班;右边是同单位的一位大伯,住在靠里边的那个房间;我住楼梯口的那一间。推开二楼的门,是一间十几平米的小房间,收拾得干净、整洁。墙壁上插着两支有着细细枝茎的塑性太阳花,艳黄的花朵透着几分活泼,据说是单位领导叫人收拾好的。在当时,能拥有这样一个独立的空间,对于我来说还是挺满足的。

小镇不大，三十分钟就可以走完镇区的街巷角落。上班的地方离我居住的木楼不远，隔着几条巷和一条大街，十分钟就可到达。清晨，穿一袭布衫长裙，吃过早点后，喜欢一个人走过小巷。小巷悠长，让人想起戴望舒笔下的雨巷。春天的时候，巷内挂满细碎的小花朵，风一吹，落得人满头满身都是清香。偶尔会遇见小巷里闪出一两个娇俏的女孩，漆黑的眸子，瓷白的皮肤，羞涩地笑着，不说话也不打招呼，却有一种淡淡的暖意。

巷口转弯处是小镇的一所卫生院，门楼上绘着一个红色的十字，白色的墙体，黑色的瓦背。前院有一棵大樟树，树冠花伞一样，有人散漫地坐在樟树下打吊针。镇上就这么一所卫生院，小镇上的大人小孩病了，全在这里看病。卫生院里的医生、护士穿白大褂，端着白瓷盘，在小镇也算得上是个好职业。每次上班我都会经过这里，空气里飘荡着医院特有的来苏水味道，有时会听到小孩害怕打针的哭闹声。我不喜欢来苏水的味道，它让人想起卫生院及病人阴郁的呻吟声。一天下班路过，发现医院角落的太平间门口围着一堆人，一声凄凉的哭声划破小镇的上空，一位头发散乱的女子悲怆地哭喊着。一问才知道是一位叫小玉的姑娘因为爱情不顺，喝下了剧毒农药。她像朵凋谢的白花，静静地躺在医院的太平间里，任凭她母亲哭天喊地也唤不醒那双迷蒙的黑眼睛。一天一天，小镇上的生生死死在这卫生院的白色院墙里演绎着，而院墙外仍是热气腾腾的尘世生活。

贰

认识小桃，是在一个春天的黄昏。

直发、圆脸、大眼睛，穿一件猩红色的无袖背心，一条浅灰色的棉布长裙，头发削得又短又薄。远远地，她孤单而挺直地走在夕阳的背影里。擦肩而过时，竟有了微微的笑意。就因为这份笑意，我们有了一段不平常的友情。

一开始，我以为小桃是那种活泼热情的女孩，细细接触，才惊讶于她眉宇间的那分忧郁。原来，小桃和所有女孩一样，有着那种年龄特有的伤感和落寞。她话语不多，喜欢独来独往。一个人走在长长的小巷里，远远地就让人感觉到她的那份不同一般的清丽和雅致，她是那种有事不张扬，却极有底蕴的女孩子。

小桃是卫生院里的护士，刚从卫校毕业分配到卫生院，青春靓丽如同出尘的莲花。刚到医院时，每天有很多男生往她的科室跑，小桃总是微笑着保持距离。后来，大概是她的清冷吓退了那些男生，科室里就很少见到来闲逛的男生。对于我，小桃完全是另一种态度——她唤我姐姐，那神态特惹人怜爱。她的父母在镇上园林管理处上班，对花草的热爱，胜于一般人。她家的庭院里有月季、瑞香、山茶、白玉兰、紫玉兰、琼花、杜鹃、牵牛花，春天一到，简直就像一个花园，色彩缤纷，争奇斗艳。小桃知道我喜欢月季花，每次碰面，总从自家的院子里摘一朵红月季，或鲜艳欲滴，或含苞待放，看到我，伸手一招，那藏于掌中透着清香的紫红月季，便呈现在我的面前。一次、两次，一朵、两朵，红月季越来越多。后来，我用一根细细的线儿把一朵朵红月季，穿成一个特大的花球,高高地挂在我卧室的窗前。当微风吹过,那红月季便散发出一种令人心醉的清香。

夏天的夜晚,天气又热又闷,小巷到处是谈天说地的人。人们拖着木屐,摇着纸扇,来回不停地穿梭在巷弄之间,把一向宁静的小巷弄得喧嚣无比。我立于门前,等候小桃从卫生院下班后骑着单车过来找我。小桃有一辆蓝色单车,这在当时是很惹人注目的。我喜欢和她共骑一辆车。夏夜里,我们沿着小镇那条林荫大道一直往前骑。风吹起,小桃的黑发和裙裾在夜色中飞扬。每次她踏车,我就坐在后车架上。她把车骑得又快又稳,我轻轻地贴在小桃的后背,一同感受着飞车的那份惬意和轻快。一路上,那呼啸的风声和我们年轻的笑声随意地洒落在小镇的每一个角落里。周末时会和小桃一起坐在小巷的宅院里聊天,声音低低且柔和,如同黄昏里的光线。我们一边吃着新鲜的毛豆,一边聊一些各自单位里的杂事。风,微微;光,淡淡,把我们的影子打在地上,像一张年画,特别轻甜诗意。

小镇的西边有一条河,河面不宽,河水却清澈无比。赤热炎夏之际,小镇的男男女女都放逐地把自己交给河水。我和小桃坐在河岸边,看如织的游人,看涌动的河水。我不会游泳,更不敢下水去,小桃却不一样。她在水里就像一条鱼,游来窜去,时而用手拍得河水四溅,时而仰面躺在水上,如漂浮的精灵。偶尔,在小桃极力劝说下,我会拿一个长形气垫,放在水面上,然后静静地躺着,让河水托着我,和小桃一起漂来荡去。

那段日子,我和小桃因这份纯真的友谊变得充实和亮丽,一个人的日子也不觉孤单。没多久,小桃要去另一个城市工作了,一段深深的友情就这样生生地隔开了。记得临走的那个晚上,我们静静地站在小巷里,飘着细雨的夜已有些许凉意。我们谁也不愿意先开口说别离,沿着小巷我们一直一直走,直到夜色深深。小桃骑车走了,我仍伫立在巷口。直到后来我听到小桃在夜色里的传来的声音,她说:我会想你,想你的!那一串余音一直印在我的脑子里。

叁

雪小禅说:今生住在小镇,是一种福气。想着自己就住在这样的小镇里:深深的巷,旧旧的街,斑驳的老墙,自由延伸的绿篱,还有长满花草的院落,那么安然,那么和谐。走在其中,安静而又空灵,心中满是欢喜。

我所居住的小镇,阳光饱满,雨水充沛,空气中有花的香郁和草木的清新。推窗看去,春天的阳光,正从对面屋顶的亮瓦下倾泻而来,温暖而明亮。一只鸟在庭院里自由觅食。我注视着鸟的羽毛,素色轻薄而灵动,在光线的照射下,显得特别宁静和温柔。喜欢小镇这一刻的幽静。大凡这时候,多半会搬把木椅,泡一壶茶,把所有的俗事关在门外,然后安静地等待,等待心灵澄净,等待一种声音的贴近——比如花草开放的声音,细细的,碎碎的,犹如一层层薄浪追逐着摇曳着绵延着,最终遗失在这静与动的喧哗里,不知身在何处。

小镇给人的感觉总是安详而闲适。它的格局类似于井字型,二横二纵的四条道路,中间的巷陌摇曳着伸展开来。青石小路、木质楼房、石头窗花、白墙黑瓦,就像是一幅水墨画。两侧斑驳的墙壁挂满葱绿

的青藤，偶尔会有几声清脆的鸟鸣在清晨薄雾中婉转啼鸣。一个人，可以走，可以停，也可以再走再停。没有更多的声音，长长的巷子幽静得能听见自己的呼吸声。遇到个挑着担子老伯，肯定是卖酒酿，对襟的灰衣灰裤，吆喝声长长的，在小巷里飘来荡去。

生活在小镇的人们大多是安逸的、闲适的。他们守着自己的家园，平淡的眼神，素朴的衣衫，缓慢的步伐。路过某个院落，会发现里边的人，或坐在旧式的藤椅上打着毛线，或坐在庭院的一角剥着清嫩的豆荚，或用木桶在水井里打水，时光在这里变得缓慢而从容。这里没有特别浓郁的商业气息，却保持着传统的生活方式。那些从田野里收割回来的农作物被置放在庭院的一角，豆秆、棉花秆、小麦秆，以及丝瓜、南瓜，安静地融合在一起，淡淡地散发着植物的清香。人们善良，热情，没有争吵，没有喧哗，只有岁月沉淀后营造出来的质朴和气度。

清闲的日子，在小镇的古桥石阶走走。桥是那种拱形的石桥，有些年代了。桥面略有破损，但并不影响人们的视线，反而有种年老的沧桑。桥下的流水虽没有以前的清澈，但桥边的绿树、花草，连带着水里丛生的水草，掩映得桥下水碧碧的。古桥那么苍老。临水一排木屋，窗子半遮半开着。那飘逸的纱窗，偶尔会让人想起什么。有人蹲在河边，一柄鱼竿，自得其乐。那些骑自行车的年轻人三三两两地从桥头半拖着车子上来，偶尔响起铃声和笑声，清脆而生动。

夜晚，小镇的步行街灯火通明。这里充满烟火味，几个铺子里堆着各种各样的首饰，彩巾、胭脂、发夹……都是时兴的小玩意，看上去五彩斑斓的，给人一种喜气和热闹的感觉。穿过起伏的人群，便是小镇的图书馆——那是让人流连的去处。白色的建筑充满梦幻，楼里装满了旧书和新书。那种书香的味道让人迷恋。晕黄的灯光下，手执一书，让自己一点一点地沉进去，然后慢慢地溢出欢喜。

"南方有嘉木"，这是诗经里的话，很美，亦很动人，而我所在的小镇也同样有这种不动声色的美。它充满了无限的况味，不豪华，不张扬，也不让我感觉到喧嚣和杂乱，它的气息它的格调与我如此兼容。我想，在这样的小镇里生活，是一种奢侈，也是一种幸福！

西街

如果用一种色泽来形容老街的话，我想我会选择青灰色。有特色的老街在小镇并不多，唯有西街一直存在于杜桥中心地带。杜桥属浙东南的一个滨海小镇。灰色的瓦、青灰色的砖、老旧的窗格、古朴的窗花、微微翘起的檐角，以及那些大小不一的水泥石，在温热的阳光照射下，闪烁着一种神秘的幽亮。

老街不同于现代建筑物的华丽，总以一种久远建筑体系和岁月老旧的印记，发出一种旧时光的色泽。我喜欢西街这种接地气的街市，不动声色却特别有味道。杜桥建城区面积不大，新区的街道纵横交错，宽敞而喧嚣，唯有西街依旧保持着一份旧口的印记。去西街的心境和平常走在车水马龙大街上是不一样，每一次走进西街，心会微荡着闲适和轻盈。顺着青石路面，闲闲地走过，有一种散淡和舒缓。西街不长，五百多米，两边的房屋挨得特别的近。抬头看天空，窄得只见一方浅浅的蓝。脚下的石板路，虽有一点沧桑感，却早已没有想象中凄美意象。那些苍绿的青苔在墙缝间幽幽生长着。老房子大多是两层木结构，下面那层基本上是那种门板可以卸掉的店面房。木质的门板和窗大多被风雨冲洗得沟壑纵生，看上去就像是一幅陈旧的版画。那些年老的人悠闲地坐在两旁的石阶上，抽着烟有一句没一句地闲谈着。燃起的烟灰长长的，也不急着去掸落。忽明忽暗的烟火在老人的手指间亮灭着，那悠悠的姿态跟老街周边缓慢的节奏倒是相得益彰。

从街首到街尾，几分钟就可以走过。临街的铺子一个挨着一个，那些几乎消失的老行当，在这条不长的老街上比比皆是：打银器的、修手表的、钉秤的、打蜡镬的、做裁缝的、做扁担的、编竹篮花圈的、补鞋的……一个店铺一种风格，有一种旧时光的缓慢和宁静。每个人低头专注地做着自己手上的活计，尽管外面的世界繁杂而喧嚣，他们仍安心地守候着这份静。老街的居民背着手，悠闲地往来着，偶尔有人会驻足摊前，把一些清冷黯淡的银圈银项链交给师傅打理。完工后的银饰晶亮亮的，泛着一种手工打磨后璀璨的光泽。不远处还夹有一些买杂货的老奶奶，头发花白却慈眉善目。掀开杂货上的蓝印花布，

卖一些并不鲜亮的针线纽扣以及小孩子穿的连体裤，手工绣的虎头鞋。而坐在店铺里的那些年轻媳妇，白白的皮肤、大大的眼睛，摊前全是首饰、胭脂、水粉，隔老远就闻到淡淡的香。偶尔也会从街首飘过一个时尚的年轻人，钉着耳钉，拖着木屐，张扬着穿街而过。

每逢传统集市日，西街两边摆放着大多是传统的木质用品，这是老街的特色，木凳、木椅、木桶、木桌，还有一些女孩出嫁时的一些木器，都可以在这里找到。从各个乡镇过来赶集的人，聚集在这条窄窄的老街上。西街的集市热闹接地气，那种质朴未经雕饰的气息在老街的集市上弥漫着。拥挤的人群中，有父母带着女儿的，也有结伴同来的闺蜜们。他们精心地挑选陪嫁时的必需品，看到欢喜的物品，偶尔会发出会心的笑。一套木制的手工洗脸盆、洗脚盆、粉桶、盘子等，需要上千元。女孩子们毫不吝啬，说说笑笑谈妥生意，然后拉车装载回家，这是女孩子这辈子的嫁妆和幸福。

除去集市日外，西街大部分时间是缓慢、闲适的。居民守着属于自己的老街，安静平淡地一天一天生活着。临街的铺子一天复一天地开着门，生意或忙碌或清淡，并不影响人们的心情。去西街，更多的是心境。转转悠悠，心深处就会衍生出一种别样的情愫。

烟火味的柴爿巷

如果把老街比作是一颗跳动的心脏,那么小巷就是它的脉络。小巷,有长有短,有曲有直。现代人赋予小巷的大多是一些浪漫、寂寥、轻淡的词语,所以小巷在人们的眼里是诗意的,灵动的。

杜桥有许多条小巷,比如:长青巷、缸炭巷、卖鸡巷、青云巷、柴爿巷等等。它们就如同站在街区的一个个符号,阡陌纵横却又各自发挥着作用。在杜桥住了好几年,却并不熟悉每一条小巷。太多的小巷总让我有些模糊,唯有这条叫"柴爿巷"的小巷,清晰而又让我充满情感。

那时刚参加工作,青涩的年龄,一个人来到这个陌生的小镇,心里满是诗画般的感觉,觉得住在这样一条深深的巷子里,是一种惬意的生活。尽管,这木楼的窗户和木门,老旧得风一吹都会发出吱呀声,而且又没有自来水,没有卫生间,洗一次脸要去对面的水井里自己用木桶打水,可我还是无比欢喜地住了下来,就因为身边有这么一条幽长的小巷。

早晨起来,推开那扇木窗,便看到巷对面的青砖墙上爬满了绿色的植物,一帘清幽。屋角的空地上,那些枝枝蔓蔓的藤条用深浅不一的绿,温柔地纠缠在一起。这所有的一切让我由衷地喜欢着。远处,青山隐隐；近处，石板清凉。置身在这样的小巷，总给人一种幽寂和安静。也正因为这份寂静，我甘心把自己交给这条小巷。白天，一袭布衫，穿巷而过。夜晚，一个人，一杯茶，然后打开手中的线装书，安静地看起来。有时什么也不去想，就看月光从窗棂间轻巧折射过来，皎洁、清亮。一旦摒弃杂念，听觉也会变得清灵起来。这样的夜，任谁也不打扰。浴着淡淡的光，感受这小巷天籁般的声息。

在柴爿巷一住就是三年，住在边上的全是小镇的居民。一开始，不太与他们往来，日子久了，慢慢地变得密切和融洽起来。进进出出总是忘不了招呼，邻居大婶会微笑着问我："上班去啊？"买大饼的阿姨也会笑容满面跟着打招呼，特别有人情味。张嫂是开豆腐店的，娇小、秀丽。一大早，小巷里飘荡着豆腐花的鲜味儿。喜欢上班前去她的小店里喝一碗豆腐花，张嫂总是给我满满的一碗。白嫩嫩豆腐花里，加一勺剁得细碎的榨菜丝和碧绿的小葱花。轻缀一口，味儿鲜美极了。巷口的煤炭炉上，不知谁家的水开了，水气不停地冒出来，突突的响声很惊人。路过的张伯一定会大声地喊主人，并告诉他水烧开了。

临近黄昏，炊烟在小巷的瓦楞上升起。陈年麦秆和棉秆的气味四处弥漫着，暮光抹在屋顶上，有阵阵暖意。隔壁的阿婆坐在藤椅上，嗑南瓜子在闲聊。夜色暗下来时，一台黑白的电视机摆放在门口，成了小巷的小影院。吃过晚饭，大家围坐在巷口，搬凳子的，提茶壶的，摇着蒲扇、拖着木屐，看《水浒传》《新白娘子传奇》，动情处唏嘘不已。

生活在小巷里,有着接地气的烟火味,日子就这样优哉游哉地过着，也不觉得清寂。住久了，那份情也越来越浓厚。一天,因为工作的需要，我搬离了这条小巷。柴爿巷那些或深或浅或浓或淡的故事，就像一根长长的线,总在某些时候生生地扯着我的思绪,让我在时光中回味不已。四月的一天,重回了一次小巷。站在巷口探头张望时,那些远去的日子如光影般在脑中闪过——小巷还是那条小巷,却早就没有往日的喧哗。屋子旧了,门斑驳了。时光染过门楣,门环磨得发亮。小巷清冷冷的,据说这条巷是旧城改造的对象,好多人搬离了。此时的柴爿巷一片静寂。从草食巷口走过,一位老人坐在门口,蓝衣蓝裤,一头白发,安详地坐着,似乎在等待什么。我从她跟前走过,她竟然微笑了一下。阳光打在她那菊花般的脸上,就像一幅油画。我不认识这位老人,但是老人的微笑却一下子打动了我,就像是一部时光机。她端坐在巷子里,笑容里储满了旧时光的苔藓。

梵音寺的况味

暮春的一个午后,空气里弥漫着淡淡的花香,朋友约我去梵音寺喝茶。很少想到去寺院里喝茶,友人说,那是一个雅致宁静的地方,去了一定会喜欢的。我半信半疑,随友人一同去了。

梵音寺坐落在椒江北洋村,是清朝乾隆年间一个叫扁舟和尚所建的。当时叫大悲禅院,后来改名为梵音寺。开车出镇区不远就能看到它。寺院一般都是依山而建,但梵音寺不同,安静且略显孤单地建在村落乡野之中,明黄的院墙把整座寺院和乡野隔断开来。院内殿堂精舍,梵音缭绕;院外麦浪、果蔬、花草、微风、河流、村庄。远远望去,在自然乡野的衬托下,如同笼在轻纱里的梦境。

刚到寺院,就见一穿灰色长衫的师父迎在门口,面容喜乐,软鞋轻履,手持佛珠。他轻念了一声"阿弥陀佛",把我们领进梵音寺的第一重山门。一进佛门,就落入了另一个天地,在我眼前是佛像慈眉善目的微笑。这些形象各异、姿态万千的佛像,或拈花微笑,或轻甩拂尘,或一脸洁净端坐在莲花座上。对于每一位客人,他们都报以同样微笑。我知道在佛的眼里,我们只不过是俗世里的一粒微尘,他们布施的笑容都是毫不吝啬的。师父是个有心人,他说今天是浴佛节,让我随喜参加。在盛满鲜花的水池边,我虔诚地浇上三勺,但愿能增长福慧。随后,师父在前面领路,脚步轻轻。灰色的僧袍,衣袂飘飘。说实话,一进寺院我就喜欢上这里别具一格的清雅和宁静，雕花的窗棂，镂空的格子门，长满花草的石阶，几株修长清朗的紫竹，幽然淡雅的沉香，以及檐角上若有若无的风铃声……这所有的一切，都有着一种寺院幽静苍远的意态。我虽没有一颗出世的心，但面对这一份宁静，还真愿意自己是佛前的一朵莲花。师父带我们进了客房。客房里的装置让我颇为吃惊，古琴、书法、茶坐、书室、木格、花窗、榻榻米、古旧的瓷器，一看就有着浓郁的禅院书味。室内有书桌，桌上有笔墨纸砚。友人是个偏爱淡墨之人，于是提笔勾画一"禅"字，淡然之中亦有浓意。

雅室里，我和友人坐定，师父开始为我们泡茶。有曼妙的音律从庙角的音响里飞出，听不清歌里的词音，却感觉得到那旋律有一种初春的轻盈，更有一种禅意的清远，茫茫的心在这一刻变得安静下来。师父熟练地把茶淋在茶壶上，烫壶、洗杯、泡茶，手法娴熟，神态怡然。没多久，一杯红茶就泡好了。白瓷杯上茶水微亮，漾着淡淡的茶香。桌上，一炉檀香袅袅升起，香味幽幽地飘散着。师父脸上有着一种出世的淡然，我们悠然喝着茶，聊着红尘俗事。师父法号"释达果"，宁海人，十三岁出家，至今修行已有十七八年了。他说一个人的佛缘似乎是注定的，也不知为什么，四五岁时就想着出家，那时做梦都会梦见自己是个出家人，其实还不懂出家是什么概念，冥冥之中就想念着，煮茶、抚琴、诵经、念佛，一碗稠粥一碗茶，闲坐佛堂听落花。看着师父，一脸淡然，这让我很惊讶。虽然他比我小很多，但那份超脱和安静的样子，还真有慧根。师父说：人生的苦和乐，都来源于自己的内心，心是苦的，人生便如苦海无边；心是甜的，人生处处都是曼妙的风景！是啊，人生路上自有况味，就看你自己怎样去体味了。

喝完茶，师父带我们来到后面的长廊上。木质护栏，檐角上风铃

叮当,已是暮春季节,空气清新甜润。站在走廊上,触目而来的是一片泛着葱绿的植物——田里的油菜花早已结籽,葡萄架上的藤条恣意蔓延着,那些四处生长的花草,在阳光下清丽烂漫地摇曳着。河道、田埂,阡陌交错,好一派恬淡的田园风光。不远处有一片竹林,奇怪的是竹林凌空在河中间生长着,就像是浮于水面的一片绿洲。没有通往竹林的道路,四面都是水。我不明白这竹林是怎样生长起来的,问师父,师父笑而不语,说这里有个神秘的传说,留着下次讲个故事给我们听。说话间,我看到了一群群飞鸟,叽叽喳喳地飞旋着。庭院、走廊、枝条、竹林,全是它们的身影。我从没看到有如此多的鸟儿,也从没听到如此气势宏大的鸟鸣声。它们模样俊俏,玲珑娇少,敏捷地在草木间、屋脊上、枝条上跃动。莫非这些鸟儿在佛法的润泽下,早已充满灵性,连同殿堂里的一草一木、一花一叶,都成全了一颗欢喜心?从长廊上下来后,我们来到了后院。墙边的金银花和紫茉莉正开着花儿,一白一紫,香气漫漫。我不知道茉莉花有紫色的,在我的印象里,茉莉花都是白色的,但是眼前的紫茉莉却让我惊讶。我用手轻抚而过，紫色的花瓣在风中微晃着，叶片上缀满一些不知从哪儿来的小水珠，特别可爱。庭院里还有一棵百年枣树。树身斑斑驳驳，有的还皲裂着，枝头上却长着翠绿的叶子。师父说明年秋天这树上就会有结很多枣子，真诚地邀请我们明年过来吃枣子。

　　不知不觉间，一个下午就这样悄然而过，品茶、观花、谈天，过了一个最本真的下午。夕阳西下，达果师父手持念珠，双手合十，站在明黄的墙院边与我们作别。远处，不知是谁敲响了寺院里的钟声，有一种与都市喧嚣不同的空寂和清凉。回望山墙边的师父，小小的年纪，却一脸淡然，眼光纯净。有风吹落花瓣，一片一片飘散开来。突然觉得自己总为俗事忙忙碌碌，如果懂得放下和舍弃，是不是一切都会变得更加清朗起来呢？

香樟树下的女孩

街角，香樟树下，她仰着脸，香樟花飘下来，纷纷落在她的脸上。那一刻，很美。她是这条街上唯一会弹吉他的女孩，从来都是一个人。背一把吉他，一个人进去，出来，然后又进去，又出来。

我和她年龄相仿，喜欢穿长裙、白衬衫，神情相似，远远看过来，似一朵双生的花。黄昏降临时，香樟的幽香在弥漫。我们背靠着背，唱着许巍的《蓝莲花》。歌声飘过夜幕，一些情绪借着夜色，慢慢地往上抽枝，生长。

江南的小镇，街道上全是香樟树。枝枝丫丫上开着黄灿灿的花朵，风一吹，簌簌飘落。一天，她从街角的香樟树下闪出，说要去看看外面的世界，一辈子窝在小镇太没出息了。父母劝不住，朋友也劝不住，一袭长裙的她，攥着五百元钱，固执地开始闯外面的世界。

很长很长的一段日子，都没有她的一点消息。街角的香樟花开了又开，我以为她就这样在我的生活中消失了，常常一个人对着香樟树久久地凝望，那些米粒般的香樟花被风吹落过一阵一阵。十几年的时间在花开花落中安然而过，后来就渐渐地淡了，去香樟树下的时间也越来越少。每天穿梭在喧嚣的人群中，上班，下班，井然有序地过着我的平淡的日子。

　　几天前的一个晚上,小镇的街头清冷冷的。我正准备回家时,却收到一个短信:姐,很多年没见,我回家了,晚上有空吗?然后是那个熟悉的名字。我盯着这个名字好久好久,直到确信就是她时,才惊喜而慌乱地回了信息,约好时间。她发来信息说:我在街角的香樟树下等你。这简简单单的几个字,让我惊了又惊,倏然记起有多久没抬头看看身边的树木花草了。香樟树,曾经是一个多么熟悉的名字和美好的地方,却在不知不觉中被遗忘了。今晚,一声呼唤,一条短信,那些往事缤纷落于脚尖。忽然间,心如一波池水荡漾开来。那个女孩,那些香樟,其实一直住在内心深处。就这么一声轻唤,心里便柔软地闪出她们娇俏的身影。

　　小镇春夜,没有白天的喧嚣,变得寂静而清冷。穿过街角,那些香樟树仍立于此,枝头的花朵,如点点繁星。举手抬头间,香息飞蛾一般,在鼻翼间来回撞击。隔着行道树的光影,我看到多年未见的她站在香樟树下,一身黑衣,一条红白格子围巾,依然秀丽清雅。我唤她,然后她轻快地穿过树的空隙走过来。我们面对面站着，没有拥抱也没有牵手，只是相视微笑着。那微笑缩小了我们曾经的距离，中间那一段长长的空间不见了。曾经的一切在一瞬间复活了，我似乎又看到我们一起坐在那棵香樟树下摇头唱歌的样子。这一刻，我们会心地笑了。其实有些人不管多少年未见，也不管和你隔着多少距离，只要面对面站一会，依然会感觉到曾经的那分亲近。因为，一切都在时间里。

香樟树下，我们像多年前一样仰脸站着，有花瓣从空中飘落。忽然间，世界温静有情起来。光影中，她的脸有点苍白。这么多年没见，有些话无从开口，我们只是不停地望着那星星点点的花蕾，直到她微抬手。看到她纤细的手指时，我说了一句："你好瘦哦！"她突然伤感起来，肩膀不自觉地耸动了一下。就这一下，我看到她内心的脆弱和隐忍，不是所有的故事都苍白无力的。这瞬间似乎找到了一个出口，她竟滔滔不绝起来，说她一个人在外面，举目无亲。十几年，一个人拼着扛着，真的好累。十九岁去深圳，在那个陌生的城市一待就是这么多年，比从小生活的小镇都要久，这其中的艰辛只有自己才懂。她说二十四岁结婚，三十岁离婚，然后一直单身到现在。她的声音不再是小镇的乡音，一口纯真的普通话，缓缓的有质感的，在这个夜色里安静地飘出来。我看着这个女孩，脸上隐着这一路走过来的悲喜，岁月的点点针脚早已让她变得世故而沧桑。不知不觉间，话匣子打开了，我们便细细地说起来。青葱旧事、别后的境遇便如那缺口的河堤，汩汩地流了出来。都说有些情一旦说开了，就会自在地流泻出来。这些年来，我始终在小镇温暖如故地生活着，她却孤身在一个陌生的城市生活，这不是一般人能体会到的。她说有一段时间得了抑郁症，悲观，多疑，没信心，对什么都没激情。灯光下，她的脸因说话而略略微红，可能是很长时间没有找到诉说的对象了，她一直在说着自己的故事。大雨天，在深圳的酒吧里，喝酒，胡侃，醉得不省人事，会大哭。那时候特别想家，特别想念街角的香樟树。有好几次感觉撑不下去了，第二天醒来后，还是一切如旧。最热闹最拥挤的场合，其实内心一片清冷。她一直没有停止她的叙述，而此刻我的内心一片疼痛，在时间的洪流里，这些故事和眼泪不知在叹息中辗转了多少次。

所有的往事在温过后变得浓稠起来。那一晚，香樟树下她说了好多好多的话，红尘是拥挤的，又是寂寞的。我其实很想对她说：回来就好！回来就好！小镇依然是你的小镇，香樟树的温暖一直都在。但我没有说，我知道她懂得自己的选择。

起身告别时，已是夜色深深，牵手走出，灯光把我们拉成一道长长的影子。

渐行渐远

这些天，常常想起那个小镇，那个让我成长的小镇。在无法翻越的梦境里，常常有这样的画面：古老的石板街，木质的楼房，还有那条泛着波光的湖水，每次在梦中由远而近地荡漾着。醒来后，总有一些说不上来的伤感。我想起了我的童年和少年，羞涩的眼睛从小城天空掠过，温热的阳光从高而密的城市街景树中直照过来，不仅让人有些恍惚，还有一种说不出的忧伤。

一直记得那年十四岁，梳着长长的辫子，穿一件碎花的布衣长裙，从小城来到小镇。坐了整整一上午的长途汽车，被妈妈送到外婆居住的小镇。小镇没有小城的繁华，却有着一种说不出的清新和明丽。喜欢这个小镇，不仅有外婆的疼爱，更有风中浓郁的花香，小镇的天空美得让人有些晕眩，那一片一片浮动的云彩，像空中的飞鸟。我喜欢这种无拘的生活，原以为妈妈把我扔给外婆，自己会很伤感，却没想到，小镇的清幽和阳光，让我一下子觉得这就是我所要的理想地方。

外婆的木屋，前面临街后面傍水，是那种江南水乡的景致。喜欢坐在窗口，静静地看小街上穿梭的各种人物。特别是小镇上的女人，温婉的笑容里波澜不惊，有一种独特的小镇韵味，这种韵味写在女人们的脸上，体现在她们的举手投足间，让人疑在梦中。而屋后的河水，幽远而绵长，吱吱嘎嘎的摇橹声似一首无语的歌。喜欢一个人沿着小街静静地走。夏日的阳光把小镇的清石板烤得吱吱作响,那种爆裂的声音,是压抑后的释放。小镇的转弯处有一块空地,每次路过总被这里的花草树木所感动——这里不同于城市的公园,也没有精致的名贵花草,却有着硕大叶子的南瓜藤,依附在周围的一些物体攀延而上。嫩绿的叶子宽大张扬地重叠在一起,金色的花朵从叶子中间伸张出来,大朵大朵地绽放着,鲜艳而不浮夸,灿烂而不妖娆。看过许多漂亮的花,却不知这些金色的南瓜花也会如此美艳。

原以为在小镇的阳光和花朵中,我会愉快地生活着,然而,一个黄昏,和我相伴多年的外婆突然离世了。我一下子从幸福的生活中坠落下来,我不明白人生为什么会在一刹那就人事全非。一转首,一回眸,就阴阳相隔。其实外婆的年龄不是很大,只有六十多岁,但她却像一盏亮灭的油灯,在一个夜晚悄悄地去了。目睹外婆一个人孤独地躺在木板铺垫起来的床上,曾经红润的脸上此时却是灰暗无比。我想不出外婆在另一个世界里的内心景象,此时的外婆就像一片沉睡的沙漠,再也不能滋生情感和思想。面对一些无法逆转的选择,我望着遥远的夜空,只能在心里说:外婆安息,安息外婆。从此,我被妈妈带回小城后就没去过小镇。

这些日子来,小镇就像一面清澈而宁静的湖,不停地在我的眼前衍变着,那渐远渐近的背影中,我似乎闻到了那种特殊的味儿。那一刻,我有一种冲动,一种在心中纠结很久的冲动,突然想回去看看,那个让我成长的小镇。

五月的一个早晨,栀子花浓郁的香气随风飘了过来,穿一件白色蕾丝花边的衬衣,一条橙色的丝绸长裙,背一个双肩黑包,我缓慢而又轻盈地走在小镇的街上。小镇仍是印象中的小镇,静悄悄清幽幽的,似一个未醒的梦。小镇的木房仍是那种厚重的黑色瓦脊,凹凸不平的青石板显得古朴而又沉稳。弯弯的桥体像弓一样俯贴在水面上,有人挑着水灵灵的菜从桥上走过。小镇的街道不宽,两边的房屋让小镇的天空变成一条窄窄的长形。有上了年纪的阿婆,坐在门口的台阶上。前面是一张方桌,几样茶点,几杯黑色的凉草糊,一些微薄的收入让她们的脸上有一种喜悦。记得以前这条小街有许多店铺,不知为什么,现在全没了,唯有那个绣荷包的老店仍在,门口悬挂着传统的鸳鸯图案,一眼望去有着古朴的质感。柜台上一柱檀香,袅袅升腾着。有几位妇人,拉扯着彩色丝线,在紧绷的锦帛上,密密地穿行着,绣出花儿一如枝头的鲜花。

一直往前走,小镇给我的感觉,就像躺在一只小船里,悠悠地飘荡着。这里找不到高大宽敞的建筑群,经典的木质楼房被绿篱花草掩映着,像是到了一个远离尘世的桃花源。那种漂浮的思绪在这个小镇里此刻变得宁静起来,某种符合心境的东西在我的心里渐渐地弥漫开来。我忽然感觉到一丝温暖,尽管岁月变迁,时光飞逝,但我心中的小镇仍以不变的姿态保持着她的那份质朴和典雅。在外婆的木楼前,我看见一把有着锈迹的大锁,这么久了,没人打开过这间木楼,冷冷的大锁有些寂寞地挂在木门上。我从包里拿出钥匙轻轻地转动,"啪"的一声,锁打开了,木门吱呀一声被我推开。很久没人住了,屋子里有些霉味。久置的尘埃在突然的惊动声中,四处翻飞着。外婆的那张黑白照仍静静地挂在墙壁上,伸出手掸去镜框上的灰尘,外婆的脸一下子明朗了许多。

终于让我有静静守候的时光了。这个渐远渐行的小镇,此时就在我的身边，袭着淡淡的夜色。怀着千缕情思，我躺在那张古旧的花木床上，重温着我年少的梦。我想起张扬的南瓜花，以及石墙上的片片薄绿，想起了屋后那条潺潺流动的河水，不知不觉中就睡着了。后来做了一个梦，梦见自己一个人走在街上，穿高跟鞋，打一把花雨伞。清脆的足音敲击着青石板，雨水顺着伞骨一串一串地滴落下来。梦醒后，心还在恍惚与现实中飘摇。一股湿漉漉的凉风，从窗外飘进，心在夜梦中感受到一点温凉。

在小镇过了几天惬意的生活，又重回喧哗的城市。也不知什么时候会再来小镇，但小镇那份遗世而独立的清幽，不管经过多少年，我都会记着。红尘俗世中会有许多无言的伤情故事，但这渐行渐远的小镇会是我故事中一道移动的风景。

我的江南

壹.江南

我的江南,微雨淡墨。

此刻,站在湖边,冷峭的寒意已悄悄解冻,春,在不经意中来了。喜欢这样的季节,一帘微雨,杏花初开。柳枝在春风里涤荡回转,远山近水,村落小院。采桑的女子挽着竹篮,着青衫,裹头巾,在细雨中踏歌而来。江南的雨,细绵如银针,侧耳也难辨其声,伸手却能感觉到凉凉的湿润。这样的雨,一派轻浅却水意葱茏。

三月的日子,花草树木开始渐变,蔓延而来的色泽漫过心坎,浸透着别样的风情。一湖春水,几朵春花,让此时的乡野寂寥而幽静。沿着湖边,一个人慢慢走过,这份淡雅,这份静谧,有着江南特有的格调。微雨后的湖边,那些陈旧的枯草从褶皱里伸到外层,露出一点一点新绿。那绿是透着心透着肺的绿,薄薄的,莹莹的,直撩得人春意朦胧。水是初春的水,看一眼心就乱乱的。"风乍起,吹皱一池春水"的憨态,便是这光景了。经过一冬洗涤,这水没有夏季的粗粝浑浊,也没有秋冬的寒凉刺骨,融化后唯有这柔柔的、滑滑的、凉凉的水,在春的时光里,妩媚得让人心疼。

乡间的春意总是来得早一些，仿佛瞬间就可以把整整一个冬季的寒冷给赶走。杏花、梨花、紫云英，青红绿白，喜悦生动，把江南的早春点拨得热闹非凡。沿村边小道走过，村落显得略远。影影绰绰中，小桥、流水、人家，还有老树、院墙、楼阁，看起来如此的安静、淡雅！有农人戴着箬帽，披着蓑衣在水田里插秧，脚边的秧苗绿莹莹的一大片。空中白鹭轻巧地掠过漠漠水田，觅食的鸭子摇摇摆摆地晃动着身子，组成了一幅农耕图。都说乡村是纯美的，此刻，只要瞄上一眼，保准就会爱上。如果手中有笔，可以绘上几笔或者写几阕小令，低吟浅唱，在微雨淡墨的江南里飘荡，那一定是极其美妙的。

这样的江南，如诗如画。踏足而来，心里的怅然和忧伤，早已淡去。回眸间，烟柳轻晃，燕雀低喃，人间早已是别样的情境。

贰. 听雨

周末，独坐，听雨。

雨声潇潇，如珠落盘。

雨敲在窗台的玻璃上，一颗一颗。在这寂静的午后，听起来特别动容。想起九莉在笔记簿上的那段话："雨声潺潺，像住在溪边。心一下子柔软起来。"

雨声，点点滴滴，滴滴点点，像一首诗，不远也不近。把窗帘拉上，看不到外面的雨，只是凭着那细微的感觉去倾听，那雨是大还是小了。偶尔，撩开窗帘的一角，看雨从玻璃窗的上沿流过，一条一条的水线盈澈澄亮。屋外的香樟、芭蕉，皆有雨声。雨打在叶上,脆而清。雨珠在叶片上滚动，生动而喜悦。雨，在空气里走过，掠过窗台、屋檐，走在树上，走在楼下庭院的花架上，走在街道的灌木和草地上，走在城市和乡村里，走在山川河流之间。

雨像一个行走的人，走着走着，走在时间里，走在岁月里，没有停下来的意思。雨幕中，有人相伴地走过。伞下的人一脸喜悦，格子衣衫，裙裾飘飘。牵手走过的背影，在雨意中散发着私密的欢喜。

下雨的日子是淡然的，散漫的。不急着去做别的事，一个人，泡一壶茶，淡淡的绿意，潇潇的雨声，有着人间烟火的味道。有时会静静地发呆，听雨声袭来，觉得时光就这样老去。有个晚上，一个人躲在阳台上看雨，忽接朋友电话：一起开车去乡野听雨去。瞬间就有一种说不出的喜悦。于是，下楼，坐上朋友的车，朝寂静的公路开去。雨夜中的城市灯火璀璨，美得像个宫殿。经过雨水洗涤的街景和树木，清亮得让人耳目一新。打开车载音乐，邓丽君的歌温情如故，特别符合这样的雨夜。车子不紧不慢地向着前方开过去。远离市区后，前方一片漆黑，偶尔开过一些夜行的车子。车头灯光集束照着前路，雨飘落的姿态疏散而优美。远处有星星点点的灯火，是一些村庄的灯光，把车停在一个公路旁，滤去外面世界的嘈杂，只剩下一把瘦瘦的雨声。两个人倦在车内，诉说曾经的故事，一件一件，绽放着光阴的味道。外面的灯光有时掠过，照在脸上，偶尔相对，莞尔一笑。夜色里，寂静无边。趴在车窗上，凝望着雨夜里的黑。那些花朵、草木，都隐在黑暗里。有莫名的光在空中浮动，暗中闪烁着晕染般点点的光泽。雨声落在车窗的玻璃上，发出轻微碎裂的声音。于安静处听着这雨声，真是一件奢侈而美好的事。

很多时候会静静享受这份温暖和寂静，听雨只是一件简单的事。如果可以，安静地听一次雨吧！

叁.桃花

早春三月，空气中有冷冷的寒意。漫步小巷，忽见青苔暗布的古老院墙上，探出串串粉红。走近一看，却是一树早开的桃花，艳艳的色彩，让人的思维凭空增添了一份春思和遐想。

意外在这个冷清的小巷，忽见我倾心的桃花，心里有一种说不出的惊喜。我没有理由不停住脚步，深深地注视这些在诗经里称之为"桃之夭夭，灼灼其华"的古典美人。想起千年前，也是在这桃花绽放的季节里，那个艳若桃花、明眸皓齿的女子穿上嫁衣，盘起长发，成为别人的新娘。如今小巷里的艳艳桃花，仍风情万种地在风中摇曳，只是不见当年的桃花女子。

桃花在城市的风景里并不多见，唯有这样的小巷，偶尔冒出会让人有一点点惊喜。桃花可成林，桃花可独木。这早春小巷里有一株、两株，真是别有风情。抵不住院落中那一树桃花的诱惑，推门走进这陌生的庭院，没想到立刻有一种春色满园的感觉。这里地方不大，有许许多多的花花草草。那些星星点点的小花，蓬勃地喧哗着，靠墙的边上有一株桃花，枝干粗大，枝头上开满了簇簇艳红的桃花。刚才在墙外感觉不到里面的热闹，而此时我的眼里映满了红色，像潮水一样，一拨一拨，灿烂着，缤纷着。我不知道这桃红算不算正宗的红，但那种由浅入深，又由深复浅的色彩，让人有一种心跳的感觉。站在这里望过去，一树枝深深浅浅的繁复和艳丽，真的，美得让人晕眩。旁边还有几株垂柳，恰到好处地配着这桃树，印证了中国古典主义理想中的"桃红柳绿"。有春风从空中悠悠掠过，几缕淡淡的清香在我的四周浮动。站在这样的早春庭院里，心里感到从未过的舒爽。这个小小的庭院和庭院里的桃树，其实也不失为一个人独自品味的好地方。今天我没想到这么一次偶然，却让我品味了这早春桃花的美艳，也许这就是缘。

一直喜欢桃花，不只是它艳红的色泽，更多的是桃花的含义太深，桃花的意境太红。"有花堪折直须折，莫待花落空折枝。"小时候在家门前的院子里，年少的我不知自己折过多少枝桃花。而现在面对这一树桃花，更多的是欣赏。寄居在这个喧嚣的城市，人们的思维大多禁锢在钢筋水泥的建筑城里。每天做着一些没有多少变化的工作，更没有时间去享受一个桃花下的美丽春日。如果能偶尔来看一下，感受一下桃花的意境，相信一切都会变得更美好。

从庭院里走出，心里桃花的影像仍挥之不去。回头展望，伸出院墙的花枝仍巧巧地支棱在墙上。太阳从远处照过来，粉色的花瓣抹上星星点点的光晕。我越往前走，心里越是怀想着。那一树的桃花和小小的庭院，就像镜头前的一抹光影，久久地定格。

春分

"春分"这两个字,读起来有一种浩荡,一种爽气,一种拂面而来的温煦。春分跟春风是相近,虽然一个是节气,一个是气象,但只要带着"春"字,一切变得妖娆和明媚起来。有诗云:"雨霁风光,春分天气,千花百卉争明媚。"春分一到,蛰伏了一冬的万物苏醒了。江南小镇的春意随着春分呼啸而来:院落、墙头、街角、巷尾,花儿扑楞楞地伸展出来,一朵一朵搁在院墙上;青苔、绿萝、蟹爪兰,幽绿的气息散发着时光的味道。小镇的街上,姑娘们一个个春衫飘飘,笑声和着春风,在花草漫溢的空气里浮荡。

春分,平分了春季,是春天九十天的中分点,属于季节更替中二十四节气之一。春分者,阴阳相半也,是日夜清明、昼夜均平的好时节。这样的节气,是一种温和的理想状态,也是岁月静美的一段好时光。春分后,白昼时间一天长似一天。阳光开始一米一米地增加,天气也一点一点地变暖。时节有了雨水的滋润,有了惊蛰的初醒,大自然就变得丰润盈泽起来。这季节进入春分,万事万物似一列进入轨道的列车,呼啦啦地扯开了。

喜欢春分时节的江南,春深似海,繁花如潮。母亲开始不紧不慢地淘米、晒米,为清明做青团子早早地忙活着。父亲也开始帮忙,搬椅子,找畚斗,为晒米作准备。邻居阿婆把新鲜的菜腌制起来,晒干后可以长年储藏。我独自去山里看花，桃花、梨花、樱花、紫荆花。踩着柔软的乡间泥路，感受着春风扑面而来的舒爽。村头的小河，清凌凌的。水流不疾不徐，像个安然恬静的女子。远处的山野，横卧着一长溜村庄，白墙黑顶，至简至朴。杏花或桃花从墙头斜出，粉红粉白，一簇簇的，拥在枝头，看上去似乎很重，被春风一吹，却又轻盈盈的。油菜花更是以大场面地撑着，一大片金黄绵延数亩。这么安然地走在这片土地上，一点也不会觉得无趣。累了，喜欢在野地里坐着。脚下全是草，那些草粉嫩粉嫩的，小而纤细，特别秀气，特别有趣，特别可爱。一些小草还会开花，针尖似的，从枝头冒出一点猩红，那娇俏的模样生怕惊扰谁，羞涩的样子特惹人怜爱。风这个时候吹来，植物的清香在风里弥漫。突然觉得春分时节，总叫人心里不自觉地柔软着。

　　一年四季，春天是明艳的、多姿的，江南春分更是多情的。只要用心去品味这份淡雅和花香就好。即便不出去，哪怕坐在阁楼上，抑或坐在临河的窗口，也能看到春水缓缓流过的韵味。阳光下，燕子呢喃着从窗口飞过。远处放学的儿童，在陌上放着纸鸢。传来的笑声和喧哗声，便是一首诗、一首歌。人这一辈子会相遇很多东西，山水、花草自不用说，一只飞鸟、一片浅滩，也会让人心里惦记着，更何况这绿意葱茏的春分。一年只有一个春分节气，恍惚间春分就要远去。春分也会老去，在日复一日的流动中，春分很快就会告别。还好，春分过后还有清明和谷雨，还有更多的节气在延缓和流动。

三月烟雨

"微雨众卉新,一雷惊蛰始。"惊蛰到了,远处隐隐有雷声,推窗有细雨飘来,绵绵密密地飘洒着,如坠落的花粉。那微湿润泽的感觉,让你如梦幻一般。摊开手心,薄薄的水雾便如春风般淡淡地化去。江南小镇多雨多巷,被雨濡湿了的巷子,悠长得让人念念不忘。三月的雨,细密而且缠绵。透过雨雾望去,屋舍亭阁在烟雨中若隐若现,给人一种缥缈的感觉。其实,一条巷若是没有了雨的衬托,只怕会空洞许多,亦没有那份淡淡的怅惘之美了。

江南的三月,一场雨过后,天地间便蒙了一层淡淡的绿意。都说春雨润物细无声,这雨是一点一点的,渗透在泥土中,渗到植物发达的根系间,先是淡淡的,再浅绿、葱绿。屋背上的青苔、庭院里葱花,以及天井里的那株绿萝,全换上素心绿衣裳。一日一日,直到浓稠得像一匹锦缎,便呼啦啦地蔓延起来,在老院深巷中翠生生的,吐露出春的景致。这样的时日,再也无法坐在楼里,穿一件薄衫,行走在三月的烟雨小巷,任雨丝细细密密地落在发际,落在衣裙上。其实这雨不能说"落",似乎用"飘"更确切一些。想起那句诗:"沾衣欲湿杏花雨",便能感知这一刻的景。一缕微风掠过,一瓣两瓣的花渗着细雨掠过发际和脸颊,带着缕缕幽香。也许是沾染了烟雨的忧郁,也许是沾染了烟雨的孤独,让人竟有几分寂然。其实江南的烟雨是无法与诗词分割的,想起"知否,知否,应是绿肥红瘦"的感叹,想起"落花人独立,微雨燕双飞"的那份落寞。这样的三月,这样的烟雨,真让人悱恻缠绵。

不经意间，看见巷口一女孩，轻巧地走在拱形的石桥上，长发飘飘紫衣紫裙，在细雨中摇曳生姿。不由得想起戴望舒《雨巷》里那个撑着油纸伞，有着丁香般清雅的姑娘，此时此景可否与此一比？一抬头，那女孩早已过了石桥，淡淡的烟雾中，紫色的背影早已淡化成一个模糊的画面。出小巷就见一江春水在雨雾中绵延，江边的条条垂柳在微风中晃动，有木船在水面穿行，撩起江面粼粼的波纹。船远了，又近了，像画布上横走的线条。江水配合着木船浅浅地滑行，那晃晃悠悠的样子，有着人间少有的恬淡和安静。

三月是水声与雨声组合起来的，那潺潺而来的水流声，清澈而动听，人的视线也变得空灵起来。远处的枝叶、老房、篱笆，沾着春雨度着时光，不负春意不负信念，透出一种薄薄的喜气。行走在这样的雨幕中，时光都变得缓慢了，慢到能够听见自己的心跳。平常很少与自己对话，这个时候，仿佛遇见另一个自己，可以慢慢地走，慢慢地梳理自己，不用担心时光的流逝，也没有人打扰。那些曾经的茫然、不安，在这样的时光里变得不再纠结。把心放下来，与草木与细雨与花朵与自然对视，最冷硬的心也变得柔软起来。累了随意找个地方，看不远处的农人在侍弄那些碧绿的秧苗，那画面就是张志和的"青箬笠，绿蓑衣，斜风细雨不须归"。

人的一生如此迅疾，如果一个人可以让自己放下，把心安下来，即便是做一些看似无趣的事，最终也只是喜气与安稳的。在雨水微凉爽的清晨，在古意尚存的街巷，做一个清闲简单的女子，在平平仄仄的流年里，亦是一种快乐。

擦鞋工

天下着雨,他在街角的屋檐下坐着,眼神有些恍惚。他想着今天的天气不太会有生意的,谁愿意下雨天来擦鞋呢?心里这样想着,便不自觉地放松下来。在他前面有他小小的家当:一条低矮的木凳,一个大大的黑包。包里有鞋刷、鞋油,还有一块丝质的绸布——这绸布是他为客人擦鞋的最后一道工序用的。据说,每双鞋经过他最后程序,总能达到锃亮如新的感觉。此时,他呆呆地看着街上的人流和车流。他的生活与这些绝尘而去的车子没关系,却与车上下来的人有关系。他喜欢那些开着车子的人,每次只要他们把车子停下,他就知道有生意了。尽管擦一双鞋只有两元钱,但擦鞋是他的营生。他不会敷衍任何一双鞋,不管是开车来的还是路过这里的,他都开心地为他们擦鞋。每次看到他们穿着油光闪亮的鞋子转身离去时,他都会开心地笑一下,内心也随着这一笑明亮而温和起来。

他在这个屋檐下生活了两年。两年是不长也不短的日子。他就这样守着他的方寸之地,看老街上的车来人往。刚开始,从老家来到这个城市,他并不是擦鞋的。他在好多地方待过,在建筑工地干过活,在眼镜厂干过,在快餐店干过,每次都像流水一样,没有个固定的地方。直到有一天,他来到这条老街,看到街边的那些擦鞋工,忙碌的身影以及简单的家当,便萌发念头,充当了擦鞋大军的一员。老街是小城一条比较繁华的街,东西走向。街两边商城林立,服装店、音像店、足浴店、理发店、美容院,依次排列着。没顾客时,他会看街上的人,各种各样的人看多了,会分辨出他们的真情和笑容。街对面有间美容院,里面进进出出的全是一些衣裳华丽的女人。每次她们黯淡着脸进去,出来时一定是神采飞扬的。他不知这个美容院有什么秘密,让那些女人如此光鲜靓丽,并且一次一次毫不吝啬地大把掏钱。听说进一次美容院要几百元的钱呢,这需要他多少天擦多少次鞋才能挣得到这些钱啊!但有时想,这就是人的命,何必去强求呢?靠手挣钱,各有天命,不想也罢。

下雨的时候,擦鞋的生意就不太好,这个喧嚣的城市变得湿润而潮湿。坐在城市的屋檐下,会偶尔想想老家,那个东北小镇的老家。冬天的时候,安静得很,坐在炕头,煮些土豆,磕着瓜子看窗外雪花飘飘。很多年没回老家了,四年还是五年,他也没去细想。他觉得他喜欢上了这个江南的小城,四季分明,每个季节都有着明朗的特点——春天的明媚,夏天的热烈,秋天的祥和,冬天的凛冽。都说江南的水是柔顺的,他摸摸自己粗大的手指,不禁自嘲地一笑。但他觉得自己的这双手是勤劳的能干的。他想起自己曾经做过一个梦,梦见自己赚了好多好多的钱,然后在小城买了房子,娶了一个漂亮的城市姑娘。醒来后,才发觉原来是做了个梦。虽然有些荒唐,但他却把它放在心里。每次老乡聚在一起,会谈起房子和姑娘,但他从没说起自己那晚的梦。他想,就让这梦在心里绵延吧,心中有梦总是美好的。

又一个周末,他照旧坐在街角的屋檐下。已是深秋了,街两旁树上的落叶不时地飘落下来。一阵风过,叶子贴着街面打个旋又飘走了。他失神地望着,一个声音打断了他——"擦鞋喽!"他抬头,一个年轻的女子站在前面,一双纤细的脚伸了过来。他惊讶这女子从哪里冒出来,但有生意是一件让他欣喜的事。他连忙拿了一条小板凳让女了坐好。那女了脱下鞋了,递给他。这是一双棕色绵羊皮质的鞋子,三十五码,小巧玲珑。他有个习惯,喜欢观察每双鞋的细微处,这样会找到一些事物消亡前的一些迹象。而眼前的这双鞋子,没有雨天的泥泞,也没有青草碎叶沾在鞋底,这是一双洁净、安静的鞋子。他抬头看看,鞋主人此刻也安静地坐在旁边,什么话也不说。他忽然觉得有一种情绪在身上蔓延,也说不清是什么,只是莫名地兴奋着。他一边用双手托着鞋子,一边用鞋刷轻盈地刷着。鞋子的边边角角,他都细心地刷了一遍,然后用棕色的鞋油涂抹起来。瞬间,鞋子在他的手上变得清亮起来。他看了看,是最后一道工序了,他拿出他的那块绸布,白色轻薄的绸布,往空中甩了甩,快速而又轻盈地在鞋面上滑拉起来。丝绸与鞋面摩擦的声音,在寂静的空间听起来优美极了。那女子突然轻轻地笑了,说了一句:"你擦鞋还有点与众不同呢。"他也笑了,为她的这句话,也为她友好而真诚的微笑。他把鞋子递给她,她弯着腰把鞋子穿好,问他,"多少钱?"他说:"两元钱!"她"哦"了一声。这一声"哦"很有人情味。他突然觉得这女子真好,那么随和,那么温和。她给了他两元钱后穿街而过,背影是一袭飘飞的蓝衣。后来,她又来过几次,原来她就在对街的美容院里做美容师,怪不得她的鞋子那么干净。他知道她叫锦瑟,一个很好听的名字。没客人的时候他会抬头看看对面马路的那间美容院,猜她也跟他一样为了生活不停地忙碌着。这份遥忘和猜想会让他心里充满快乐,但他从来没跟她说过多余的话。每次擦好鞋后,她给他两元钱,他给她一个微笑,然后转身走了。

日子就这样一天一天过着,从清晨到黄昏,从春天到冬天。渐渐地,他发现自己越来越喜欢这擦鞋的工作,并且有一种莫名的感动。他不曾去想更多更远的事,觉得这就是他的生活。一个从农村来城市擦鞋的人,没有更多的念想,坐在街角的屋檐下,擦尽那些充满尘土和污垢的鞋子,便是他最安心的事。

三轮车夫

在小镇我见得最多的是那些弓着背,把轮子踩得飞快的三轮车夫。每天早上,不管是太阳出没出来,只要你一出门,准能在大街小巷里看到他们穿梭忙碌的身影。一招手他们就会来到你的身边,只需几块钱就会拉着你去你想去的地方。他们像游动在人群中的一尾尾鱼,引领着人们在大街小巷上穿梭而过。

没有人能准确地记起三轮车是什么时候出现在小镇的,只知道在一天一天的不经意中,那些把小臂搭在车把上,弯着脊背的人群在宽宽的街道上与来往的人们擦肩而过时,我们才意识到这令人瞩目的群体早已进入人们的生活中。每一个街口,每一个店前,都有他们来来回回跑动的影子。车子在风中发出的鸣叫声和车夫那张冒着黑光的脸,已经和身边的高楼、道路、草坪一样,成为街市里固定的一片风景。

有人坐车,有人挣钱,这是无法改变的事实。很多人喜欢坐三轮车,图的是那份方便和简洁。它没有轿车的高贵,也没有自行车的费力,却有着一份家居式的休闲。坐在车上看一路掠过的每一处风景如同惊鸿,街上的树木在车轮的滚动中渐渐远去——三轮车就在人们的这份喜爱与需求中生存着。看过老舍的《骆驼祥子》,人们一定知道那个时候车夫是多么的憨厚和老实;而如今小镇上的车夫却精明极了,那种做生意的头脑会让你望尘莫及。看见客人他们会抢先帮你拎行李,替你擦坐垫,还会口舌生灿地劝说你坐他的车,似乎不坐他的车就是你的损失。有人被说动了爽快地上车,当然也会有人弃而远之。但他们仍一天一天固执地重复着,因为客人是他们承载的希望。

有一次出差回来,已是很深的夜了。下车时,我还担心有没有三轮车,不料一转身就有一辆停在我身边。我还没说去哪里,他已利索地把我的行李拎到车上。等我上车说了地址,他飞身跃上车就开动。坐在车上,我开始打量这个车夫。这是一个四十多岁的中年人,身子不高,裸露着结实的双臂,一条充满汗味的毛巾挂在脖子上。他的整体形象挺符合车夫的气息。他一边不停地和我说着话,一边飞快地蹬着车。身子和双腿形成一个角度,本来是松松垮垮的链条很快就在齿轮的转动中变得润滑起来。车子轻飘飘地向前飞奔,像一片风中的花瓣。我坐在三轮车上,身体靠在包着人造革的靠背上。三轮车的蓝色布篷在风中鼓动着,在夜色里很快被淹没。车子滑行了一段路,我回头一看,路灯下的车影不停地跳荡着,一种恍惚而又真实的感觉直抵我的心头。我似乎感受到了一种久远而陌生的意念,原来在深夜里坐三轮车可以有这样的感受。很快,车夫就把我送到了家——三轮车真的是一种便利的工具。

小镇的娱乐城、宾馆是三轮车聚集的地方。晚上出去散步,总能看见他们不规则地停在一起。有客人的时候,门前的三轮车走一辆来一辆,很快就融入人群中;没客人时他们就空坐在车上,偶尔放肆地说笑一会,过后又大都在企盼着下一趟的生意。街上的霓虹灯忽明忽暗地闪烁着,车夫们的脸上有一种期待,手指上的劣质烟在暗夜里弥漫着呛人的味道,毕竟生活本身就充满了艰辛。

最近，小镇突然出现了许多桑塔纳"的士"，我不知它们的出现对于三轮车夫是一种怎样的压力。许多东西原来有，后来就没有了，或者原来没有，后来又有了。在有与没有之间，重要的是把握。我不知小镇的三轮车夫在今后会走出怎样的一条路来。

岁月忽已晚

深秋的小镇，天空是明晃晃的蓝。公公坐在临河的石屋里，一身灰色对襟薄衫，眼睛里挤满了年老的浑浊。阳光照过来，花格木窗把一些光亮吸进去形成了流年的暗影，投射到公公脚边，隐约有纵横的裂纹，这裂纹让人有一点点恍惚。太阳快落下去时，公公坐在椅子上就能看得见远山的落日，红彤彤的。窗子外面的那条河叫龙浦河。龙浦河穿镇而过，河水缓慢而生动地流淌着，依河而居是公公引以骄傲的事。有河就有桥，有桥就有流水，水声潺潺，这是一件令人愉悦的事。

公公一直生活在河边的石屋里，龙浦河的河水时满时浅，生活的琐琐碎碎便在河水中沉浮。一些事在水中沉积下去，一些事在水中浮现出来。在沉积和浮现中，公公慢慢地老去，脸上的皱纹沟壑纵生，嘴巴瘪瘪的，没有牙齿只有牙床。人老了是不是都是这个样子呢？

公公今年九十四岁，一个人在世上快要走过百年，这是一件很不容易的事。他总是对婆婆说：我还想多活几年。于是婆婆就说公公，能活到这把年纪已经不错了，想那么远干吗？公公摸摸胡子，张着没牙的嘴，呵呵地笑了。婆婆比公公小一岁，九十三岁，却比公公瘦弱得多。她小小的个子，驼着背，喜欢穿一件蓝粗布马夹。稀疏的头发被她用牛角梳服服帖帖地梳到脑后，然后打了个小小的S结。牛角梳是我出门旅游时，在街角的一个店铺里买来的。梳子送给婆婆时，婆婆捂在掌心好久好久，对着窗上折射过来的光线看了又看，嘴里不停地说着："这梳子好，这梳子好！"

春天的时候，龙浦河里的水清凌凌的。婆婆把门前的石子路清扫得干净极了，然后一个人坐在那里剥蚕豆。蚕豆碧绿绿的放在白瓷盆里，白色配着这抹嫩绿，映出鲜美的色泽。一群小鸡围着婆婆，争抢偶尔掉下来的小蚕豆。公公看着婆婆剥蚕豆，也不过去帮忙，一个人悠然地坐在椅子上，戴一副老花镜，看一本被他翻得发黄的医书。争食的小鸡偶尔会跑到公公的脚边，公公"嗬嗬"几声，就听到一串细碎的脚步，小鸡又围到婆婆的旁边去。公公年轻时是中药铺里的小学徒，自认对中药很懂，中药的一些品性、药用，公公记得特别清楚。每次感冒吃药，他会把说明书看了又看，认为不可以吃的药，他是绝对不吃的。婆婆就说他："你这糟老头，医生的药能毒死你吗？"公公哼哼唧唧，握着那张薄薄的说明书，看着里面的蝇头小字，就是不肯吃药。公公说里面有黄芪、党参，吃了不顺气。九十多岁的老人，真是拗得很呢！

公公是无辜的，执拗是他的性格。家人给公公买了一台洗衣机，小天鹅的牌子，放在卫生间。刚开始，公公特别兴奋，看洗衣机里的水哗哗地滚动着，洗涤、脱水，衣服被洗得干干净净，晒干后还有着淡淡的洗衣液清香。后来，公公把洗衣机用一块蓝色的布帘遮盖起来，说这洗衣机浪费水，一桶一桶的，哗哗地流，心疼着呢。他更愿意去河里打水洗衣。他迈着坚定的双腿，将篮球改装的小桶攥在手里，一根绳子细长细长的。"咚"的一声把桶投到河里，河水荡起一阵涟漪，从河里提上来的水会洒出去好多，但公公却开心极了。一个人不停地打水，提水。婆婆说他"背时人、吝啬鬼"，公公也不答话，洗衣服就是不用洗衣机。

公公喜欢把衣服泡在那个大木盆里。盆里蓄满清凉的河水，衣服被水浸透，颜色特别饱满。公公用肥皂把衣服的边边角角都抹上，然后用刷子刷，先是慢慢地，直到泡沫把衣服涂满才用力刷。白色的泡沫随着他的动作，有时会轻飘起来。公公这才把衣服重新浸在木盆里，用手不停地搓着，直到水里没有一点泡沫，拧干、抖开，晒在河边的那根绳子上。风吹过来，衣服在阳光下忽忽地飘动着。公公做这件事是非常的认真，你绝对看不出这是一个九十多岁的老人。实际上，公公就是九十多岁的老人。那天看着他把晒干的衣服平放在桌上，然后弯腰认真细致地叠起来，暮光里那剪影特别让人感动。

初一、初六是小镇赶集的日子，龙浦河成了热闹的场所。大清早河里会有船只来往，吱呀吱呀的摇橹声，惊醒了两岸的居民。木匠铺会把做好的凳子、椅子、扁担、箩筐摆放出来；箍桶匠、修锁匠也挑着担子出来了；打铁匠的火炉红红的，裸露的胳膊闪着油亮；那个算命的瞎子阿公也提着一只鸟笼来了。这一天，公公是兴奋的，他会早早坐在门口，跟赶集的人打着招呼说着话。有时也会站在隔壁的木匠铺里，看他们认真细致地雕刻着，把那么一根粗糙的木头凿出美丽的刨花。直到集市散去，婆婆做好饭，公公才会移步回家。

公公婆婆的年龄加起来有一百八十七岁，这在小镇还是很少见。龙浦河两岸的邻居有的老伴早没了，一个人孤独生活着。有的虽然相依着，比起公公婆婆还是少那么几岁。冬天的时候，街上的梧桐叶寂寂地飘飞着，小镇渐渐冷起来了。公公穿上爸爸当兵时给他的那件军大衣，整天窝在家里，很少出门了。一天黄昏，公公突然听到隔壁忙乱的脚步声，那种声音让他心慌。他出去一问，才知邻居公公生病了，家里人正忙着送医院呢。夜幕里，医院救护车的声音有点刺耳。一小段日子后一直没见那位邻居公公回来。公公每天若有所思,我不知他在思考什么。直到有一天,公公看到邻居家的阿婆一脸凄然,门口椅子上放着那个暗红色的盒子,才喃喃地念着:"怎么躺着躺着就像烟一样没了呢!"随后,老泪纵横。那盒子四四方方的,没有特别装饰却冷冷的。盒子上面罩着一把黑伞,是遮蔽另一个世界的风霜雪雨吧。他不停地叹息着,人死了,就剩下这么一点点灰,真是生不带来死不带去。接连好几天,公公没有往日神采,歪坐在那把旧旧的竹椅上。椅子的藤条泛着暗亮的光,这光亮衬着公公脸,让公公看上去特别苍老。这个时候,婆婆不同于公公,她就会说:"人都是要死的,我们都活这么久了,还怕什么死啊,眼一闭,脚一伸,就是一世啊。"公公不说话,看着屋前的河水沉默着。

不久,公公病了,吃什么吐什么。婆婆慌了,打电话把姑姑、伯伯们都叫来。公公躺在床上,眼神无力。伯伯说:"去医院吧!"公公执意不去,他说:"想明白了,反正都要死的,这把老骨头没什么可怕的。"他说这话时,也是半真半假的。伯伯们清楚公公的想法,于是,也没等他说更多的话,就把他送去医院,挂了几天针,吃了几帖药。公公的气顺溜了,饭也吃得下了。从医院回来后,公公突然悟透了似的,不再沉默不再无言,整天开开心心的,还莫明其妙地爱上了看电视。看地方台的讲白话,那些家长里短,笑话、古话、老话,一字不漏地听着,看到开心处,他会一个人张嘴开心地笑。这让我想起自己小时候看动画片,一个人坐在电视机前看得那么入神,那么开心。其实一个人开心与否,看他的脸就知道了。我知道公公是想开了,死亡其实也没什么可怕的,重要的是当下。只要公公开心地生活着,就是我们最大的幸福。

印花棉布

总会莫明其妙地喜欢一些东西,这些东西没有什么特别的限制,比如首饰,比如衣裙,比如那些色彩斑斓的印花棉布——就是那种土纺的纯棉印花布,摸上去朴拙的质感,穿在身上宛如春天般的烂漫。那种温暖以及棉花的柔软和芳香,让我不可限制地迷恋着。一直喜欢棉质的东西,不张扬,不虚夸,妥帖、安稳、素朴、暖心。

去乡下老家,表妹站在村口,一袭大红色牡丹凤凰花纹的棉袄,大盘扣,黑色的宽脚裤,两根粗黑的长辫。初见她,会以为是古画里出来的人物。很喜欢这古意十足的装扮,那繁复的花纹和大团大团的花色,在春寒料峭的村口,有一种劈面的惊艳。表妹踮着脚尖,步履轻盈地移步而来。太阳照在她身上,印花棉布发出明艳的光芒。一朵朵别致的花,仿佛春天田野里盛开的鲜花。每走一步,花儿就微微张开，如舞动的花海。表妹是那种有味道、有质感的女子，穿红戴绿都显得脱俗。我不敢肯定，这样的衣服是不是适合每个人穿，我是绝对穿不出表妹的味道的，可心里却又特别喜欢这种民间风情。表妹向我推荐了一款暗红色的提花棉布，上面有同色的花朵，立领、盘扣，袖口滚着金色花边，穿在身上还真有点古典文艺派的风格。

对印花棉布的偏爱，大多是因为一个情结。印象最深的是小时候家里那种旧旧的蓝印花布，被子、围裙、手绢、桌布，全是那种土蓝色的粗棉布。那时候没有更多的色彩，蓝色基本上涵盖了其他颜色，新蓝、老蓝、暗蓝、明蓝、靛蓝，全是深浅不一的蓝，但这种蓝却有着安静、温暖、委婉的气息。每次在晨光里醒来，看到自己盖着这种粗厚的蓝被子，心里总溢满淡淡的馨香。被子的图案各种各样，有植物花卉，有鸳鸯戏水，有仙女献桃，有长着圆脸清秀可爱的胖小孩，每一个图案都预示着一种景象。那时候不懂其中所包含的意义，只知道这图案衬在蓝棉布里就像高天上的流云，特别美好。离开老家后，我的这种棉布情结还依然存在着。

那天去老街，偶遇一家新开的小店，专卖一些棉布、棉麻的裙子和衬衫。那些裙子长长的，素色、碎花，不同的颜色，不同的款式。卖衣服的女孩穿一件立领的苹果绿上衣，白色的棉长裙，站在店里。短发，年轻，笑容干净。我不知不觉被店内古朴的蜡染蓝布吸引，并挑了一件蓝色的绣花长裙，有点古旧，裙边是一圈蓝色小花，忍不住用手抚过，一抹最温情的情感从心头掠过。它挑起了我内心深处的那个情结，这份素素净净的蓝色让我心中有如蝴蝶漫天飞舞。我发现自己一遇上这种感觉，便无可逃脱。我爱极了这份温和与沉静，这份质朴和素雅。没有和女孩讨多砍价，就直接把这件纯棉的蓝色长裙装收入包中。一个人走在回家的路上，心里充满喜悦。

年纪渐长，越发喜欢棉质的衣衫、布裙。初夏的夜里，一身素雅的棉布裙里透着淡淡的静。裙裾上那几朵水莲花，静美、雅致。喜欢，也算是一个美好的意境。一个人喜欢着，无关风月。这印花棉布让我如此怀旧如此美好，如同走在宋词与笔墨纸砚之间，有着无比的轻愁和古意！

年少青衫薄

喜欢这两个字,青衫,透着一股清凉的味道,又有着少年的怅然和伤感。想起欧阳修的诗:"不见去年人,泪满春衫袖。"这青衫薄雅清透,却又寂寥满怀。喜欢青色,如同一节发芽抽枝的青穗,有着少年单薄的青和涩。那时候还小吧,十二三岁的年纪,麻花辫、白衬衫、蓝色的裤子,背一个军绿色的书包,站在村口那株老树下,等待一起上学的伙伴。

学校离家很远,结伴上学是那时的习惯,谁早谁就站在村口等。然后,一起踩着隔夜的露珠,去几里外的学校上课。放学时,一起结伴回家。玩兴起时,便忘了母亲早点回家的嘱托,跟着同学们打打闹闹,不肯早回。我看到路边的蜻蜓,会追逐很久;看到空中的飞鸟,会凝目远望;路过村口的池塘,会被那一池碧荷所吸引,吵着闹着伸手去摘。我满心欢喜地瞧着这小小新荷,有时也迟迟不肯伸手去摘,因为这一份青绿在河塘里是那样的鲜活,那样的诱人,让人不忍下手。

小学毕业,老师要我们去照相馆拍照,说是贴在毕业证书上。这对我们是一件绝好的消息。那时还在乡下住着,照相馆也没有,要拍毕业照,就必须和同学一起去十里外的小镇拍。平常很少去镇上,难得有这么个充分的理由,每个人都兴奋极了。我们从衣柜里找出自认为最漂亮的衣服,其实大多是白衬衫、蓝裤子,偶尔有女孩子穿一件

粉红色的长袖,就惹得同学们羡慕的眼神。然后我们一脸喜悦,如放飞的鸟儿,走在清冷的晨光中。

镇里不同于乡下,有着曲曲弯弯的巷子和热闹的街市,石板街窄窄长长的。那些漂亮的女子,白皮肤、大眼睛,穿着粉粉的衣裙,坐在临街的铺子里。首饰、胭脂、水粉、丝巾堆在一起,隔老远就能闻到淡淡的香。很想去买一些回来,但口袋里的钱只够拍照片,只能依依不舍地把眼光投向别处。行至街深处,有卖栀子花的婆婆,挎着篮子和我们擦肩而过。她蓝布衣蓝头巾,慈眉慈眼的样子像个观音。还有坐在店铺里裁衣服的中年男子,低头小心地剪着布料,偶尔抬头看一眼外面。我们对这一切都保持着新鲜和好奇,不停地打量这个陌生的城镇,浓郁的集镇风情让我们年少的心像风一样流动着。我们一边走,一边寻找那个拍照的照相馆。

在一条弯曲的小巷里,我们找到了一个照相馆。木结构的楼房,门前有一个大橱窗。很清楚地记得那个为我们拍照的师傅,四十多岁的年纪却有一头白发。也许是为生活所累吧,他华发早生,但很慈祥,脸上挂着宽厚的笑。他让我们一个个来,不慌不忙,坐好,微笑。我们第一次面对镜头,那份紧张、僵硬和拘谨全在脸上写着。面对着镜头,根本无法自然微笑。看着那黑黑的镜头除了怯生生地笑着,就什么也不会了。年少清纯,那份本真即便拘谨也显得天真和无邪。直到今天翻看这些照片,仍能感受到当时那份青涩和紧张。

那时候很少拍照片,只有临近毕业,我们才会去照相馆拍。拍好照就等着拿照片,等待是最难挨的。那些日子,我们不停地看着那张取照片的发票,盼着手指数着日子,怀揣着隐秘的喜悦。一天一天,因为照片洗出来要一星期。好不容易挨到拿照片的日子,我们会一大早起来就去小镇,然后扬着稚气的脸看着取照的师傅,那份渴盼直接涂写在脸上。拿到照片后,我们也舍不得多走几步,几张脸凑在一起急急地看起来。照片上,我们神色各异。我看着自己的照片,觉得有许多许多的不满,怎么可以是一脸茫然的神情,又觉得自己笑起来的样子还是不错。就这样看了无数遍,直看到照片上的自己变得迷迷蒙蒙才放手。这些青涩的照片一直放在旧相册里,虽然照得不好看,但那种素雅、单纯的表情应该凝固了年少时的很多东西。

常常想起这些旧事,很多东西却已随时光远去。当年的小伙伴,早已各奔东西。偶尔碰到除了淡淡地笑和问声好,也没有更多的内容。前些日子去乡下,顺道去看一下那座曾经就读过的小学,却没想到学校早已变成了一幢商业大楼。村口的池塘,早已不见踪影。我站在那里怅望很久,不知自己身在何处。生活是如此真实,只记得当时年少春衫薄,旧梦重游人不见,曾经的容颜和年少的旧事早就被岁月刻画成沧海桑田。

女孩百合

这是一条有许多旧式房子的老街,不很宽,却有老街的韵味。屋后的窗台爬满了绿绿的常青藤。阳光透过老街的百叶窗,看过去竟有一份深幽。那种光和影合在一起感觉,就像是一部老电影。喜欢一个人从这条老街静静走过。

初夏的一个午后,老街新开一间叫"香水百合"的美容工作室,光看这个名字就嗅到一股淡淡的幽香。香水百合一直是我喜欢的花儿,纯白的花朵有着诱人的风情,想不到在这古朴的老街会有这样一间美容工作室。也许是好奇,更多的是意外。推开那扇蓝莹莹的玻璃门,看到一个穿粉色工作服的女孩坐在吧台的椅子上。见我进来,连忙热情过来打招呼:"姐姐,是第一次来吗?"我点头称:"是。"她热情而不失优雅地把我引到一间散发着精油薰香的房间。接待我的是一个跟她年龄差不多的直发女孩,一双明亮的眼睛格外清澈。她微笑地告知我一些美容的基本知识,说话的声音很清亮,是那种让人一听就喜欢的嗓音。她说今天正值店庆,可以免费提供一次美容体验活动。我当然欣然往之。于是,在女孩的热情指引下,我躺在美容院温馨而柔软的床上,体会了一次舒适的护理。

虽然也常去美容院,可在这老街的美容工作室还是第一次。洁白淡雅的美容床、经典舒缓的音乐,以及那沁人心脾的精油香薰,让我有一种做梦的感觉。女孩先用一条纯白毛巾把我的黑发圈起来,然后很轻柔地为我洗脸,再用按摩膏在我脸上轻盈打着圈。她的手法很纯熟,手指轻巧地从我面颊拂过,感觉如沐春风。我微闭眼安静地躺着,女孩不时轻软地和我说着话,感觉真的很温馨。她说:"女人应该好好呵护自己,只有懂得爱自己、关心自己的人,才能更好地去爱别人……"语气直率而真诚。我喜欢直率的东西,因为里面透着纯真和简洁。我发觉这女孩亦纯真,又不失率性,进而生出一种希望了解她的兴趣。

"你叫什么呀?"我问。

她答:"我叫百合。"

"百合,很好听的名字,也很符合她的气质。"我在心里这样说。

"家是哪里的?"我问。

"江西临川。"

那里虽然偏僻,但人很质朴。女孩说起她的老家,嘴角泛着清浅的笑意。平常做美容的时候,我喜欢静静体味,可今天,我和这个叫百合的女孩却兴奋地聊了起来。从她老家江西聊到出来打工的艰辛,从一个人应聘求职到最后进入这个美容工作室……她说了很多话,我也安静地聆听。都说沟通会让彼此的心贴得更近,我和百合就在这种交谈中渐渐靠近。后来,她说自己最大的心愿就是开一间美容院。每次回老家,看到妈妈脸上的皱纹,她的第一愿望就是为妈妈做一次美容,让她也享受一下女儿指间的温柔和舒适。说这话时,她一脸真诚。我不知远在江西的百合妈妈听到女儿这番话,会不会很欣慰。我想,她应该会,这股温暖的细流让我这个旁人都感叹,何况是她的妈妈。抬头看百合,觉得这女孩不仅纯真,还非常真挚。我冲她笑,她也笑。她的笑容像她的名字,闪烁着洁白的光泽。

有些东西没发现时，感觉不到它的珍贵，一旦发现了就会倍加珍惜。这个初夏的午后，我心里有一份轻盈的感动，为一个叫百合的女孩。生命中，有些人、有些事如过眼烟云，碰到了，散了，然后又遇新的容颜。而有些人、有些事，却让人无法忘却，许多年后回想起来，仍像一滴清凉的水珠。

锦瑟

初冬,清冷。气温突然之间下降了四五度,有凛冽的风从脸上刮过。街上铺满了落叶,一片一片重叠着。风吹过,如鸟般掠过墙角,轻巧地飞起。季节仿佛一下跌到深冬。转身做好上班准备后,我开门拿包,独自走在路上。包里的手机"叮"的一声,一条短信:"姐,我要走了,再见!我会想你的!"一看名字,是锦瑟,一个在美容院工作的女孩子。有一些突然,前几天还在她那里做过护理,怎么突然就要走了呢?连忙回电话给她,却是忙音。

家和单位隔得不是很远,我却没有像往日那样很快走过去,心里一直惦念着那个叫锦瑟的女孩。从认识到现在,应该有一年多了吧。这一年跟锦瑟在一起的时间比较多,喜欢去她那里做香薰SPA。她会给我放曼妙的音乐,在雅致的空间里,享受锦瑟为我用玫瑰精油调出来的那种特别的芳香,以及她纤柔灵巧的双手。锦瑟来自江西的一个小镇,初中毕业就出来打工了。她高高的个子,有温暖灿烂的笑容,喜欢把长发盘在脑后,还有一双青葱般的纤手。每次给我做香薰理疗时,她大多会说一些很贴心的话。锦瑟说,有些人不喜欢在理疗时说话。我却喜欢听锦瑟在我旁边轻声细语,每次都能从她清澈的眼里看到一些新的内容。就在前几天,锦瑟给我讲了个脑筋急转弯,可惜我猜了很久都猜不出来,最后还是她揭晓谜底。知道答案的那一瞬间,我们都开怀大笑。相处中,锦瑟总是带给我阳光般的暖意和花朵般的清芬。

曾经写过一篇短文发在晚报上,题目叫《女孩百合》,讲述了我和锦瑟初见时的一些感受和心迹,想不到一年时间,她就要走了。离开这个小镇,不知她是出于什么原因。但我想,习惯漂泊的锦瑟是不可能长久留在小镇的。她有她的土壤和天空,有她的理想和憧憬的生活,小镇给不了她一个满意的答案,所以她选择走。但愿她能找到更适合她的地方。

街角的转弯处,车子疾驶而过。望着绝尘而去的车子,有一瞬间的苍凉。最怕离别,最怕伤情,却总是遇到。聚了,散了,来了,走了,人生就这样不停地变换着。这个叫锦瑟的女孩在初冬这一天,就要离开小镇了。我想,离开只是一种方式,不管到哪里,我都会记得她!

人的一生,还会面对很多次离别,不管愿不愿意。天下无不散之筵席,有聚就有分,有相遇就有别离。这是无法避免的,也是必然的。我想,除了无奈,更多是心情上的黯然。此时,我想对她说:"锦瑟,一路走好!我会惦着你!"

小面馆

　　从双洋路到海宁街，也就这么一个拐弯，眼前便豁然开朗。

　　这是小镇的一条主街，不到一公里。宽宽的街道两边，到处是林立的商厦。标志性的建筑有钟楼、供销大厦、时代影院、商贸大楼、国药店，这些耸立的现代建筑让这条街变得气派与繁华。街两旁的香樟树，为这些建筑平添了几许诗意。

　　早些年，海宁街还没拆通时，街上挤满了低矮的木楼。房子与房子之间是高密度的，屋连着屋，瓦连着瓦。偶尔在屋后的墙壁上，会看到一朵一朵花儿伸张出来。有些人将临街的房屋改成店铺，卖一些零碎的东西。热闹是热闹，却少了一份现代的味道。那时的街随意、自由。街头随处可见一些卖糕点的小店，空气里时时散发出诱人的香甜味。现在，擦肩而过的大多是一些匆匆忙忙的身影，上班的，上学的，遛早的，做生意的。各色表情写在一张张面孔上，却很少有人停下来留意街角垂挂下来的那些藤条和花朵。

　　与海宁街相连的是一条步行老街，街角的拐弯处，开着多家早点铺，比如小笼葱包、豆面碎、麦饼等，比比皆是。一大早，空气里飘荡着诱人的葱香味，不自觉地捕获着人们的食欲。小罗面馆是我每天都要经过的地方。十几平米的店面,门口放着两个黑油桶组装起来的灶。

灶上是两口大锅，小罗站在灶前忙碌地下着面条。小罗是土生土长的本镇人，三十岁左右的年纪，浓黑的短发。粗长的眉毛，临在微黑方正的脸上，特别醒目。个子不高却壮壮的，是一个让人过目不忘的人。这条街上卖大排面的有几家，大部分人喜欢吃小罗家的。特别是年轻人，宁愿排长队等候，也不去其他家。这归功于小罗家大排面的品质，面条是那种纯手工制作的，厚薄均匀，韧性特别好，口感细滑、香醇。一碗大排面里面条不是很多，调料却特别丰富：咸菜、肉丝、一整块大排，然后浇上肉汤，色香味俱全。从健康的角度来说，一大早就吃这么一碗，未免有些夸张。可瞧瞧面馆前的人，由不得你不信，这大排面还是很吸引人的。

小罗是个话多脑子灵活的人，一边做生意，一边嘴巴噼里啪啦说个不停，很少看到他沉默。镇上的大事小事都能说个大概，东家长西家短的闲话，他也说得格外起劲。偶尔，他也会抱怨大排涨价了，生意不好做。但他说归说，从不误了手上的活儿。面条在滚水中翻腾着，他手上的勺子利落地撩着面。店里就两人，小罗和他的妻子。他们分工明确，小罗负责下面条，也就是掌管灶头，妻子负责收钱兼分拣大排。她动作极快，有时候人多，五六碗面条，咸菜、大排，加一勺肉汤，从不曾乱过。小店里坐满吃面条的人，转眼就被安排得妥妥当当。小罗的妻子不太说话，皮肤有点黑，身材略胖，脸上总是笑眯眯的，记忆力超好，算账也快。客人多了，谁的面谁的钱，算得从不出错。夫妻俩生意做得风生水起，每天店里人来人往。

女儿特别喜欢吃大排面，基本每个早晨都会到小罗家吃面，我也跟着一起吃。熟悉以后，小罗看到我大老远就会"姐、姐"喊着，每次吃面碰到人多时，小罗还会特意照顾我们母女，稍稍优先于其他人，说是老顾客。他妻子分拣大排时，也会笑眯眯地挑大一点的给女儿。于是,我们娘俩一直在他店里吃面。后来女儿去外地读书了，也搬了家，那个面馆就不顺路了。渐渐地，早餐大多在家里简单解决了，很少光顾他的面馆。一年后的一个清晨，路过他的面馆，就听到小罗"姐，姐"地叫着。好久没去了，觉得这声音特别亲切，大排面吃得少了，诱人的肉香味再次引起我的味蕾。我折过去，进了他的店。小店墙面斑点多多。小罗客气地招呼我："姐，坐，坐。"我选了靠边的小桌子，环视四周，发现店里生意清淡了许多，灶前也只有小罗一人在忙碌，眼神萧条，头发凌乱。我忙问他老婆去哪儿，小罗慢腾腾地说："离婚了。"我吃了一惊，"一年没来吃面，咋就离婚了呢？"小罗一脸阴沉，然后叹了口气说："姐啊，一言难尽啊！想走的人是拉也拉不住的。"我不好多问什么，想起他们夫妻俩曾经默契的样子，深感世事难料。大排面端上来，依然是葱花和肉的香味，于我却有别样的滋味。我低头吃着碗中的面，暗自看小罗。他情绪低落，以前神采飞扬的样子不见了，唯一不变的是下面的手，还是那么利落。吃好面条，临走时，小罗似开玩笑地对我说："姐，有合适的帮着给我介绍个对象。"我从来没做过这样的事，但还是笑着点了点头。

　　日子像流水一样过去。冬天的时候，小镇的街道变得萧条起来了。很久没去老街了，突然想起小罗面馆，便从海宁街拐进去。尽管是冬天，老街还是充满暖意，风把食物的味儿吹散开来，缓缓地荡漾着。让我吃惊的是，小罗面馆又热闹起来。店里顾客盈盈，小罗一脸笑意，看到我轻快地喊着："姐、姐，来吃面条啊！"我发现他边上站着一个女子，梳着马尾辫，眼睛水汪汪的，皮肤有点黑，却也透着遮掩不住的俏美，双手熟练地分拣大排。我刚坐下，那女子就把一碗大排面端了过来。低头吃着面条,我心里却有一股暖流般的意识在回荡。小罗仍站在灶前,腾腾的水汽罩着他的脸,那位女子娇俏地站在他边上。据说,这女子是小罗现在的女朋友,原本是找来帮着洗碗洗菜的。时间一久,女子看上了小罗,每天和他一起在灶前忙来忙去,有时还会帮着分拣大排。渐渐地,她就成了小罗正式分拣大排的人。看来,有手艺的勤劳男子很快就能得到异性的青睐。

生活就像一张网,每个人都在自己的位置忙碌编织着。小罗在他的面馆里安心织着属于他的网。现在的年轻人,对于前路总显得迷茫和困惑,总是看着一山还比一山高,从没想过自己该做些什么。其实,同一条路,只要脚踏实地一步步走下去,就会有意想不到的人生况味。

照 相 馆

拐过石桥、街角,便看到镇上的照相馆。二层的木楼房,门前有一个种满花草的小小院落。正南面的玻璃窗下爬满翠绿的藤蔓,阳光照过来,洋溢着明亮的春意。

那时刚参加工作,一个人住在小镇的小巷里。周末,常看到一些年轻的女学生,三三两两,从街角的香樟树下走出来,嬉笑着走进照相馆。她们白上衣、蓝裤子,两根垂肩的麻花辫子,脸上洋溢着灼灼的青春。她们是来拍毕业照的,小学的,初中的,临近毕业的,一拨一拨地涌进来,照相馆便是她们毕业留念的地方。

摄影师是个四十多岁的中年男子,姓王,平常我们叫他"王师傅"。他戴一副眼镜,斯斯文文的,拍起照片来特别认真。每次站在照相机前,看到那些表情拘谨的学生,他会微笑地让她们放松情绪,摆好姿态。也不知怎的,在他这里照出来的相片,大多表情自然,满意度极高。

五六月份的小镇,空气里荡漾着栀子花的香气。学生们除了拍毕业照,还会拍几张布景照。照相馆里的布景特别有诗意:江南水乡的旧石阶、夕阳烟波下的田园,更有蓝天下的云舒云卷。这些布景的质感素朴,用手触摸,有点粗糙、浅浮雕的效果。上面的花草、蓝天、庭院,都是水粉颜料在布上画出来的,颜色有些失真,但拍出来的效果还是很不错的。学生们站在布景前，或微笑、或远眺、或低头，一种姿态就是一个画面。一张一张照出来后，捧在手里，显现出一种不经世事的纯澈和娇美，让她们有一种说不出的感动。她们不停感叹，原来每个人在照片上，也可以这么有生气，这么有活力。

小镇上那些时髦女子也喜欢往照相馆跑。不同于学生们的单纯，她们喜欢拍摄那种模仿明星的艺术照，也有个人写真、朦胧照等。照相馆里那面斑驳的老墙，悬挂着很多照片，大小不一，全是镇上美人们的照片。挂得最多的是在电影院卖票的一个女孩子，瓜子脸，丹凤眼，鲜红的小嘴轻抿，有头部特写，也不乏半身侧脸的。自从照片挂出来后，电影院的售票口人就多起来。特别是镇上的小伙子，争先恐后购买电影票。说白了，就是为了看一眼真人的模样。理所当然，那位女孩成了小镇公认的美人。

因为比邻而居，我常去照相馆。虽然不常拍照，但喜欢去那个摄影室。若十年后，我仍对这个小小的摄影室保持着温暖的记忆：固定在三角支架上的照相机，罩在相机上的红色丝绒，明亮的长方形镜子，一把木梳，一个布娃娃，以及那盒充满魔力的粉红胭脂和那支短短的口红。我一直珍藏着那时拍的一组照片，长发、布裙，淡淡的笑。特别喜欢其中一张，我站在一个开满向日葵的地方。当然，这个向日葵也是照相馆的布景。照片中的我眼神清澈，穿一件粉白的布裙，一脸的清雅和稚嫩，看上去带着某种文艺气息。照片底色微微发黄，于我却有一种奇异的感觉。以至今天，面对这张旧照片，仍能找回当时那份清婉的味道。

此去经年，当满大街的影楼如繁星般撒开时，我却常常想起那个照相馆。虽然奢侈浪漫的婚纱照、写真集充斥着小镇影楼的橱窗，我却无法忘记那个满是黑白照片的纯真年代。那些远去的事物，譬如青春，譬如照相馆，总是关联着人生的某一段成长。小镇的照相馆，留着我们年轻时的一份美丽和憧憬。

教堂

春日的黄昏，沿着小镇中街一直走到头，就看到郊外别样的风景。天空、云彩、田野、归人，每一处都是风景。一个人漫无边际地走着，那将暮未暮时的晚霞，有一种特别的色彩，让人从心底感到宁静和安详。

小镇的尽头，有一座尖顶的建筑，这是小镇上的教堂。其结构与众不同，房顶上的十字架特别醒目，拐过街角就能看到。不知这教堂是什么时候建起来的，似乎有些年代了。白色的墙体略显斑驳，暗红色的铁门沉稳而肃然，给人一种寂然安静的感觉。倒是周围的花花草草、枝枝叶叶蔓延得极其灿烂。细长的梗上顶着一朵朵清丽的花，颜色是淡淡的粉红或粉黄，远远看过去，像是云彩一样飘浮在暮色的黄昏里。

每次散步都会路过小镇的教堂，偶尔会听到里面传来优美的颂诗声。那声音不同于佛教的诵经，歌声缥缈而悠扬，有如天籁。有时，我会站一会儿，静静聆听这优美的声音，却从未进去过。教堂尖尖的屋顶以及丝绒长窗帘有着难以言说的神秘而肃穆，令人不敢贸然闯入。礼拜天的早晨，小镇的天空清澈而安静。镇上的一些居民，身着素朴的白衬衫、黑裤子，结伴走过教堂门前那条狭长的水泥路，一起去教堂合唱生命赞歌。每每看他们走过，会有许多念想和好奇：他们去教堂是为了什么？是为心中的信念，还是为祈祷生命的延续和平安？看他们虔诚的样子，我常常会有莫名的感动。

一个黄昏,我突然想进教堂看看。一念之间,推开外围铁艺的门,一步一步走近教堂。四周很静,没有什么声音。我猜想这个时候不会有人,便沿着高高的台阶一级一级向上走,抬头间看到一个大大的"爱"字刻在教堂的白色墙体上。字体与笔画纠缠出一份深深的感动。从未没见过这么大的"爱"字,在这乡野小镇的教堂里,显得如此鲜明,如此博大,甚至有点触目惊心。穿过教堂两边的罗马柱,四周暗红色丝绒的窗帘充满祥和与宁静。教堂前面有一个高高的亭台,底下是一排排红色的木椅。一架棕色的钢琴,孤单而冷傲地被放置在庭台上。风从教堂的窗口穿过,掀起窗帘一角,似乎隐隐可听到钢琴的旋律在暮色中汹涌。很少在小镇上看到钢琴,此时,这棕色的钢琴就这样寂寞地站在台上。想来,教堂里传出的优美歌声,必定因这架钢琴变得更加动听。

空落落的教堂不见一人,一排排木质椅子静默着。我从后排向前走去,忽然发现前排的椅子边上有一个女子跪在单薄的草垫上,双手掩面,低头倾诉着什么。本不想去打扰,就在转身之际,却听到一丝抽泣声。我不由停住脚步,转身凝视,却发现她用手挡着脸。我看不到她的眼睛,但有泪水从她指缝间涌出来,落在冰冷的地面上。不知她为何如此伤心。我犹豫着,不知该不该走上前去。那女子没想到此时会有人,刚巧抬头。于是,我看到了一双忧伤的眼睛。对视间,我惊讶地发现她竟然是我的邻居——叶子。她住四〇二,我住四〇一,平常我们会在楼道上碰到,点个头,打个招呼。叶子是个话语不多、一脸安静的女子,没想到会在这里遇见她。她也惊讶我的突然出现,从草垫上站起来,凄苦地笑了笑,轻轻对我说了一句,"我只是来倾诉一下!"我的心微微震颤了一下。这是怎样的一个女子啊?我不知该说什么，只是走过去，在她旁边的椅子上坐下来。教堂里异常安静，叶子握着我的手，低声地诉说她的故事：十八岁，母亲生病去世了，她跟老父亲在小镇安安稳稳地生活着；二十三岁，她嫁给镇上的一个小木匠，谁知没过几年，也去世了。镇里有个算命的，说她命硬，这辈子做了女子，便过得不好。也不知真假，但后来的一些事，让她不得不认命。改嫁了，没多久，公公也去世。婆婆骂她是"扫把星"。她老公长年在外面做生意，已经五六年没回来了，对家里不管不顾。她说她一个人带着一双儿女，没什么收入，只做一些零工。起早贪黑赚取微薄的收入，供儿女上学，还要赡养家里年老的婆婆和太婆。她柔弱的双肩真的不堪重负。叶子的声音伤感得让人心疼。看着这位柔弱的女子，真不知如何安慰是好。抬头，看到教堂里那个大大的"爱"字，心想，命是个脆弱的东西。有些人苦苦扛着，有些人却四处躲避。我深觉叶子是个坚强的女子，只对她说："坚强些！相信一切终有云开见月明的时候。"

拉着叶子，我们缓缓走出教堂。夜色已暗，小镇华灯初上。回望身后的教堂，竟是一片灯火。没有人知道教堂中的那些忧伤和痛苦。当飞鸟的翅膀在暗夜中展开，我默默祝福叶子能安然度过这段艰辛的历程。

寂静的黄昏

穿过街边的那条马路,便拐进这个熟悉的园子。近半年来,一直在这里慢走,这是我整个夏季以来最舒畅的经历。一次无意的误入,让我遇见这个园子。

那个黄昏,微风吹出初秋简略的模样。刚刚在单位办完事,我便沿着老街悠悠地走。这园子以一种自然而然的状态出现在我眼前——铁门、铁栅栏、不高的房子……园内有一大片树木和草地。尽管初秋的萧瑟让这园子有些冷清,却别有一番清静。这种远离人声、车声的自由和安宁,让我一下子就喜欢上它。

园子离我居住的地方不远,每个黄昏,我都会来这里。那时,一天即将过去,工作一天的身体开始渴求一种自然的放松。这清寂的园子是安置我身心的最佳地点。我把这里当作慢走的通道,一圈一圈,悠悠地走,走出生命的年轮。每一次,我都会放慢脚步,踏在荒草裸露的野地上,耳听黄昏的虫鸣,用心体会那些街市或公园里看不到的东西。园子很大、很空旷,每次绕它走一圈需要十分钟。淡淡的暮色里,我自由呼吸,行走在微风和草木的香息里。有时候,我也会像孩子一样真诚地坐下,等待草丛中的蚱蜢从石缝中跃出,张着轻薄的双翅,与我悄然对视。这样的黄昏中,人会不自觉地微醺。当然,我不是唯一的入园者,身旁时不时有人影姗姗而过,但我兀自钟情于这份孤寂的美好。有时到了一个地方会觉得神奇，仿佛早在梦里就曾来过。这偌大的园子、这黄昏的景色，每一次亲临都让我有万分熟悉的感觉。

日复一日，渐渐熟悉了园子，园子里的人也熟悉了我。每次打过招呼后，彼此便悄无声息沿自己的方向行走。初秋的晚风吹败了园内的杂草，却吹不走人们对园子的溺爱。某个黄昏，一个年轻女子在园中出现。我惊叹，这么年轻的身影怎会在这里出现？事实的确如此。只见她白衣素裙，长发披肩，颀长的身姿像一株轻摆的柳。每次，我们都是相隔几步，或前或后。有几次擦肩时，彼此会微微一笑。人与人之间的友情是不设防的，因为这轻轻的笑，因为这黄昏的园子。不久，我们就认识了，也成了无话不谈的朋友。她给我的印象犹如清水里的一尾鱼，灵动鲜活。又是一个黄昏，我和她散漫地说着话。当时，刚下过一场透雨，园子里弥漫着草木的气息，隐隐间还夹着一种奇异的清香。抬头，有一些小小的颗粒随风落在我们的手上、脸上，像极了细细的雨滴。是下雨了吗？当然不是。当我们确认是从园子里的桂树上落下时，惊异地叫了起来，原来是桂花，散发着橙色喜悦的桂花。

突然间满心欢喜起来，在这寂静的黄昏里，为这小小的、怯怯的、开满枝头的桂花，也为我和她的偶遇。尘世间，最好听的声音是那些具有黄昏质地的声音，温情，动人。不管是人还是物，只有走近了，靠近了，才能感觉到那种熨帖的温暖与安心。

香生别院晚风微

江南小镇的闲适时光

入梅了，雨水湿了江南的小镇，四周一片寂然。院落里那株白玉兰繁星似的散开来，感觉非常美。风吹过，阵阵暗香在湿润的空间缓缓袭来，不知不觉心便安静下来。

对花没有特别的选择，每种花都有其独特的魅力。对于一个素衣寡淡的人就没有更多的想法了。眼前的玉兰花倒是很入眼目：小巧秀丽，却开得很雅致。叶，沁着清水般的葱绿；花，是那种纯色的白。一瓣一瓣，特有质感，摸上去有一层厚重。香气，则清香浓郁，轻嗅一下，沁人肺腑。白花、绿叶，在我眼里是一种绝配，就像白衬衣配绿裙子，既素心清雅，又充满禅意。红花绿叶热闹是热闹，却少了一份雅致，到底有些俗意。

院子里的这株白玉兰有些年头了。每年的五六月份，花儿就会满枝头地开放，一朵一朵，重复着去年的繁盛，却绝不是去年的那一朵。不是什么东西都是原来的好，花儿就如此，不可复制却仍让人欢喜不止。很难想象如果少了花朵，这世间会不会变得黯淡许多。而眼前的白玉兰，在这微雨的季节里，以其浓郁的香气愉悦着别人的心情，这应该是一件大快人心的事。白居易云："人间四月芳菲尽"，想不到在六月，也能有如此繁盛花事。

那天去老街，一个人慢悠悠地走，忽遇一个沿街叫卖玉兰花的老人，很是惊喜，驻足停下。只见老人一袭蓝布衣，一脸笑意，挎着小竹篮。头上、衣襟插满花儿，手上的小竹篮上搭着一块碎花蓝布，边走边大声地叫卖："玉兰花，玉兰花哦，一元钱两朵。"那声音满是江南味。只一会儿，小巷里呼啦啦跑出一些姑娘。她们围在老人边上，伸出春葱似的手指，你一朵我两朵，一小竹篮的花儿没一会儿就见了底。新鲜的花儿被姑娘戴在发梢或别胸前，一路走过，清香四溢。我也忍不住上前买了几朵。据说，花香能让人入眠。想想也是，漫漫长夜，辗转反侧，如能枕着淡雅的花香，必定能安然入睡。玉兰花放在枕边，香气漫漫，一点点在空间里释放。忽然觉得，这香气似乎会走动，与房间里的某个气息合在一起，让人觉得淡雅而又缥缈。是夜，拿出一口绿瓷碗，把白玉兰一朵一朵置于其中。这实在有点像小时候玩的游戏，但我仍然做得如此认真。

　　早晨醒来，却发现碗里的白玉兰变得衰败了。它萎着头，蔫蔫的样子；午后一过，垂得更厉害了。原来一朵花从盛开到枯萎，是那么短暂。我有些难过，但这就是规律，我无法去改变什么。只要爱过，见证过，芬芳必然。

那一片海

四月的阳光,轻薄而灵动。我所在的江南小镇飞溅着春天的喜悦。风掠过树梢,叶儿在明亮的光影中舞动着。我穿梭在小镇并不宽阔的街道上,脚步匆匆。在越来越强的光线中,我渴望着一份静静的清凉。也就在这一瞬间,记忆中的那片远去的海毫不设防地闯了进来。思绪在这份漫不经意中渐渐飘浮起来,那些刚刚抵达以及对那片海的怀念,在这个明亮而略带空寂的午后,簇拥着我的意念绵延而来。我想,该去看看那一片海了。

那一片海,一直存于我小时候居住的村落深处。只要穿过乡野的棉花地,再越过长满橘子花的橘地,就可以看到那一片海。很久很久以后,那片海仍被我反复记起。其实,最初对于那片海的认知来自隔壁伙伴——小安的爸爸。小安是我的邻居,也是同学。小安的爸爸是个渔民,长年在船上,很少回家。每次,只要她爸爸回来,小安就会带给我许多令我着迷的东西,比如一枚海螺,一只小螃蟹或是一条五彩的小鱼。小安的爸爸不太说话,皮肤黝黑。他特疼小安,喜欢让女儿坐在他的肩膀上,然后欢快地走在夕阳余晖里。每次看小安高高坐在父亲的肩头,我都特羡慕。这于我来说是极不可能的,因为我爸爸一直在一个小城工作。虽然一两个月才回来一次,可即便回家,也很严肃,我是不可能有这样撒欢的机会的。一个午后,我和小安安静地走在回家的路上。突然,小安对我说:"我们一起去看海,好吗?我爸爸就在那一片海里捕鱼。"我犹豫着不敢答应,却又抵不住小安的央求,打算牵手去看那片从未谋面的大海。我们不知从哪条路走才对,只听大人说,穿过那片棉花地,再过一大片橘地,就可以看到海堤坝了。我们思忖着从村落那条长满荒草的小路开始,沿村边的小河,一直朝前走。两个不满十岁的女孩,开始了一次陌生而勇敢的寻海之旅。不知走了多久,始终没有走出那片荒草地,天色却渐渐黯淡起来。周边浮荡起的那些陌生声音,让我们变得慌乱而紧张。我对小安说:"回家吧!我们找不到那片海的!"正当我们犹豫着该不该回家时,夜色中传来母亲、小安妈妈以及邻居的叫喊声。那声音穿过暮色,让我们在迷茫中找到了依靠。于是,这次看海计划以妈妈们责骂告终,那一片海成为我年少记忆中的一个"未完待续"。

真正见到那一片海是在我初中的时候。中学离海更近了,学校的一次春游活动,让我目睹了渴盼已久的海。那个午后,原以为会很激动。眼眸与海面接触的瞬间,我发现自己竟然如此安静。这是一条由大小石块筑成的堤坝,堤坝表面只有两三米宽,顺着堤坝倾斜过去就是苍茫而博大的海。没见海之前,我一直想象海的颜色是那种浓稠的蓝。实际上,海并不是我所想象的那样蓝,而是出人意料的浑浊、混沌。极目远眺,海天之间居然有点黯淡。我有些失望,一直想念的海怎么会是这样一种色泽呢?站在海堤上,我不禁有些茫然。其间,我看到远处有一条银带似的海浪,由远及近急促地向堤坝奔涌而来,气势宏大。还没等我看清楚,这一排排海浪已奋力撞击到堤坝上,浪声滔天,震颤着我的耳膜。我有片刻的惊讶,这声音渐渐充满我的听觉,熟悉而又陌生。我想起小时候小安送我的那只海螺,想起我们把海螺贴在耳边听海的样子。我突然兴奋起来。海的呼喊让我在瞬间复苏,我的视觉,我的意念,还有对海的想念在这一刻灵动起来。我觉得这就是我的海,我一直惦念的海。本来安静伫立的我,竟然兴奋地在堤坝上手舞足蹈起来。我不再安分,索性脱去鞋子,顺着堤坝向海水涌动的方向走去,然后伸出双手捧起海水,大大地喝了一口。那咸而涩的味道刺激着味蕾,令我直往外吐水。原来海是这样一种味道。同学们见我傻傻地喝海水,都大声笑我。很多年以后,我一直记得那种咸涩的滋味。

也许是跟海有缘吧,毕业后的第一份工作竟然就在这一片海边。我被安排在食品加工厂上班,工厂的厂房就在海边。每天打开窗门就可以看到海,晚上关了灯还能听到海的叹息声。此起彼伏的喧哗中,我习惯了枕着海浪的声音入睡,也习惯了带着腥味的海风。我常常会独自一人去看海,看潮涨潮落,看堤坝上沉积的青苔,看退潮后那些遗落在泥涂上的贝壳。那些贝壳不算精致,却有着大海浓重的气息,往往一拣就是一大串。偶尔,有海鸟低鸣着凌空飞过,我会仰头追随很久。有时,也会和朋友一起结伴去岩石边挖小小的贝类。退潮后的海是一片浅浅的滩涂。我们高卷裤腿,踩在酥软的滩涂上。那些小蟹在我们眼前张狂爬过,一旦逃不过我们的法眼,就只好乖乖束手就擒。夏天的夜晚,堤坝上会搭起一些专卖海鲜的小排档。那些鲜活的鱼虾和各类叫不出名字的贝壳,极尽诱惑地跃动在我们面前。我们会挑一些中意的海鲜,让老板或清蒸或葱油,然后手端清口凉爽的啤酒,一边享受着醉人海风,一边看着渔火点点的海,好不惬意!海在我眼里极尽温柔,我一如既往地深爱着这一片海。然而,我怎么也没想到,在海给予我所有美好和温柔的同时,却让我目睹了它的暴烈。那个夏日,我亲眼见了这片海在十六七级台风中那狂暴的面目,那些伤痛至今令我无法忘怀。我们的厂房在台风的肆虐中变得疮痍满目,海水在不停地哭泣中淹没了一切。我不敢面对那一片海，惊涛骇浪让那片海变得狂野而陌生。很久很久，我都无法忘怀。那次台风之后，我就离开了那片海，回到了我的小镇，从此再没有去看过海。

四月的这个午后，在小镇微热的阳光中，我想到了我的那一片海。其实，我心里一直惦记着，尽管没去看，但那时那刻，它的容颜，它的声音，它的专横，它的气息，已刻在我的心海里。我无法忘掉那一片海，尽管它有时温柔，有时狂暴，甚至还远未有其他海的蔚蓝，但它如同我年少时的影子，早已深入我的骨髓，镌刻在我的生活里。找个日子，我想，该重新走近那一片海。

一山一水，一草一木，皆清欢

时光在细碎的暖阳里洒下整片整片的忧伤,多少相遇,多少相知,只剩下心悸的孤单。

岁月静好

处暑已过，炙热渐消。一个人走在路上，不觉寂然。

那条老街，来来回回走过许多次，熟悉每个街角、商店，和那些蔓延的绿篱。喜欢攀着木栅，靠近那些绿绿的生命，总令我衍生出式微的怀旧气息，让人迷离和慌乱。街角处的老房子，古朴、安然，给这条老街增添了古意。慢慢走过，阳光透过老街的百叶窗，看过去竟有一份深幽。那种光和影合在一起感觉，就像一部老电影。

越来越喜欢安静了，那些鲜活生动的词语也离得远了，看书、写字变得迟钝。书桌上有白色的杯子，浅浅的水，沉稳而寂静。突然觉得这素朴简单的日子，竟也有纯净安然的面容。张爱玲的书就放在旁边，喜欢这个女子的眼神，看上去凛凛然，却很寂寞。那张苍白的脸在暮色的微风里，颌首摇曳，特别美丽。窗外，喧嚣一天的街市早已是暮色深深，我安静地坐在书房里。喜欢这个时刻，让自己的思绪散落开来，很轻、很柔、很宁静，没有任何障碍就可以飞越任何一个角落。有些情节、有些感觉只有在这个时候，因心里的某种惦念，而不断涌动蔓延，像暗夜里闪烁的星光，幽深而又明亮。

前些天，一个人坐着，忽接到一个陌生而遥远的电话。原以为是打错了，却不料接通后，竟然是许多年前很想接到的那个电话。只是，经过了这么漫长的时光后,当这个电话辗转来到,却已失去原有的内容和色彩。这一刻也变得不那么重要了,天有天意,水有水意,最美好的时光亦随风而去。多年前,一个下雪的清晨,一个人坐十几小时的车,远行至一个小城。那是一个从没到过的地方,只为一个诺言,就独自一人去了。那个冬天,很冷,天空飘着细密而冰冷的雪花。一个人游走于小城街头,像一尾失散的鱼,没有目的地沉浮着。直到那一声轻轻的问候从远处飘来,才伸出手,挡住眼里那颗即将滴落的眼泪。

总会在这样的夜,想起一些往事。不为什么,只觉那些旋律像水流一样,在我生命中汩汩流淌。人生已过半,最快的是光阴,最慢的也是光阴。季节已变,恍惚间,秋叶如霜。窗外,天色渐沉,窗台上那盆白色的茉莉花,在暗夜里散发着清香。摊开手心,看得见隐隐的脉络,那个写在掌心的号码,早已遗失。

有很多东西,会因一个念想、一个牵挂,让人在某个时刻忽然怀想起来。有人说,这叫怀旧,而怀旧的人,总是有点老。坐在暗夜里,觉得自己真的就这么一寸一寸地老去。也许,是该放弃一些东西,收拾一些想法了。那些无用的、不必要的琐碎和细节,不要也罢,过一个素朴简单的生活应该是最好的。

愿自己简单生活,岁月静好。

春光里我坐在廊桥上

当我轻轻念出"喜欢"这两个字时，嘴角会微微晕开，心情也跟着开朗起来。喜欢，是一件暖心的事，对一件事、一个物，或者一个人，一首歌、一本书，心里喜欢着，就会情不自禁给以关注。我喜欢廊桥，也喜欢《廊桥遗梦》这部小说和电影。小说、电影看过好几遍，其叙事节奏舒缓流畅，就像一首优美的田园诗。古老的廊桥，寂寞的中年主妇，孤独的远游客……弗朗西斯卡和罗伯特的爱情故事真是让人唏嘘。他们在廊桥上休闲地拍着照，背景是一大片绿油油的庄稼和漂亮的白色木屋，以及阳光中慵懒而安宁的气氛。

廊桥始终以一种诗意的方式存在于我的意象里。彼时，我用思维和心灵虚构着廊桥。因为有廊桥，江南山水便多了几分温柔和雅韵。很早知道泰顺有廊桥，却一直未成行。前几天，去了一趟三门的潘家小镇，知道那里有一座廊桥，就决定和朋友一起去看一次。木质的廊桥临空架在一条清溪上，远远看去，尽显江南的雅致。亦曾在一个晚上来过这里，当时天太冷，逗留片刻就回了，也没瞧清这廊桥的模样。今天，春光明媚，桥边的垂柳迎风轻舞。坐在廊桥的长木椅上，清风吹动我的黑发。我晃荡着两只脚，像个孩子似的，望着面前淙淙的溪水，竟然无比开心和快乐。廊桥虽不是我心念中的廊桥，却还是让我特别兴奋。我安静地坐着，想起电影里弗朗西斯卡在桥头盯着那张小纸条，流露出满怀期待的眼神，瞬间让我生出一种错觉，一种恍惚。

来回踱步桥上，听到的是脚跟敲击桥面发出的孤单声音。我不知自己是想忆起什么或是想忘掉什么，有着淡淡的怅然。太阳快要落山了，光线从山脊投射过来，洒落在桥面上，无比柔软。对岸，柳枝轻盈地垂飘着，一位身着婚纱的女子在拍照，轻启朱唇，幸福地微笑着。爱情赋予她美好和温馨，看她脸上盈盈笑的容就知那是最好的画面。

经不住溪水的诱惑，我提起裙角，在哗哗溪流的石丁步上小心地行走着。那水声，虚幻得像一个梦。水飞快地流动着，偶尔蹦出一两条小鱼。水雾弥漫着，此时此景疑是仙境。涧边不知什么时候出现了几对年轻的情侣，他们牵手在桥上走过，笑声如清泉般洒落。望着他们的背影，不禁感叹年轻真好。守着自己心爱的人，轻歌浅唱真是一种幸福！

廊桥边上有一幢幢休闲式的别墅，吃饭、住宿、喝茶，一应俱全。看时间是该吃晚饭了，选了一号餐馆。推门进去，老板娘微笑地招呼着："吃点什么呢？"只见她身着碎花棉质衣裳，一头渐长的黑发，细语轻声，眼角含笑，皮肤特别白，一双眼睛又黑又大。没想到，在这乡野小店竟能见到如此素雅之人。点了几样海鲜和蔬菜后，便微笑地和她聊起来。她说自己从是西安嫁到这里来的，站在她身后的是一位憨厚的男子。问她多大年龄了,她说孩子也二十多岁了，当真被吓着了。这山涧清水真能养人啊，瞧她粉面含鲜的样子，真不敢相信。她用轻淡恬静的笑容告诉我，这就是事实。她在厨房间忙碌着，脸上挂着一份从容和满足。我没有更深地去探究，瞧他们夫妇脸上的笑意，心想：这就是爱情吧！

在这陌生而温馨的小院里享受了美味的海鲜餐后，黄昏渐渐黯淡下来。告别廊桥，告别潘家小镇，告别那对夫妇，走在夕阳的余晖里，廊桥以静默的姿态立在溪边。我挥挥手，想着自己把这一天安放在春光里的廊桥，感到特别满足。

廊桥的记忆

"记忆"是一个微妙的词，它会让人在某个时刻陷入其中，然后不停回放曾经的一些碎片。

有些记忆，在心尖里捂得温热后，会散发出婉温的气息，久而久之，便让人有种眷恋。比如对一个地方、一件事、一个物，心里喜欢着，就会情不自禁报以关注。在阳光斑驳的日子里，再掏出一些印象来回味。

对于廊桥，就是这样的感觉。那天，偶然间看到一张关于廊桥的彩色图片：木质的桥面，拱形的廊檐。光线打过来，明晃晃的。见后，特别兴奋，因为家乡就有一座跟图片里极为相似的廊桥，只是，很久没回去了。此时，对廊桥的记忆和念想，瞬间复苏了。

老家的廊桥以静立的姿态，存在于我整个童年和少年的时光中。它像彩虹一样，从溪的这边跨到那边。桥下是一条清澈的溪流。溪流很长，长到没有尽头。春天，溪水微波潋滟，淙淙地响着。那时，每天和小伙伴一起，跨过廊桥去对岸的学校上学。穿天蓝色的衬衫，背双肩包，推着自行车，偶尔响起的笑声和铃声在溪边回荡。那时候，感觉这桥很宽很大很长，怎么都走不完，像我们涩涩的青春。学校离家很远，乡村的道路泥泞而弯曲。我们很早就起来，去几公里外的学校上课。放学回来路过廊桥，便会被那一池溪水吸引。同伴们吵着闹着伸手去抓鱼，生性安静的我很少参与，只是静静地站在边上。一直记得，在桥的某个角落，收到过第一张青春懵懂的小纸条。那浅粉的色彩、心形的印记，以及那一层淡淡的光晕，烫热了我年少的心。拆开的瞬间，心上就漫进来一片潮润的气息。而此时桥底的溪水，仍然不动声色地流淌着。那时候，时光如水；那时候，彼此都以为，青春很漫长；那时候，伙伴们在廊桥上嬉戏，轻松惬意；那时候，不经意的一个眼神，便惊起一滩鸥鹭。

后来，长大了，离开家乡去更远的地方上学，廊桥在我的记忆中成了一个怀恋的对象。每到一个地方，只要看到廊桥，就会情不自禁走上去。一步一步，游弋在廊桥的木质桥面上，听到脚跟敲击桥面发出的声音。那声响是逝去岁月的回音，亦有着淡淡的怅然。其实，每个人心中都有一座廊桥，那里有属于自己的风景和故事。成长总是让人猝不及防，还没来得及回味，一切就都变得遥不可及。但不管走多远，我始终相信那座廊桥一直都在，化作时光的印记，与心灵深处有着某种隐秘的关联。

一脉山水在乡间

周末的一天,刚下过雨,空气里洇着淡淡的水意。村落如同一张陈年的宣纸,氤氲开来。应朋友邀约,去镇区边一个叫"峇底陈"的小村走走。一直生活在尘世的喧嚣中,能有这么一天,放下俗事,回归乡野,看山看水看花看草,不知我的眼睛会湿润成什么样子。

壹.山里清晨

峇底陈是个遗世独立的小小村落,坐落在杜桥镇童燎水库的上游,四周群山环绕起伏,碧山秀水。全村几百户人家,安安静静地在山水间繁衍生息。周末,开着车,沿着那条通往村落的水泥路,慢慢往前开。山里的清晨安静如水,整个村落笼罩着一种宁静的光泽。几幢村屋在花木树枝掩映下,若隐若现。从车窗外看,天是蓝的,花草树木青绿葱茏,两种色泽交织于这寂静的清晨,竟让我莫名欢喜。把车子停在路旁,步行沿村路往前走去。路是那种泥土山路,松软不沾脚,两边细细碎碎的花草,开得零乱而鲜艳。喜欢这样的画面,干净、纯美,如一幅淡雅的水墨画,不由得让人心生暖意。

到村口,远远看到一棵古樟泛着翠嫩的新绿,浓郁得让人眼眸都湿漉漉的,几缕枝叶随清晨的微风轻飘荡漾。树下,几只鸡鸭亮着羽毛,悠闲地寻觅食物。一个早起的大伯踩着三轮车,车斗上放着一些刚从地里摘下来的瓜果蔬菜。擦肩而过的瞬间,植物的清香和瓜果成熟的气息涌进我的鼻腔,忍不住深吸一口。大伯见状,对着沉醉而陌生的我露出一脸憨憨的笑,然后很敦厚地问了一声,"要吃吗?"我摇摇头,老伯挑着担倏然走过。看着他远去的背影,心里荡起一抹乡村田园特有的愉悦感。

清晨的薄雾悬浮在群山四周,给山体披上一件朦胧的轻纱。淡淡远山,若隐若现,我从容而安静地行于其间。一条白练似的溪水从山上飞越而下,山水的明清洗濯着我的眼目。这一刻,我突然明白,即便跋山涉水去看远处的风景,也不及偶尔邂逅的眼前风光。这寂静的山野小村,这安宁的光阴里,任最迟钝的人也会心生一份感动。一行花开、一片草木、一群飞鸟、一泓清泉,都能散发出大自然幽净的光,让人有一种历久弥新的感觉。出行的目的并不重要,重要的是一路上这些细碎、无声,却让人愉悦的时光。

贰.村落

在岔道口一直往南走,便来到岙底陈村。这是一个小小的村落,质朴、自在、春意融融,还有一股山野的清新,这是繁杂城市中所罕见的。我深吸一口气,竟品出脉脉清香。在村口,偶遇一群少年,背着书包,穿一样的校服,蓝白相间,嬉笑着迎面而来。那份灼灼的青春,似绽放的春天。目送他们远去的背影,眼前依稀浮现出自己的年少模样,不由自主在春光里露出笑意。

乡野村落，自有清朗之处。田园河道，阡陌交错，有屋舍瓦房如星般地撒落着。院落与院落之间，由木栅栏、竹篱笆以及桃树、李树间隔。通往门口的小径，一些指甲大小的黄色小花开得到处都是。穿过小径来到一座屋舍前，门窗皆是木质材料，颜色略显古旧。堂前收拾得很干净，一张八仙桌靠里放着。几只山鸡羽毛丰满，屋前屋后来回奔走。四周静幽幽的，探头往里瞧，不见人影。正想转身，吱呀的木门声里，一个穿着薄花袄的少妇端着一盆冒着热气的菜现身，微笑地问我："找谁啊？"我不禁愕然——是啊，找谁呢？我只是一个路人，还好那少妇并不怕生，一边将手里的菜一把把晾晒开来，一边跟我说起话来。"是出来踏春的吧！"我惊讶于她竟口吐"踏春"二字。原来，春天的风情和诗意早已浸入这质朴的村落。看着这一脸笑意的村妇，有一种说不出的亲切感。想起多年前乡居的日子：河边洗衣，门前择菜，炊烟袅袅，夕阳西下，粗瓷碗、蓝布衫，心中特别温暖。随后，她拿了一把椅子，热情地让我坐一会儿。我也没推辞，坐在这清香四溢的院落里，还真不知何处是人间了。慢慢地，我们唠起话来。她说，她是从邻村嫁过来的，在这里已经两年了。老公在外地打工，平常她在镇里眼镜厂上班。今天休息，就把家里的菜腌一下，晒干后可以留着慢慢吃。又说，这里空气好，周末会有好多城里人来这里度假。开车过来的，骑自行车过来的，一拨一拨的人，很是热闹。我突然发现这女子很会说话。在这寂静的村屋里，她的话就如村边的溪水，清澈而明亮。后来，她又告知："今春的天气寒冷，山上的花比往年开得迟，你下周再来吧！那时漫山遍野，桃花、梨花全开了，一大片一大片，粉的、白的，那才叫美呢！"看着她一脸笑意，我没有拒绝，也无法拒绝，为这个热情的女子，也为这个春天的约定。我满心欢喜地答应着。

叁．一湾碧水

告别热情的村妇，我来到了童燎水库。记得有一首歌的歌词是这样写的：高山上的湖水，是躺在地球表面上的一滴眼泪。那么，我枕畔的眼泪，就是挂在你心尖的一面湖水。此时，在这个安静的小山村，在这脉脉山林中，无论是湖水还是眼泪，都已不重要。只要看到这蔚蓝的天，清澈的水，还有那一丛丛丰腴肥美的水草，就会被这山里的一湾碧水所感动。人的一生离不开山和水，水让人灵动，而山让人沉稳。每一次与山水的无意邂逅，都让人有一种惊喜和雀跃。

此时已是上午八九点了，明亮的光线照得人心里亮晃晃的。这里没有更多的人，只有不远处那些垂钓者静立水边，背后是一袭蓝天。我站在水库边上，第一眼触及那一湖清澈的水，心中就涌起一份浓稠得化开的柔情。那是一种怎样的色泽，直教人心跳不已。没有波动，没有涟漪，一汪清得撩人的水，就这样静卧在这乡野小村的怀抱里。天地湖水之间，宁静得如同缥缈的仙境。那湖水似乎是上天跌落在人间的一颗宝玉，就这样清凌凌、脆生生地嵌在这片草甸中。水库里没有泛舟之人，偶尔有水鸟拍翅掠过，让人有一种想呼喊的冲动，又怕惊醒这一湖的宁静。扯一把水草在手，淡淡的草汁在空气中流动。把草团成一团扔进这清凉的湖水中，砸出的水波一圈一圈漾开。这一刻，真想席地而卧，让这一片湖、这一片草甸、这一片蓝天，就这样温柔地横亘在我的视野里。如果想让眼泪在面颊温暖蔓延的话，这里是最合适的地方。

太阳渐渐猛烈起来了。逡巡四周，发现不远处有个小亭子。我顺着小路走过去。我依亭而坐。亭子不大，周围有一大片不知名的小花，颜色是那种深红深红的。出于好奇，我用手轻轻触碰，竟从花瓣上掉下一颗晶亮的水珠，连忙接住。这水珠亮亮的，像一滴眼泪静静躺在我的掌心。掌心盛水珠是小时候最喜欢玩的把戏，然而，今天，在这里，我无意中重温了多年前的趣事。我没有让水珠跌落，也没有让它停留太久，就这样轻托它，让自己的思绪在遐想中蔓延。

该回了，该回了。我却无法收拾自己散开的心。这个春天，邂逅岙底陈这样的山水小村，心里充满了温柔和宁静。我想，如果有一天，烦躁了，疲倦了，就到这样的村落小住几天。这里青山绿水，白云轻飘，水草丰美，波光粼粼，这里是红尘外的仙境。每至陌上花开，就该缓步慢走，放歌山水，把心安放在这遗世而美好的村落里。

半山静时光

浙东山脉,如同女子裙裾上的皱褶,始终无法一眼看清。车子在群山的掌纹线上摇晃向前。一车女子,玲珑活泼地坐着。也不知拐了几十道弯,终于在深不可测的绿意中看到这悬在半山的村庄。黑瓦白墙,生生地出现在眼前,一阵意外。

喜欢这两个字,半山,有一种寥廓的诗意感。想起王安石的"翳翳陂路静,交交园屋深",不禁对半山村充满了怀想。走进半山村,就像是走进旧时光的隧道。安静,是这个古村落存留下来的唯一方式。树枝、老房、院落、石桥、路廊、溪水,在淡薄的光线中,无声无息地交织成一幅斑斓的图案。天光淡淡,宁静安好。有人说:世间最好的便是能倾听流水、鸟鸣、风声和虫吟。我想,如此这般,选择这半山村应该是最好的。

古道上,我牵起村庄的手,用脚跟丈量细碎的青石。沿溪而上,一座老桥,绿意苍生。几棵红豆杉,倚桥而立。一路慢走,溪水淙淙,有三两个村妇洗好衣服,正陆续返回村里。我们一行数人,鱼一样游过村子。几位年老的阿婆坐在村落入口处,阳光打在面颊,一脸菊花般的笑意。看我们走过,也不说什么,似乎早已习惯了外来的闯入者,也习惯了我们用手中的相机去拍那些石头、牛羊和花草。她们安之若素,偶尔用手掠一掠鬓角的白发,让人想起自家的阿婆。时间总是复杂而多情的。它让万物成熟,也让世事像灰尘一样飘落。时间对一个村落来说,除了悠长,便是建筑的破败感。因为这份破败,让这些院落有了深深的斑驳和沧桑。土墙破落了,木门老旧了,青石沧桑了,但那些褪色的标语还在。门楣上、窗格边,淡红的痕迹若隐若现,如时光的手在这里抚摸过。从漫漫宋朝走来的半山,已没有往昔的贾商云集,取而代之的是小桥流水人家,这份安静吸引着来自喧嚣的都市人。他们匆忙的脚步,能在这古老的村落里找回失却的宁静。半山没有让人失望,半山用它的体温抚慰着每个来者。青山绿水,疏朗枝叶,荡涤着旅人的心。

  入住的是农家小院。推开院落的门扉,是一个开阔的道地。青砖古旧的围墙,几株老树在墙边立着。风吹过,枝叶低语,几只鸭子在浅池里嬉游。门楣上挂着一些风干的农作物,石砌的池水里有一股幽凉之气。院落里坐着一些外来的游客,围着一张木桌喝茶。袅袅的水气荡起式微诗化的暖意,给人一种时光脱落和停滞的感觉。有几位农妇坐在屋檐的石阶上,脚边放着几小袋半干的番薯条。同来的伙伴围着她问这问那。她也不见生,热情地招呼我们,说这些都是自家的土特产,随我们挑。番薯粉、番薯条,还有那些红豆子,散发着农作物的馨香。我们很久没有尝过这些农家的东西了,个个跃跃欲试,主人却笑着说:"你们先尝尝,不买也没关系的。"她的神态透着农家人的质朴和宽厚,我们便争相买了一大包,打算回头好好享用,并猜想,那味儿,肯定跟这里的民风民俗一样,浓香、质朴。

  半山的时光是缓慢的,我安静地享受着。午饭后搬一把椅子,坐在院落的道地上。有风从院堂穿过,几经回折,透过薄薄的门板,再直吹过来,掀一掀挂在门楣上的绳索,然后从前门出去了。冬天的风就这样，在墙角，在屋檐，在草垛里，在树梢上，在远处荒野上，都能听见风涌动的声音。这声音有点冷意丛生的感觉，还好，有阳光。冬日暖阳是人们喜欢的，它从屋脊上爬过来，温暖我等凡夫俗子。面对阳光，眯着眼阅读院落里的那棵树，我知道我无法读懂什么，只是借着这个悠闲的时光转动思绪。我叫不出这树的名字，但它孤独的样子让我特别钟情。孤独是一种境界，是一种出世的超脱。一只狗来到树下，用前脚拨了拨泥土，然后低低地哼了几声；又跟着来一只狗，是跟树打招呼吗？这里的一切显得异常的静。坐在半山村这陌生的院落里，佯装打盹的模样，聆听狗的叫声，树的低语，闻着竹篱下青菜的香气，那真是一种无法复制的快乐！

不知不觉，寒意渐升，夜色漫上来。此时的半山更静了。我走出院落，弯过一畦菜地，路过一个无人居住的空落小屋。门前堆着一堆劈好的木柴，整整齐齐地叠在那里，像一堆艺术品。板壁上贴着毛主席的画像，木窗洞开着，看得见几丛野花在破裂的土瓮里开着艳艳的花。有人在远处的草垛上点燃了烟火，让人想起小时候在田间玩火取暖的情景，心里不由得泛起一股暖意。突然发现自己流连起半山来，因为它漫散的人间气息、不徐不疾的清风和晚霞，还有随意的静生活。如果可以，我愿在半山建一间小屋，守候半山的幽静时光，朝对青山暮对晚霞，做一个世外半山人。

碧色

我对色泽没有过多的想法,但每每触及那种醉人的碧,就会生出一种说不出的好感。有人说这不就是绿吗?我固执地认为"碧"与"绿"是两种色泽,碧不等于绿。它有着绿的一切特点,却又比绿来得晶莹,比绿来得透亮,比绿多一点清澈,像小女孩流动的眼眸,是安然的,单薄的,却又是寂静的。

准确地说,我更偏爱碧一些。"映阶碧草自春色,隔叶黄鹂空好音",这是杜甫的句子。这碧草春色让人的思维里渗出一点点嫩嫩的碧色,是那种枝叶底下的碧,不招人,不浮浪,不夸张,却透着一些惊喜和愉悦,就像是少年时光。庭院里的青草碧绿,几个伙伴,围坐在院子的一角,抢沙包,跳绳子。风吹过,那一抹碧绿,微微摇曳在时光里。

喜欢碧,是因为这色泽的静雅和清凉,会让人在炎炎的夏日中感到丝丝温凉。很多时候走在湖边,看到那些柔软的枝条因为接近于碧,不知不觉便喜欢了。比如柳枝,比如竹叶,比如墙上的藤蔓,虽然少了一份通透,但那种薄薄的、湿润的绿,如水般的在心中一泻而过,还是叫人难以忘怀。大多时候,也很难详细地分辨出这"碧"与"绿"到底有多少差别。夏日的黄昏,风从荷塘吹过,那一大片碧色荷叶在湖畔婆娑起舞,莹莹的碧意在午后明亮的阳光下,给人一种眼目的盛宴。牵手走过那满湖的荷,那葱绿的生命和澄碧的心情,任谁都无法替代。

家的附近有一块长满艾叶的湿地。端午节到了，一大丛一大丛的艾叶，被人毫不吝啬地大把大把割去。那碧与绿相缠的艾叶被人们分割成宝剑的形状，斜斜地插在门上。艾叶的清香，让人有微微的醉意。我不知道满院的清香是否一如传说中那样，能驱魔避邪，但那一抹碧，通透可人，远远就能感觉到它的深意。那扇冷漠黯淡的铁门因为这一抹碧，瞬间就平添了几分生机，几分春意。

朋友青是个精致的女人。有一次穿了一件旗袍，是那种浅显的碧，袖口有着亮绿的蕾丝花边，在古街的小巷里缓缓走过，远远看去像《诗经》中的女子。也许是碧衬托了她的那份贤淑和雅致，这位叫青的女子，一直让人欣赏不已。金庸《天龙八部》里那个青衫碧影的阿碧，手执双桨，缓缓划水而来。一支小曲，一身碧袄，同样让人赏心悦目。那次去羊岩山，正好是春天。有采茶女头上戴着一方青巾，身着青色印花布，在一片碧色的茶园里，纤手翻飞，舞动出一片碧青的茶文化，让我看了真是满心欢喜。那时那刻，我的心里除了那一片碧色就再无其他了。

喜欢美好的东西，不管是绿中含碧还是碧中透绿，那种纯色的、透亮的碧，总给我的生活带来淡淡的温暖。红尘俗世，能有这么一抹碧，以温婉清美的姿态，盛一半欢喜，一半碧意，便也一切安然。

小停云馆

这个深秋，决定去赴一个等待已久的约定。

小停云馆，这四个字在我的心中辗转了无数次，却始终无法猜测它真实的模样。

秋日午后，我从赤城路北端一直走到最南端。街上落着梧桐叶，踩上去窸窸窣窣的。秋天的意象在古城的街头肆意弥漫，有几次突然想停下来，却被随风翻卷的落叶牵动着，一步一步，往街深处走去。后来到了龙兴寺门口，一抬头便看到了古城绵延的城墙，这才想起友人说过，小停云馆在三井巷。正准备往回走，见有人轻唤我的名字，转身便到一脸清秀的友人。她着一袭棉麻长裙，围一条暗红的长巾，不知什么时候已笑微微地出现在我的身旁。好久不见，依然风轻云淡，宛若邻家的小妹，叹息时光在她身上没留下丝毫痕迹。

城市的巷弄似乎都差不多。走了百来米左右，便见一条静悠悠的小巷，巷口写着"三井巷"三字。恍惚间想起许多年看过那本《三家巷》，一字之差，却有一种亲切的感觉。一长溜的石板路往远处延伸，两边是斑驳陆离的老房，高高的灿墙让小巷显得深深的。没多远，见一古宅大门，门档上花纹精美，线条柔和流畅，依稀可见当年此处住的是个富贵人家。友人推门而进，一个深深的宅院就展现在我的眼前。

甬道、庭院、屏风墙，墙头一些枯草在午后的光影里，摇着细碎的身姿。还有一棵老树，斜斜的，透过院子的空间，将枝干苍劲有力地伸向天空。宅院静静的，一些未晒干的衣服晾在细细的绳子上，被风吹起，忽忽地飘动着，有着人间烟火的况味。我们脚步轻轻，生怕搅了这份静。朋友在边上细细跟我说着这宅院的前世今生，原来这是清代著名学者、藏书家、文物收藏家洪颐煊的藏书楼。我叹息这些遗存的老房，尽管残破，亦可见当年的气势。秋日的阳光下，花窗、檐角、台门、鹰石，仍透着一股古雅的气息，亦有着光阴里空寂。庭院里几盆珠兰，叶子绿得有些仙气。叶尖上的水珠，稍稍一碰，瞬间就钻入泥土。墙角隐约可见疏朗的秀竹。这样的院落让一颗红尘之心瞬间变得入味和安静起来。

　　拐过一个弯道就到了小停云馆。我在门外站了一会儿，细细端详。单看外表，此处未有何新意。两间古旧的东西厢房，推开门扉的一瞬间，我还是惊讶了，真是别有洞天。原麻的土黄色布帘子，半搁半垂着。一对原木椅子，古旧得让人神思恍惚。一只书柜临墙而立，墙上是友人的书法作品——"小停云馆"，四个字秀气飘逸，装裱在一个暗红色的木框里。书桌上摆放着文房四宝和一些小挂件，还有一把古琴，一支长笛，这些给这小屋添了别样的雅意。窗帘是那种原色竹制的帘子。秋日的光线从竹帘空隙透过来，星星点点散落在墙上，若明若暗的影子，斑驳一地。一枝青竹从窗外伸进来，淡淡散发着竹叶的气息，慢慢扩散在空气里。四周很静，偶尔听到树叶从枝头掉下来的声音，"啪嗒"一声，让人一惊。原来，静谧后竟是这般境况。小楼人家，自然空灵，让人的心不知不觉地柔软了，听落叶也能听出一首诗的韵脚。

　　友人开始在木屋里来回走着，洗杯、烧水、泡茶。茶是武义的红茶，喝一口，清冽、甘美。随后，我们在屋后的天井里小坐，这更是一个私人的天地。一张小圆桌，两把椅子，靠墙的一块老木船板，摆放着盛开的花草。枝叶碧绿，花色水润饱满，淡淡的粉黄色衬着那花蕊，在这深秋的小院落里，竟有着暖暖的春意。朋友说，"我弹琴给你听吧。"然后坐在木椅上，扬起纤手，弄着琴弦。她一头直发半遮着脸，一曲《长相思》音色袅袅，在院落里久久回旋。友人轻抚古琴，背后的秀竹在摇曳。院落、砖墙、树枝、花草、琴声，还有远处黛色的巾子山以及墙角斜倚的一树桂花，忽然间，让我觉得世界在这一刻变得清朗有情起来。

对座、喝茶、听琴、聊天，间或微笑，时光如此缓慢。我知道，我们都已过了那个喧哗的年月，开始不再那么喜欢闹腾，心情也淡了味道。就像枝头那朵素雅的花，不香，但那种味儿和简约还是在的。这个本真的下午，我们偏安一隅，把自己安放在小停云馆这小小的院落里，忘了外面喧嚣的红尘，寂静欢喜得很。告别时，已是夕阳西下。友人送我一幅她自己的书法作品——"烟霞相许"，然后在江滨路口与我作别。远处的龙兴寺有钟声响起，有一种与喧嚣市声不同的空寂和清凉感。回望友人，一脸淡然，眼光纯净。有风吹落花瓣，一片一片飘散开来。心想，每一枚花瓣，都是一段温柔的友情时光吧！

人生若如初见

入秋了，天气渐凉。早晨起来时，有着薄薄的凉意。靠在床头，侧耳细辨，有轻微的风，隐约吹起。昨夜雨急，窗户上有雨水渗入，湿了窗台。书桌上放着前几天看过的那本《人生若如初见》，心里竟有一种说不出的滋味。初见，初见于人生来说，是一场惊艳，是一场春风扬柳。蓦然回首，曾经沧海，只怕早已换了人间。

这样的清晨，想起人生的某次初见，有着淡淡的怅然，亦有淡淡的喜悦。那一刻，清凉如水；那一刻，双手轻握；那一刻，月光隐隐；那一刻，缤纷落于脚下。然而，一切都已远去，你在那里，我在这里。问世间，谁又能留得住初见？很多时候，人们走着走着就散了，走着走着就找不到了，唯有初见时那份浅浅的念想依然在。

院子里的那棵树，渐已褪去青绿，略显苍老。叶儿随着清晨的微风，悄然飘落，一片一片，似叹息、似追忆，这落下的叶儿也是微凉的吧！记得有次在元祖的店里，看到过一片绿叶，夹在糯糯的糕点里。初见，就为那份清绿情不自禁地喜欢着，当下，忍不住把它买下。吃完糕点后，那片叶子一直保存在我的书籍里。偶尔打开，薄薄的绿里仍透着一种初见的欣喜。只是在光阴里，叶子的颜色不再那么丰硕饱满，渐渐地淡了凉了。有些事、有些人也一样，在光阴里会渐渐地远去。

一个春日，开车去一个荒岛。经过那条荒芜的泥土路，两旁是茂盛的野草。一个人走着走着，恍惚间似听到一阵口哨声，清越、激昂，回头却是虚幻的。路的尽头，一大片明镜似的水塘，映着春日的光，白鹭仙气十足地在水边滑翔。一个人，索性就不走了，在水塘边坐下，任情绪流转、蔓延。忽然觉得，一个人比很多人一起丰富多了。抬头发现那片云彩已消失了，只剩下一片空旷的天空。四周真是静，偶尔会听到植物细碎拔节声音。这声音纤细，却饱满充盈。一只蝴蝶振翅飞来，停在一朵花蕊上，那是它们的初见吧！我听到了蝴蝶的吟唱，此刻，那些喧嚣与芜杂渐渐消失，世界如此安静，一切还是那么美好。

一直有个习惯，开车时会打开音乐，让旋律在周边涌动。那天无意中又听到《一瞬间》，一遍两遍，如水一般。直到听完这首歌，蓦然想起，这是一首曾让我听了无数遍却无数次逃不出的歌。而如今，它仅仅是一首歌，一首清丽的歌，没有什么波澜，没有什么念想。原来，远去的早已远去，时间让一切消淡。人有时候要学会忘记，而人生，真的需要删繁就简，简了就显得轻松，就显得静雅。我觉得自己要的就是那种淡淡的，不浓烈，却能撩起感觉的那种。记得有这样一句话：有情不必终老，暗香浮动恰好；无情未必就是决绝，只要记着初见时彼此的微笑。是的，只要记得曾经的微笑就行了。

一刹那

下午闲着无事,坐在办公室翻看新到的《散文》,指尖停留在雪小禅那篇《刹那记》,心里无端地一动。一刹那,人生有多少个一刹那呢?打开电脑,百度一下,也就是刹那间,竟然出现一千五百万条关于"一刹那"的消息,一时待在那里。佛教经典《仁王经》中提到:"一弹指六十刹那,一刹那九百生灭。"这刹那间的生生灭灭,不由得让人唏嘘不已。人生多快,一刹那芳华已逝,一刹那旭日变成落日,一刹那爱情转眼消逝,一刹那低眉回首,早已物是人非……所有的光阴不都是一刹那吗?

那年休假去山上,住在一个寺院边上的小宾馆里。半夜下起雨来,那冷落的雨声敲得我无法入眠。于是,捻亮床头的灯,披衣走出,站在宾馆的阳台上。四周很静,所有的人都在睡梦中,唯有我注视着这茫茫的雨夜,没有一丝睡意。正当转头的一刹那,看见对面寺院里的一间小屋透出隐隐一脉清光。一个穿着僧衣的尼姑正微低着头,三十多岁的样子,手里拿着一串佛珠,旁边是张方形的小桌。我看不见她脸上的表情,只见她那身灰色的僧袍在寂静的夜里显得单薄而孤寂。就一刹那,我心里有许多疑问:她是为了什么避居红尘,是爱、是情,还是恨?她在决定遁入空门的一刹那,真的心如止水吗?我无法得知。

人的一生经历那么多的一刹那,总带着尘世的喜悦和苍茫。我不知自己错过了多少美丽的刹那，又记得多少经历过的刹那。恍然间，过去了许多年，搜索某些往事时，未必能记起一些具体的场景和情节。那些事已淡成云雾，飘浮在尘世的上空。然而一刹那的光影，如夜幕上的星星，会在某个时刻温暖着你。依稀记得那个夏日的午后，我一人站湖畔，想看午后的荷花。山脚下的小湖蓄满青翠的荷叶，却独独没有开花的荷，而你微笑着对我说："没有荷花，摘一片荷叶也一样清凉。"接过那一片碧玉般的荷叶，转身的一刹那看到你嘴角那一抹轻清浅的笑意。也就是那个刹那，始终没有忘记，只记得你那时的笑，清澈而明亮。冬天的夜晚，行走在小镇的街上，天空下着些微细而寒冷的雨。街角的转弯处是小镇的影院，简陋而空旷。坐在木质的硬椅上，等待电影的开始。黑暗中轻握着我的手放置在你温暖的掌心里，一刹那的甜蜜心情，是情感成长的最初体验。回家的路上，微冷，你微笑地拥着我，每当冬夜街头烤红薯的香味缓缓地飘来，你总是大叫着："快跑，买烤红薯去！"那一刹那，也总是记得。想想，还真有些傻，这么多年了，如此温暖，如此贴心地记着。

　　端坐窗前，一杯清茶，目光所及窗外，看一片叶子凋零飘过，又一个刹那过去了。一只鸟儿，怯怯地落在窗台。伸手问好，一刹那，它惊鸿般地飞过。人生苦短，不可能记得所有，只记得那一刹那的光影就够了。

芸草居里的女子

关了一个晚上房间,空气有点浑浊,打开窗,光线从外面透进来,刹那间,屋里就亮透了许多。窗台上的虎爪接受光的照射,变得春意盎然起来。倒水,喝茶,开电脑,每天重复着这个动作。窗外,春光潋滟,紫藤花串串悬挂着,生机勃发。一只鸟站在花架上,不声不响,神一样的圣洁。我注视着鸟的羽毛,素色轻薄而灵动。这样春天的早晨,是我喜欢的样子。

微信朋友圈有更新,打开,写"砚边微语"的蓉又发了一大段雅意的文字。不着痕迹,很安静,像一块柔软的丝绸,清凉极致,让人阅后心里特别宁静。这样的文字是私人的,如暗夜里的花,哪怕轻轻一闻,也能嗅到其精妙之处。一直喜欢小清新的东西,所以她的心境和语意是我所喜欢的,有着淡淡的幽雅。平时彼此交往不多,却能感受到她那份莲般的清澈。好文字会让人着迷,那种如水流般绕过掌心的感觉,真的妥帖得让人有种莫名的感动。她的"砚边微语",就给人这样的感觉。用一朵花去比喻一个人,似乎有点蹩脚,但我想不出用什么更贴切的事物来隐喻她,只觉她就是一朵花,一朵开在水中央的莲,温婉而又通透,清雅而又别致。

很久没联系了,只是在心里一直惦记着。前几天去小城,路过她的小楼,微信她。她回复说,有事出去了。我便开车走了。巾山路两旁的行道树已绿意葱茏，我一边开车，脑海里一边慢慢浮现初见蓉的样子。是初秋的午后吧，她和几个朋友一起来小镇看我，素衣黑发，一脸安静，也不多语，淡然、恬静，间或侧脸微笑。初见，就惊讶于她的娴静，如一幅古画中的人物，却又有着明显的夺目。没说上几句，便深深记住了她。后来，渐渐熟稔，一起吃过饭，聊过天，她轻言细语的样子，令我回味很久。人与人之间的交往，无须过多，有时只要一个笑脸，一个问候，便能知道个中滋味。

　　开车去了小城的城墙脚下，一个人坐在城垛上很久。第二天，收到她的微信：昨天有事没见到你，下次来芸草居请你喝茶吧！芸草居，一个素朴的名字，想起来就有一种绵柔的感觉。虽未去过，却早于微信中见识过了：花窗小楼，竹帘轻垂，若干静物置于案头，一朵花、一粒坚果、一枚印章、一只青花瓷，然后煮一壶茶，燃一炷香，于袅袅青烟中看书、写字——这就是她的芸草居。拥有这样的居室，真是一种幸福。聪慧的女子总是别致的，她不仅会写一手好文，更擅长书法。她创办了一个女子书法社，在古城的创意文化园里。社中女子个个静气凛凛，云集书室，满屋墨香。我不懂书法，但是她的字清秀、干净。看到她发来的图片，一个人在她的芸草居，一袭古典的棉布长衫，一支笔，一双纤细的手，短发、静气，抄经临字。她写字的样子很美，低头、敛眉，似一株植物，满脸静气。至此，任何语言都是多余的，那份静会让人想起周邦彦词中的"粉墙低，梅花照眼，依然旧风味"。嗅闻之下，满是清凉和安静的味道。"一茶一杯静生香，一字一画静开莲"，放在她的身上最合适不过了。一个人的静美，原来可以这样让人惦念。

　　那次文学采风活动，她来了——平淡的眼神，素雅的衣衫，外搭一条纱巾,出尘如莲。一个人走在玉溪小筑那条荒草小路上,见到我,微微一笑。聊到我一个人在小镇时的孤单,她说:"去玉溪小筑吧,坐在庭院里,听风看雨读书,一定不会再孤单了。"是啊,这玉溪小筑还真跟我有缘。听母亲说,我出生不久,就跟她一起住在二楼东面的那间房里。虽然没什么记忆,但每次来到玉溪小筑,总会心生喜悦。也许坐在小筑的台阶上,手执一本书,真的会安静下来。

一直记得她的话:"来芸草居坐坐。"我想,会有这么一天,跟她安然地坐在一起,无须多言,然后清风明月,对酌成影。外面不知什么时候下起了雨,后来,竟然雨声潺潺。这样的春日,独坐小房,忽然想起芸草居和她这样的女子,不觉莞尔。

秋意浓郁话茶寮

茶寮，一个很诗意的名字，初初一听，就让人生出一种美丽的遐想。实际上，茶寮的确有着美轮美奂的风景。去茶寮，一半人是冲着枫林、古道，另一半人是冲着村落、竹海而去。我没什么具体选择，只觉得在这薄醉的秋日，能看看红枫，闻闻草香，一定会很有感觉。于是，这个秋日，一身薄衣的我，跟着同行的伙伴，走进这个静谧幽雅的古村落。

江南的秋天，向来有着阳春般的温暖。当迎风而来的暖香在空气中缓慢流动时，我们的车子已沿着自然起伏的山体，向白云生处的茶寮驶去。从临海城关到茶寮，大约四十分钟的车程。车子渐行渐远，细长的山路像是一条绵延曲折的丝带，两旁则错落着村落的原始画面：左边是阡陌交错的田埂，右边是快要干涸的溪流。偶有溪水流过，清冽冽的。一棵樟树，几丛芦花，金黄的稻穗生动而饱满。村屋里，坐在自家门前择菜的老人一脸质朴，还有高卷裤褪在溪边洗衣的妇人。每一处都是风景，沿途铺洒成一幅素朴的画面。只待某种牵引，那些物体便灵动起来，仿佛宣纸上的水墨，一瞬间便丰盈润泽起来。茶寮便是这样的一处地方。抬头远看，轻灵的山脉，青苔遍布的石桥，还有那一垄一垄深浅交缠的青黄色泽，让人迷恋不已。车子沿着山脚慢慢行驶，渐渐进入纵深处。我突然看到一棵柿树，就在我车窗边上，那红艳艳的柿子触手可摸。一个红衣男子正满心欢喜地采摘着，我惊喜地注视着这一刻,心里竟然莫名想起仓央嘉措的几句诗:"那一世,转山转水转佛塔,不为修来生,只为途中与你相见。"这一棵柿树,是为等待来采摘的人吗?它这样俏生生地站立在路中间,是为与途中人相见吗?植物和人一样,也会邂逅一些美好的事。这秋日的柿树与这红衣男子,也许就是一种缘吧!生活中会有这样那样烦琐而平淡的细节,也许正因这些细节,我们的生活才会特别有色泽。

到达茶寮山庄,已是上午十点左右。一行人从车上下来,开始沿着斑驳的古道蜿蜒前行。据说,这条古道是当时去杭州的必经之路。想象着久远年代的深秋古道,那来来往往的旅人,策马入林,看枫叶如霜,思念漫上心头,该是怎样一种离愁别绪?如今,这古道成了人们观枫赏叶的好地方。拾级而上,只觉山上流光溢彩,微黄的草木在风里摇曳。记不清绕了几个弯,待于一个转弯处停脚时,意外看到了枫叶,没有想象中的如火如荼,却别具一格。那些零落的枫叶在青幽的竹林中探出一簇簇红,先是淡淡的,后是微微的,再星星点点蔓延开来,仿佛一个故事的序幕。渐渐,越往里走就越有韵味。枫树的树干越来越大,树冠也越来越密,阳光从高处直射下来,层层叠叠的枫叶在光线中变得脉络清晰,晶莹剔透。似红非红的枫叶,被阳光染成一种色泽,鲜亮得刺眼。我尽量把脚步放轻,生怕惊落栖在枝头的每一个精灵——我知道,那跳跃着的每一片枫叶,一定是一个精灵。我相信它们都有呼吸,都有生命。我时时仰头,时时赞叹,美美地享受着视觉上的盛宴。久居都市,难得有这一份清静。此时,完全忘了尘世的喧嚣和烦躁,心在这一瞬间也归于宁静。

出山林便到山顶,我们进入茶寮村的村落。那似乎是一个遗世的地方,一个不大的小村,白墙黑瓦,木格的窗子,屋前屋后爬满绿色的藤蔓。院落里有老人悠然地坐在门口编着箩筐，孩子在村口嬉戏，黄狗懒懒地躺在屋前晒太阳，看上去整个村落是那样祥和。我们一行人穿村而过，偶尔看到村民们露出质朴的微笑。据说，茶寮村的村民大部分是郑广文（唐代学者，为台州教育启蒙人）的后代。我不知道这些后人是不是常常想起他们的先人，瞧他们安然自得的样子，必定时时回想，引以为傲。

穿过村落，我们到了茶寮村的一个古祠堂。一幢木结构的楼房，不大却显得空落落的。正前方有一个色彩浓烈的戏台，底下放着好多椅子。墙壁上有郑广文的一些图片资料介绍，整个祠堂显得有些冷清。沿着靠墙的楼梯，我慢慢上了阁楼。全是木质地板，由于来往的人不多，已覆盖了一层薄薄的尘埃。望着这苍凉的阁楼，不由想起多年前，这空空的楼阁里曾演过多少故事。那些怜人优雅地舞起水袖，唱尽人间世态炎凉，其间的缠绵、起伏、跌宕，又有多少人能懂？我看到有藤蔓从阁楼的缝隙间伸长出来，绽放着旧时光的绿意。亭台楼阁、屋檐青瓦，渐为岁月所斑驳，只剩一把瘦瘦的秋风。

茶寮是美艳的，游过终到告别的时候。午后，车子将我们带回小城。归来的路上，一直想着茶寮。茶寮给我的印象既微妙浓艳，又清幽质朴。喜欢茶寮，有枫林，有古道，有翠竹，有村落，有小桥，有人家，有故事。它仿佛是一幅打开的画卷，有画面，有情节。同行的一个友人手里捻了一叶红枫，问我："美吗，茶寮？"我微笑点头。他却说："茶寮是很美，最美也只是一片风景，看看就好。"我抬头看着远处的茶寮。是的，我们只是茶寮的一个过客，而前方，还有更美的风景在等着我们。

去双庙看花

这个春天,我去了一个叫双庙的地方。它离我不远,在仙居下各镇,一个小时的车程。也许是太近了,我从没想过会去看它。我的脚步总是在远方,那些散落在各处的风景让我对远行有一种迷恋。这个春天,说不清为什么,我选择了双庙,一个开满油菜花的村落。

周末,淡淡春阳,驱车在弯曲的乡路上行驶。窗外,群山葱翠,随处可见各色明艳的花朵。车子一路掠过、旷野、山坡、村落,刚一隐去又现身的碧绿麦苗、花朵、篱笆。因这一路风景,令远行中的心无法停顿。路上有很多疾驰而过的车子,我猜那呼啸的声音,一定是冲着双庙的油菜花。那涂抹着春意的双庙,正以一种明晃晃的色泽引诱着我们。贴近车窗,似乎闻到一缕花的清香,以及花瓣在风中飘落的声音。这一刻,我安静极了,人虽在车内,思绪已飘至很远。

中午时分,到了双庙村的入口,还未下车就被眼前的情景吓了一跳。这么多的车,这么多的人,都涌到了双庙,不由惊叹双庙的诱惑力。双庙的油菜花真的那么吸引人吗?带着一些些疑惑,我把视线和脚步转了向双庙的油菜花。

当面对那几千亩望不到边的油菜花时,此前的疑虑荡然无存。我几乎失去了话语权,不知该如何描述这片灿烂的黄,逼尽生命至极的黄。

那暖暖的黄啊,是怎样一种疯狂?当它的以铺天盖地的气势逼近眼眸时,我忘了如何去形容,忘了如何去比喻,只是傻傻地站着,直到身边伙伴手中的相机咔嚓咔嚓响起时,才将自己的思绪收了回来。我穿梭在漫山遍野的油菜地里,那些游动的花儿,引来了蝴蝶、蜜蜂。它们在花丛里飞舞,飘动的翅膀,震颤着无边的春色。张开双臂,我以一种承接者的姿态站在片片云霞中,金黄的花瓣落在我的发间、衣裙里。我想起小时候村后那毛茸茸的青麦穗上的小麦花,想起田埂上荠荠菜银沫似的小白花,想起草丛里那一朵朵红色的打碗花……此时,在这片明黄的油菜花地里,我拈花微笑,以天为背景,以春为底色,以花为衬托,定格了这场油菜花的盛会。

以前对油菜花没有过多的关注,它是那么不起眼,乡野、田埂随处可见,每次见到也只是那么一小片。而今天,当这么多油菜花漫无边际地齐齐开放时,我震撼了——那种战栗,那种燃烧,像极了一个穿着舞鞋的人不停飞舞、旋转着,直到生命的最后。我想,这是爱吗?只有爱了,才会那么尽情,那么执着。春天,因为这一片金黄而动容。

遗失的爱情

那是一个月明的夜晚，长长的沙滩上，海浪一阵一阵地拍打着。

遇到那个女孩时，她正蹲在沙滩上，把一些枯枝一点一点地堆积起来，像是在建一座宫殿。她很细心，很缓慢，短短的枝条一根一根被凌空架起，然后由打火机"啪"的一声点燃，火苗"嚯"的一下冒了出来。她把火移向那堆枝条，可能是枝条还没完全干，浓烟熏得人直流泪。那女孩一边擦眼泪一边趴在地上鼓动双腮拼命地吹着。看她吃力而坚定的样子，我不由过去帮着一起吹。终于，火燃起来了，女孩抬头间给我一个微笑，我却看到她脸上隐隐的泪痕，不由问道："怎么啦？"她说："我失恋了。"我惊讶她的坦率，也为自己的冒失深感歉意。我没有问女孩更多的问题，只是小心地添着枯枝条。

女孩站在我旁边，面庞秀丽，大约二十四五的样子，一身素色衣裙，一头马尾利落地扎在脑后，孤单的身影，落寞的眼神，脸上有淡淡的忧伤。篝火燃起后，她在沙滩旁拿起一把铁锹，把沙一锹一锹铲起，又一锹一锹抚平，动作迟缓。她没有说更多的话，但我知道她在埋葬一段逝去的爱情。如果爱情真的可以用这些沙来掩埋的话，那么这个夜晚，应该还有其他也做着相同的事情。不知为什么，看着那女孩扬起的沙，我也突然伤感起来：这样的夜晚于我又是什么呢？女孩问我："怎么样才能做到遗忘？"我怔了一下，才告诉她："来一场新的爱情吧，这样可以遗忘那场旧的爱情。"女孩笑笑，随后从身边拿起一罐啤酒，边喝边把手拢成一只喇叭，朝着远处的海大声呼喊着："喂——喂——"那声音有着几许无奈和忧伤。我不知将她丢失的那个男孩可否听到她的呼唤。这茫茫夜色，除了海的叹息和明明灭灭的灯火，真是寂寞无边啊！该如何安慰一个失恋的女孩？看着她一脸的忧伤，只是对那女孩说："我们一起跳舞吧。"身边有同伴把手机的音乐打开，一首热辣辣的歌曲瞬间在沙滩上响起。一阵豪放热情的旋律如旋风般席卷而来，热情而强烈的节奏，震撼得人心里热乎乎的。几个朋友摆弄腰肢，随着强劲的音乐，欢快地跳了起来。我牵起那女孩的手，围着那堆篝火亦跳起来。女孩边喝酒边跃动，白衣裙，黑长发，如水妖般翩翩飞舞起来。宽大的衣袖鼓动着四方的风，把流动的乐感散成细细如浪花般的光环，笼罩在每一双流溢的眼睛里。也许舞最能表现一个人的个性。欢快的旋律，优雅的转身，此刻，我想我们都忘了自己是谁。在这夜色里，我对那女孩说："纵情跳吧！孤独、失恋、寂寞，并不重要，重要的是今夜属于我们。"

我和女孩在沙滩的篝火边跳着舞着，一些亮亮的东西从眼睛里闪出来。不知为什么要流泪，但是，这样的沙滩，这样的篝火，这样的情景，真的让人有流泪的冲动。女孩抓着我的手，一种绵绵不绝的温热在我的掌心升起来。这个夜晚，我和这个女孩跳着一支只有我们自己能懂的舞。后来，我们一起在沙滩上写下大大的"遗忘"二字，虽然也知道这字很快就会被潮水冲走，不留一点痕迹，但是，我想让女孩明白，有些事、有些情过了就过了，不必执念于此，生活需要重新开始。

约吗

在江南，深秋的季节总让人生出惆怅的情愫。走在街边，大片的树叶于空中飘飞打转，也带着淡淡的愁绪。

朋友发来微信，问周末怎么没去小城。认识她很多年了，却一直没有单独坐在一起聊过。偶尔开会会坐在一起，细细说上几句话，但所有的相逢，所有的情意，仅止于某种感觉上。她是一位温婉静雅的女子，短发、布衣、靓丽，写一手好字好文，偶尔在微信上看到她写字的姿态，低首敛眉，轻拢衣袂，嘴角是一抹温和的浅笑。

有次，我在Q上发了一条"说说"，她可能看出了我的低落，于是发微信给我，只说了两字："约吗？"虽然是两个简单的字，却让我很感动。很少约人，亦很少应他人邀约，但她的一声"约吗"，让我很是在意，因为她在我心中一直那么美好地存在着。人这一生，总会遇见一些人，或风轻云淡地过去了，或固执而美好地放在心里。她是一个让人想起就会微微一笑的女子。在这个暮秋的季节，为她的一个邀约，竟想起很多很多的事。

多年前，也有一位心仪的女子，在一次笔会遇见后，一直未再碰到。她写小说，个性淡然，尤为低调。初见她时，有一头长长的直发，后来剪短了，于是就有了一个很经典的邀约。她说："待我长发及腰时，就来约你。"说这话时，已过去两年，她的头发估计也长了。找一天，问她一声："约吗？"

约吗？绝非简单的两个字，它需要的是一种情怀，一种默契，一种念想，一种感觉。在某个时刻，低头想起时，会在嘴角边漾起一片潋滟的波纹。人生途中，会经过很多人，其中一些印在了心里，生命为此会染上一种特别的声息。不管这些人和你多少年未见，抑或隔着多少条街道和多少个城市，只要一想起，依然是那么近，近得低低头，就会在心的一角涌出诸多画面。那天去江滨路，看到那个古渡的小木房茶楼，就想起多年前，我们这些所谓的文艺青年，在那里坐着喝茶、胡侃，个个粉面含春，像三月枝头的桃花，无所顾忌。那时候多年轻啊，正是好年华，提着裙袂，绾着长发，看灵江的水在月色中细碎成一帘梦。一晃间，就过去那么多年，那座木楼依旧在，芙蓉花开了满满一墙壁。斜阳下，古渡的路口车来车往，伫立良久，才缓慢转身。时光老了，心里总会充盈着叹息。偶尔想念，也只有想念。

暮秋了，隔岸的芦花在远处飘着。那一天，同样赴一个邀约，开车去了一个陌生的村庄。是黄昏吧，到达时正好暮色时分，走在一条弯曲的土路上，彼此很近很近地走着。落日辉煌，然后又一点一点地坠落，天黯淡下来，那份安静便融化进暮色与远处的河水中。特别喜欢这暮色深深的感觉，寂然又安静，像时间，像人生，万物沉寂，唯有一双手还握在另一双手里。

枝头芦花，轻盈飘飞。外面不知什么时候下起雨来，起身关了玻璃窗，一窗乱雨便重重地隔在红尘之外。

三生石

这是一条光洁平整的小路，去香山公园，完全可以走另一条大道的。可能是缘分，我选择了这条小路。于是，遇见了这些可爱的石头精灵。说精灵，是因为它们有着世人所喜欢的色泽和圆润，小小的身形玲珑可爱。它们被置放在路两边的大木桶和脸盆里，里边蓄满清澈的水，路过的游人兴致盎然地围在摊前。有人用手轻轻地在水桶中拨动，那些石头在水的涌动下旋转成一朵无比灿烂的水中花。

我从没见过如此可爱的石头，于是忍不住上前观望。这些色彩鲜艳、晶莹剔透的彩石，安静地养在水里，像是一幅静态的图画。突然，我发现了一个奇怪的现象，每一块彩石上面都有一些字，而这些字却透着红尘中的温暖，比如"情缘""相思""天涯海角""海枯石烂"……一块块石头因这些字而变得灵动温情起来。桶中水被反复拨弄，那些带字的石头如红尘往事般亦随之涌动。

我挑了一块浅褐色的圆形石头，置于手掌。我急切地寻找石头上的字，看到的一瞬间，我有几秒钟的惊讶，因为上面写着"三生石"。我当然知道这三个字代表什么，不由生出几分感叹。传说，三生石能照出人前世的模样。前世的因，今生的果，宿命轮回，缘起缘灭，都重重地刻在三生石上。是这样吗？看着手中的石头，深谙这是摊主为了生意特意写上去的，但这三个字还是让我想了很多。我听过有关三生石的传说。那是一个动人的故事,讲述了朋友的真情,写出人的本性,生命的精魂,历经两世而不改变。

传说,唐朝有一个和尚圆泽和李源交好。一天,两人一起去峨眉。有两条路可以走,圆泽要走一条,李源要走另一条,最后依了李源。途中,他们遇到一个在江边汲水的孕妇。圆泽脸色一变说:"我所以坚持不走这条路就是这个原因。她孕的就是我,已经三年了,今天见了面,再也躲不过去了。一会儿你去看她的那个婴儿,我会以笑为证。如果有缘,我们十三年后在钱塘天竺寺外可以一见。说完,便圆寂了。而那妇人也生产了。李源过去一看,那个婴儿果然对他笑了……十三年后,李源赴约,闻葛洪川畔传来牧童拍牛角而歌之:"我是过了三世的昔人的魂魄,赏月吟风的往事早已过去……"据说,这牧童就是圆泽的后身。

这个传说已流传了很久很久。我不敢肯定,人究竟有没有轮回,这个故事真不真实,但至少反映人们对生命永恒的看法,对前世今生的一种坚定信念。我们常说"七世夫妻",常说"不是冤家不聚头",常说"十年修得同船渡,百年修得共枕眠",这些话语本就包含一种前世、今生、后世的真挚情感。"三生石"绵延至今,已较少隐喻肝胆相照,更多的是于旖旎情事相牵连。热恋中的青年男女常手牵手来到天竺寺外的那块三生石畔,极为虔诚地许下诺言:"执子之手,与子偕老"或"小小情缘,缘订三生"。他们真诚地相信,彼此的那份情、那份爱,从前生就已开始,到下辈子还会延续下去。

其实,轮回和转世都是佛教的基本观念。佛教认为,有生就有死,有情欲就有轮回,有因缘就有果报,因此,生生世世做朋友是可能的,永生永世做爱侣也是可能的。但生生世世、永生永世都是一种永远的缠缚，唯有放下一切，才能超出轮回的束缚。

今天，这木桶里的三生石，不知是否充满灵性。我把它握在手中，让掌心的血脉温热了它。卖石头的人告诉我，只要对着石头轻喊心爱之人的名字，那么即便喝了孟婆汤转世，看到三生石时，也会打开前生的记忆，想起前生爱人的名字。

真的吗？三生石上，真会记得我们的名字吗？我不得而知。

暮色炊烟

喜欢王菲的那首《又见炊烟》,悠远、宁静,有着淡淡乡村牧歌式的惬意。坐在窗边,听着歌,想象着薄暮时分,炊烟一缕一缕旋转在空中。微风吹过,它以一种摇曳、缥缈的姿态袅袅地升腾,有时像烟花,有时像浮云,然后慢慢消失在尘埃里。这是一种很美、很抒情的构图,让人有一种虚幻与写意结合的美。

炊烟是一个符号,是绽放在乡村屋顶上的美丽图腾。日暮时分,村庄环绕在山水中。高低错落的屋顶上,炊烟飘了起来,一波一波,不急促,也不休止,孤寂缓慢地轻扬,轻扬……有女子穿着蓝布衣衫在篱笆墙上收拾着那些微干的豆秆、花菜,身边走动着一群活泼小鸡。村庄、屋舍、乡野、炊烟,这是乡村最美、最宁静的时刻。

从小就住在乡下,对炊烟有着一种特殊的情感。有人说,炊烟是屋顶上的舞蹈天使;有人说,炊烟是自由奔放的精灵;也有人说,炊烟是家人轻轻的呼唤。每个人对炊烟都有不同的定义,我觉得炊烟是芬芳童年的追忆,是妈妈站在灶台前忙碌的身影,是等待我们归来的地方。走在暮色四起的乡路上,一眼瞧见远处瓦脊上升腾的炊烟,心里就特别温暖。我知道,妈妈在为我们做饭了。大口铁锅里,泛着微香的米饭让饥肠辘辘的我充满渴望。只要推开门,迎接我的是妈妈微笑的脸和满屋纠缠在烟雾中的米香。记忆里,揭开锅盖的一大锅饭就像是一大锅满满的幸福。那时候,家里人口多,围着一大桌子,一人一碗米饭,几分钟时间就吃个精光。用柴火、铁锅烧出来的米饭特别有香味,有嚼头。还有那脆嘎嘎的锅巴,姐妹们争抢着吃,比起现在超市里的锅巴不知香多少倍呢?

很久以后,坐在城市的楼阁中,总是想念这份幸福。那满满一大锅的米饭揭开时的喜悦和脆生生的锅巴,仍让我怀恋不止。当然,也只剩下怀恋了,因为这样的场景几乎不可能重现了。炊烟和铁锅已渐渐退出历史舞台,现代的厨房早已容不下这些老去的物件。煮饭用电饭煲,炒菜有煤气灶,曾是儿时最渴盼的炊烟也就变得极少见了。那些土灶、木柴,以及烟囱,早已被先进炊具置换,令人向往的人间烟火,成为一种意象。但是,没有炊烟的日子真的好吗?我坐在城市的一隅,有些不以为然,看着窗外街道喧嚣的人群,变得更加纷杂:拥挤的车流,来往的人流,废气的排出,环境的污染……那种清静安恬的日子越来越模糊。我们在寻找曾经清幽的日子,寻找夕阳、黄昏、炊烟、归人,却总是遗憾,那些场景早已远去,儿时的温暖印记终究成了一幅画。

周日的一个下午,因事去了一个小山村。从村口那条小路拐进去,只见河水清冽,绿意丛生,白墙黑瓦,小桥流水,活脱脱一幅写意山水图。很欣喜能遇见这样的原生态村落,我兴奋地走在乡间小道上,心想在这里定能再遇炊烟袅袅的景象。然而,当走过一间间小楼,看到村舍亮澄澄的瓷砖和崭新的煤气灶时,我知道,在乡村——这有望存留念想的最后一块领地,炊烟也一步一步远离并淡出了。农村和城市一样,一些东西正在慢慢消亡。炊烟只能是儿时的一道记忆了。当然,这本是一件好事,一件印证人们生活日新月异的好事,但我心里隐隐有些失落。城市飞快发展,那些传统的老物件注定就要被摒弃吗?奔走中,我们一边捧着即得的东西，一边却在抛弃曾经拥有的东西。虽说，有得必有失，可那些曾经温暖过我们的事物是多么质朴可亲啊！为什么就这样眼睁睁看它们消逝呢？

走过村落，回头凝望，现代化的乡村美好如画。我忽然明白，炊烟早已成为过去，它亦只能成为流金岁月里一道特别的风景了。多年以后，我们只能在故纸堆里，寻找曾经升腾在乡村屋顶上的袅袅炊烟了。

雨夜里的鸟

夜半醒来,忽闻冷雨敲窗,一阵紧似一阵,如崩裂的豆荚。

已入秋了,夜,微凉。躺在床上没一点睡意。打开床前的台灯,一束光影在屋内慢慢晕开,温馨的感觉油然而生。很久没下雨了,这场夜半的雨来得真是时候。穿衣起床,踱步来到阳台,外面一片漆黑,唯有不远处的建筑工棚闪着些许淡薄的光束,在迷蒙的雨雾里不断摇晃着。偶尔,有车从街道上驶过,溅起一些水花,在寂静的夜里,显得格外空荡。

伫立阳台，望着暗夜中广漠的雨，有一种"雨在人外，人在雨外"的感觉。不曾想，轻轻走动的脚步声惊醒了阳台上一只避雨的夜鸟。或是未想到会有人在暗夜里打扰自己，鸟儿有些惊慌、有些忙乱地扑展着翅膀，呼啦啦直冲出去。它飞得那么迅速，那么焦急，头也没回，以至我什么也没看清，只见它小小的黑色身影拐过屋角，快速地消失在雨幕中。

一刹那，心里忽有一点不安：外面下这么大的雨，原本这鸟可以安然躲在阳台上，就因为我的走动和突然出现，让它失去了一个栖身之地。望着苍茫夜色，我的心中不知不觉充满了惆怅。不知这是一只什么样的鸟儿？雨夜中，它又将飞向何方？

如今，在水泥钢筋林立的城市上空，很少见到可爱的鸟儿了。不知这样下去，我们还会不会再听到它们清脆的鸣叫声。记得上小学时，学校后面有一座钟鼓楼。每到初夏的黄昏，各色飞鸟都会集聚在鼓楼的墙头。那个时候，鸟儿特别多，太阳刚落山，天空的颜色尚是明艳的。我和几个伙伴一起，站在厚厚的青砖撑起的门楼上，看无数鸟儿鸣叫着在钟楼里飞进飞出。鸟儿的翅膀搅动着黄昏的色彩，在光影中翻飞，特别美好。彼时，不懂鸟儿为何会云集于此，只知道每晚无比兴奋地跟着来回穿梭的鸟儿不停追逐。后来，随着环境改变，很少看到这种景象了。都说没有鸟儿的城市是惆怅的，现在，城市的上空越来越鲜见鸟儿自由翻飞的场景。在花鸟市场，却越来越多地看到被装在精巧笼子里的翠鸟。有一次去花鸟市场，看到一只绿身子红嘴巴的翠鸟，模样特别可爱，便用一根小小的枝条轻轻触碰。它睁着一双黑圆的眼，不停地跃动，可爱的样子特吸引人，于是毫不犹豫地将它买下，挂在屋前的阳台上。第一天早晨还没起床，就被它清脆的叫声唤醒。

它的叫声婉转动人，如悦耳的音符。每天，总是隔窗相看。后来，在喂食时，一个不留神，那翠鸟从打开的小窗口飞走了。其实也只是一瞬间，如果当时迅速一点，是可以抓住它的，但我没有。那一刻，我竟觉得它是渴望自由的，又何必将它囚禁于一个逼仄的空间里呢？虽然衣食无忧,但它要的是无拘无束的天空。即便给它一个舒适温暖的窝，也不足以羁绊住一颗向往自由的心。

今夜，因一只飞离的夜鸟，让我想起这些旧事，竟有一种说不出的伤感。其实，不管是避雨的鸟，还是笼中的翠鸟，如今真是越来越少见了。我们的生活中，是少不了鸟儿活泼的身姿和悦耳的叫声的。不管城市多么繁华，也需要绿树的衬托和鸟儿的欢鸣。偌大的一个城市，若只剩车水马龙，未免显得过于单薄和生冷。如果一棵枝叶繁茂、形体丰腴的大树上，有鸟儿在枝头吟唱，该是何等热闹和欢喜啊！我真心希望鸟儿一直在树梢，不同的季节里，唱着不同的歌，那会是一件多么美好的事啊！

最后的手摇渡

一个偶然，看到报上一大版关于"最后的手摇渡"图文照片，心里竟然有一种思恋。手摇渡于我并不陌生，二十世纪七十年代，手摇渡在我居住的乡村随处可见。随着新农村的不断发展，手摇渡和渡口已经淡出人们的记忆。每日匆匆行走在城市的街头，那颤颤悠悠的手摇渡早已退出人们的视线，没人会牵挂这些渡船和渡口。而今天，当我目睹这一大版关于手摇渡的文字和图片，心里的那一份久远的情感被轻轻地拨弄着，那囤积的记忆在这一瞬间迅速地膨胀起来。我想起了曾经居住的那个村落，想起了那个给我童年美好回忆的渡口和渡船。

依稀记得第一次踏上这个渡口我只有五岁。那是个薄暮的黄昏，我随母亲从外婆家正式来到这个小村庄，这是父亲的出生地，也是我爷爷奶奶居住的地方。因为父亲在一个小城工作，我和母亲一直住在外婆家，直到五岁那年，母亲才决定带我回到父亲的老家。那个午后，薄薄的阳光，母亲牵着我走了一段长长的路，日落时分到达渡口。我不知该如何描述这茫茫渡口。在五岁的我眼中，这渡口特别大，特别宽，苍茫中看不到尽头。停在岸边的手摇船有点旧，却格外大，能容纳好多好多的人。撑船的老大是个黑瘦的男人，船上有很多陌生的面孔。"梅家岙渡口"这五个字我并不认识，只记得当时我的手被母亲紧紧攥着，然后随着那左右摇晃的渡船小心翼翼地走到船中。很多人在船沿边靠着，边吸着烟边随口聊着天。直到船上站满客人，撑船的老大才大声地吆喝着:"开船了!开船了!"

船缓缓地离开渡口,我依在母亲身旁始终无法安下心来。那渡船一上一下晃荡着,我纤弱的身子也随着渡船一上一下地摆动着,那种双脚没有接触到地面的虚空感让我特别不安。渡船在茫茫的河面上漂浮着,我五岁的心就这样被悬挂着。即便有母亲温暖的手牵着,我仍然不安地胆怯着。直到十几分钟后,船靠岸后我仍不时惊恐着。

后来在村里安顿下来,我发现村里的小伙伴特别喜欢在渡口玩。每次看她们从门口经过时,总听到她们大声嚷嚷:渡口玩去了喽!渡口抓鱼去喽!那声音极有诱惑力。有一次,我看隔壁那个辈分称为叔叔,实际只比我大两岁的堂叔提着那个网篓时,便睁着好奇的眼睛让他带我去。小堂叔没有推辞,高高兴兴地牵着我的手去渡口抓鱼。没想到一到渡口,小堂叔只管自己在水埠头抓鱼,根本忘了还有我的存在。而我坐在渡口的石板上看那茫茫的河水,恍惚间竟然差点跌到河里去,弄得小堂叔很自责。后来只要我跟着去,就会让我站在岸上,不许我下埠头。

七岁那年,我去了村东头的那所小学上学,这个叫梅家岙的村落于我不再陌生。我背着母亲缝制的粗布书包,和堂兄堂姐们一起,来来回回走在这条经过渡口的路上。我不再害怕那摇晃的渡船,也不再害怕那个让我差点跌下去的埠头。每次放学后,我都会在渡口玩上一会儿,那个摇船的老金特喜欢我们,没开船时会说一些笑话给我们听。每到集市,村里的人就会一拨一拨坐渡船出去,背着个篓子,或拿着个篮子,一脸纯朴的笑,然后在午后带回一些让我们惊讶的东西,譬如那些可以吹出泡的糖,那些让我嘴馋的大馒头。当然,也会看到他们买来的柴、米、油、盐等生活用品。他们说,河的那边有一个集市,是一个花花世界。记得有一次母亲坐渡船去镇上,回来后带给我一根金黄的像麻花辫子一样的东西(现在知道那叫"油条")给我吃。我一直记得那种留在唇齿间的浓郁醇香。年末,赶上有娶亲嫁女的大喜事,渡口就到了一年之中最火的时候。渡船披红带绸,锣鼓喧天,一趟一趟在此岸与彼岸间来回渡着。有人嫁过来,有人嫁出去,匆匆的脚步,喜悦的眼神,渡口成了生命的美好驿站。渡口的手摇渡成了承接人们生活的全部枢纽。来来回回的摆渡中,一些新鲜的事物从外面涌进来,渡口也变得日新月异起来。

十七岁那年,我离开村庄,离开渡口,开始走向属于我的新生活。那天,我站在渡船上,心里万分不舍。撑船的老金头一如既往地摇着橹,我一遍一遍凝视着。希望自己能把这些场景永远烙在心里,因为这渡船和渡口见证了我成长。后来,我很少回到少年时的那个村落,奔走在钢筋水泥的城市间,有些东西亦只能怀想了。听老家亲戚说,现在那里是个经济大村了,集体经济飞速发展,引进的企业越来越多。通往各个乡镇的道路全是宽阔的水泥路,出门有摩托车、私家车,手摇渡基本用不上了,渡口便成了寂寞的渡口。撑船的老金头也早就不撑了,在儿子的工厂里当保管员呢。不知什么时候,少年的渡口就像一张旧时的邮票,本以为远去的东西也只是远去而已。可今天,当面对这张报纸上的文字时,心里仿佛在一瞬间明白了什么。最后的手摇渡,难道说这手摇渡要消失了吗?我不安起来,似乎要失去什么宝贵的东西。一些东西存在时,根本顾不上想念它,一旦确定要消失,心里却是那么怅然,那么失落。曾经美好的岁月,美好的事物,随着城市的发展,注定要失去吗?我不禁有些疑惑,却又无力去阻止发展的脚步。手摇渡曾是我少年时的一个见证,我还是会怀念它的。那些曾经温暖过我的事物是多么的质朴,多么的纯真啊!

城市的灯火把整个街道照得璀璨无比,我把身子探出窗口,看到的是一街灯火,并深深吸了一口新鲜的空气。也许,生活原本就有一个后退和前进的过程。那些曾经属于我们的事物,会在匆匆向前的脚步中淡出,只要我们记得它们曾经创造过辉煌就好。完成使命后,它们需要的仅仅是我们能安静地去倾听,去怀想,去感叹,也就足够了。

真味清欢

这几天，女儿不停地咳嗽。吃了好几味药也不见好，友人说用枇杷叶加雪梨、冰糖煮水喝挺管用的。初听，感觉特有意思。听说文人喜浪漫，吃花煮叶是为了风雅和情调，想不到煮叶这份雅意竟然还可以治病。也不管效果如何，单单这绿叶煮雪梨，素心雪配清新绿，想想就喜欢。

枇杷叶不难找，单位院子里就有一颗枇杷树。平常进进出出，很少留意它的存在。今天，这枇杷树在我眼里特别瞩目，刚靠近就闻到一阵清幽，抬头就看到一片片苍绿的叶子。树不高，伸手便可摘到叶子。我挎一个小竹篮，站在树下，安静地采摘起来。

枇杷叶浓绿而宽大，没一会儿，就摘了小半篮。学友人的法子，把叶子放在木盆里，注入一泓清水，叶子瞬间就清透起来。用刷子轻轻刷去表面细细的绒毛，叶子便鲜嫩起来。清新的绿意让人想到浓浓的春意。再加一个雪梨，去皮，切片，放在陶瓷罐里，慢慢用小火煮。直到那青山绿水渐现出来，才揭开盖子。盛在青花碗里，一杯喝下去，顿觉神清气爽，通透明亮。女儿连说"好喝"，其实，从采摘到煮好，在意的是过程中的这份美妙。倾情倾意，也算生活中的一味清欢。现实生活中，能静下心来，享受片刻的温馨，何尝不是一件好事？

月白风清，红叶煮茶，要的就是这样的真味，这样的清欢！

此去经年,浮华世事陌上花

一半尘土,一半飞扬,明媚和温柔的姿态,无处不是人间的春风。

看病

站在医院那间白色的房间里,有一种说不出来的冷。脸色苍白,眉头紧锁——她不喜欢苏来水的味道。这种味道有一种呛人的忧伤,但她必须来这里,她觉得她病了,身体的某个地方总令她疼痛和不安。匿藏在某个角落里的病菌,正无声地向她示威。她觉得应该来看看,把一切不该存在的东西清除掉,免得它们一天一天自动复制生长起来。

这是一间不到十几平米的房间,却站着十几个人,准确地说,是女人。有姑娘、少妇、中年女子,还有几个上了年纪、皮肤皱褶的女人。她们聚集在一起,站在那个穿白大褂面无表情的女医生旁,手里拿着就诊单。她们神情各异,有担心不安的,有安静漠然的,有忧心如焚的。此时,她们年轻或年老的身体,或多或少都被疾病纠缠着。她们小声地和周围的人交流着身上的不适感,那种不安、疑虑、惶恐、紧张在互动中似乎得到了舒缓和释放。她不想说话,也不想加入谈话行列。她瞧了瞧手中的单子,二十五号。从早晨八点半到现在九点半,已经等了一个小时。这一个小时说长不长,说短也不短。桌上的病历本,厚厚的一沓,什么时候才能轮到自己啊!她无助地站在人群中,眼神疏离而茫然。看病真是一件无奈的事,尽管病人心急如焚,但医生们并不急——他们稳稳地坐在就诊桌前,不露声色。

"二十号,×××!"女医生头也没抬,张嘴叫了叫,脸上还是没什么表情。一个年轻的女孩走到她面前，把病历单递过去。"先说下自己的情况。"大夫依旧板着脸问道。女孩低声告诉她，"肚子疼，月事不正常，有时候会流很多血。"医生一边在病历上唰唰记着什么，一边问有没有其他情况。女孩又说："都过十几天了，这个月还没有来例假。""有男朋友吗？"语言有点尖锐。女孩点点头。"同居了吗？"话问得很直白。女孩随即摇了摇头说："没有没有。"大夫用手指了指里面的那个房间，"先进里面躺着，等候检查。"女孩惶惶然掀开那条白色的布帘子，进去了。"下一个，×××！"女医生继续毫无表情地叫号。她在想着刚刚进去的那个女孩——她多大啊？有二十几岁了吧？她紧张吗？这么年轻咋就出状况了呢？想起自己那个时候的身体，鲜活得如同花朵一般……

三十四号，三十五号，终于等到了。漫长的等待让她的身体变得飘忽起来，递过就诊本，坐在女医生对面。看着她手中那支羽毛一样的笔，有一瞬间的恍惚。她发现这笔有某种至高的权力。她的身体经这支笔的宣判，会是怎样一番情景？无法猜测，也不容她更多猜测。按惯例，她说了一下的状况。女医生听完后淡淡地说，"进去躺着，先检查。"她有点害怕，怕医生冰冷的手指，怕那些泛着白光的器具，但又不能拒绝这一切，只好缓慢地掀开那张薄薄的帘子，走进那间亮着医学灯光的房间。里面，一张铁制的手术床冷漠地置放在中央，边上有两个放脚的位置，让人想起电视里某个受刑的场景。她犹豫着躺上去，心却咚咚直跳。她无法让自己平静，这小小的空间有一点压抑。她深深吸了一口气，试图平复略为紧张的心情。不就是检查一下吗？她想起多年前在海南碧海湾，躺在沙滩上，沐浴着海风的身体饱满、鲜活、健康，如一尾灵动的海鱼。曾几何时，这青葱般的身子竟暗暗滋生出细菌来……她不敢想下去,褪去衣服,慢慢躺在这张冰冷的检查床上,等候那个女医生的到来。

三分钟。这三分钟让她感觉犹如三年那么漫长。女医生进来了,一张沉默的脸,然后熟练地把一次性薄手套戴好,对着灯光晃了晃手。手套有一种隐隐的光亮,她又莫名地紧张起来,手心布满细细的汗珠。女医生开始用手在她的身体里按压,她怕得要命,不是疼,就是害怕。她缩着身子,根本无法打开身体,还没等进一步检查,又微微缩了一下,并低声喊着什么。女医生生气地对她说:"还没检查呢,你叫什么呀!胆子那么小,怎么查啊?"她对着她大声说着话,而她像孩子一样,特别委屈。慢慢地,她又感觉到医生的手指在自己身上触摸着。她咬住唇,不许自己出声,紧闭眼睛,想象这是呵护身体的一个美好的行为。这样想着心里的确放松了许多。慢慢地,她有点恍惚了,一种熟悉而遥远的感觉回到她的意识里。是个夏夜吧,突然间发烧,三十九度。母亲抱着她,一边走在高低不平的乡路上,一边不时伸手抚摸着她的脸。尽管那时候小,但母亲的手那么温暖,那么执着,一直躲在记忆深处。而此时,不知为什么她却被牵着出来了。她感到那只手不再冰冷与生硬,她分不清这是医生的手,还是母亲的手,竟然有了丝丝的暖意。她的手指一寸一寸掠过她的身体,像微风一样,很缥缈,很缓慢。她的意识越来越模糊,仿佛来到一个小河边,听到有些遥远的水声。那水声喧哗着,动荡着。她感觉自己的身体成为水边的芦苇、水草,丰盈着,摇曳着。她觉得自己鲜活了起来,不再有任何不适,在柔软的水意中渐渐又演变回来了,觉得自己像一尾鱼一样呼吸顺畅。她摆动着身子,灵巧而无忧地穿过那片水域。当她睁开眼,看到女医生那张依旧了无表情的脸时,竟然也觉得有点可亲起来。

不一会儿，女医生摘下白色的手套，说了声，"好了，起来吧！没什么事。吃点消炎药就行。不用紧张，多运动，多喝水。"她点点头，从那张床上很快坐起来。整理好衣服，她竟然一身轻松。

掀开那道白色的布帘，外面的阳光照过来，有着细细的光斑。房间里仍有很多人，她突然觉得白色墙壁的就诊室变得温暖而明亮起来。她快步走出医院的门，市井的喧嚣蜂拥而来，人流、车流、轰鸣、吵闹……尘世的一切又恢复了原状。

中医院里的慢时光

夏至已过,天气越来越炎热。街角树枝上的知了开始大声地鸣叫着,喧嚣的街市让人的情绪变得有些不知所措。说实话不太喜欢这样的杂乱,情绪是由心境引起的——气候变了,心也浮躁起来。人懒懒的,胃口也没了,朋友说:"去看看中医吧,闻闻中草药的芳香,调理一下身体可能会好一些。"几乎没看过中医,只在女儿出生时,吃过一方补药。想想也有道理,中医在我国是历史悠久的。单单听一些中药名也会让人变得清雅和淡然起来,譬如:青黛、白薇、夏枯草、锦灯笼等等,这些名字里的雅意也算是独特而有景致的。

很多年前,住在小镇一条小巷里,每天上班都经过一条老街。老街是传统的原生态老街:挨挨挤挤的老木房,屋顶连着屋顶,瓦片和瓦脊之间长着一些青绿色的野草。有风吹过,野草便在瓦脊间舞蹈。那时候一个人,自由,随意,常常走在小街上闲逛。那间中药店就开在老街的街首,一位穿白绸衫的老中医坐在一张绛红色的桌子后面。靠墙的是一整排有着无数抽屉的柜子,很壮观。老中医鹤发童颜,自然就有中医的那种儒雅和仙骨。看好病,边上的那个小伙子就会一格一格地打开抽屉,把那些弥漫着草木芳香的药材取出来,用一杆小小的秤子一一称好,然后倒在那张方形的纸上。他动作娴熟,不声不响。看病的大多是镇上的人,男男女女都有。我从没进去过,每次路过也只是看一眼。偶尔没有客人,药铺里就清清静静的,那个老中医拿着一张报纸看起来。后来不住那条小巷了,那间中药房就很少经过,听说现在也不开了。这次经朋友的提醒,突然想起看一下中医也好,那静悠悠的样子应该也对我的性格。

于是开车去古城,让朋友帮着约了个专家号。据说这专家号很不好约的,因朋友的帮忙,也就顺理成章地约好了。中医院在古城的回浦路,一条颇具古城特色的老街。两旁绿树成荫,穿过惠风楼,径直朝中医院开去。上午九点多,正是医院忙碌的时候。然而在中医院,没有想象中的拥挤和杂乱,一些看病的人也是静静穿梭着。门诊大楼,先挂了个号,再联系帮我预约的医生。胡医生很热情,看我手上的挂号单,说专家号要先拿号再挂号。跟着胡医生到了三楼的名家工作室,门边的工作牌上写着:谢娟娟。探头朝里看了看,一位六七十岁的女医生坐着,边上有一位女患者。她们在交谈,说话轻轻细细的。患者的手放在一个长方形的布垫上,女医生号着脉,一脸的柔和。阳光从格子窗间透过,点点照在她的脸上身上和衣服上。那光和影在上面散发出一种独特的色泽。此时此景,像一幅静态的画,疏淡、清美。

说来奇怪,这大厅静静的,街市的喧嚣在这里似乎消散了一般。整个大厅充斥着一股草药的微香,那香息丝丝缕缕,在鼻翼间若有若无地撞击着。想象着那些植物经过处理,变成一味味贴心的药材,用在患者身上,然后各表一方,悠然自在荡开在清明的世界,直教人在心里平添了几分清喜。中药不同于西药,西药寻找直接的疗效,中药虽是缓慢的,繁复的,却是直抵脏腑的。

朋友帮着挂好号,我在门边的长椅子上坐下来,慢慢地等待着。时间在这里是从容的,偶尔飘过几个穿白大衣的女护士,翻飞的裙裾也有着中药的幽香。对面一位女子坐在椅子上,我们目光相视时,她竟微微一笑。我很少去跟陌生人打招呼,但她的微笑让我也不自觉地轻轻一笑。都说一笑泯恩仇,我们却因一笑而交谈起来。她说是从三门过来看病的,早晨很早就坐车过来了。我有几个文友是三门的,所以听她一说三门,竟无比亲切起来。我们小心地聊着生活中的一些俗事,也聊中药的作用。她说自己在这里看过三次了,这次是第四次来。她说吃了几次中药,身体好多了。说这话时,她的脸上有着恬淡的笑意。其实,人与人之间不需要过多的防备。生命中一些美好的画面,往往来自一些细小的事情,就像我们此刻坐在医院大厅里的自然地笑谈。

终于轮到我了,走进那间只有十几平米的工作室,坐在谢医生边上。尽管她上了年纪,但仍然很有气质。一头白发,脸上皮肤特别白皙,说话很柔和。她一边很轻地对我说着话,一边专心地替我把脉。脸上漾着淡淡的笑,那笑容给人一种温馨的感觉,病人在医生面前仿佛是找到了最信任的人。此时,我一点压力也没有。我细说着我身上的一些不舒服,她不时点点头。中医的望、闻、问、切,她做得特别好。谢医生沉静、安然的目光,以及神闲气定的样子,让我体味到中医缤纷繁复之美。看病的时间不长,但气氛是柔和。谢医生给我开了半个月的中药,有当归、黄芪、茵陈、远志等十几味的中药。边上的护士解释了吃药的一些规则,这一切做得缓慢而从容的,让我想起木心的诗《从前慢》。

这个上午,我一点也没有为等待而心神不宁,一直那么安然那么静幽,那种匆促在这里不见了。我穿梭其中,在草木和微风间,在医生和病人之间——一路清寂,不怨,不诉,不争,不求。

归家

　　暮云四合，远处的山峰顷刻间便由青色的深邃转为黛色，渐渐弥漫起来的暮霭一点一点地笼罩着大地。驻足于屋前的院子里，看远处的大街已是华灯初上，那闪闪烁烁的霓虹灯早已灿烂成一片。耳边不时传来此起彼伏的烟花在夜空中噼啪的声音和归家路人匆匆而过的脚步声——我知道，又一年岁暮来临了。

　　岁暮的日子不同以往平淡的日子，每一缕空气里都蕴含着一份紧张和热闹的祥和气氛。很多人在门前已经挂上了充满喜气的红灯笼，那迷蒙的红晕让人恍然如梦。街边的商行里，不知谁家的碟片竟播放着《回家》。萨克斯清幽的旋律驾临于时空，散发着淡淡的忧伤。都说岁暮的时候最容易想些旧事，跌跌撞撞跑了这么多年，才发觉日子宛如燃着的烟火在弹指间轻轻一挥而去。一年一年的岁暮过去了，一年一年的心境也同样有了变化。

　　习惯在自己蜗居里过年，忘记外面的世界是什么样子。行走在城市钢筋水泥的缝隙里，看到的是城市中的灯红酒绿和条条笔直的斑马线，说不清心里的那一份情绪。很少在年末的日子里想起老家，那个星罗棋布的村庄中最普通的一个。然而今年在临近岁暮的时候，却有一种怀想，一种渴望，一种惦念。我想起我的乡村小屋，那个我从小生活的地方，此刻是什么样了呢？很多年没回去了，那些树，那些草，那些田地，那些牛羊，那些丰收的容颜，还有我那些青梅竹马的伙伴，他们都怎么样呢？是否在袅袅的炊烟中还歌唱着田园牧歌？是否也跟我一样早已远走他乡？记得刚离开乡村小屋时，我每年节前都要回去，然后和儿时的伙伴重逢在温暖而朴素的屋檐下，手执着手诉说着千年不变的话题，后来在不知不觉中又远离了它。也许是到了喜欢怀旧的年龄，突然想念起老家，想住一回老房，想重温一下乡村小屋的感觉。于是，在这个岁暮，我决定回一趟老家，看看曾经的伙伴和小屋。

回家的路有些漫长。当我辗转车程提着行李出现在乡村的小路时，我的那些叔叔、婶婶们，早就站在路口等候着。看见我的刹那，他们那种直白、纯朴和真挚的方式让我无比的感动。他们叫着，说着，笑着。有的拉着我的手，有的拎着我的行李，有的问我途中累不累，我除了微笑和点头，不知该说些什么——亲情在这里无尽止地弥漫着。看惯了城市中的冷漠，如今这份久违的亲情如潮水般地包裹着我，我好想大声地说：这就是我的乡村，接纳我整整一个少年的乡村。真切的亲情，清澈的河水，石雕的老桥，古老的香樟，还有袅袅的炊烟，这一切都让我如此动容。

终于站在自己的小屋前。推开那扇漆着暗红的木门，一脚踏进光滑平坦的泥地，我有一种真正回家的感觉。这么多年了，对老屋的泥地有些陌生，当我一触及才发觉原来是那样的熟悉。生生息息的泥土味是永远都无法抹杀的，就像尘封往事一经打开，逝水般地流泻出来。虽然很久没有住人，但隔壁的阿婆仍把这里打扫得干干净净，就像我们从没离开过一样。依旧是木质的楼梯，横隔在屋的中央。小时候觉得楼梯很高，父亲从下面走过总低着头。现在，我也像当年的父亲，低头才能从楼梯下走过。依旧是木雕的窗栏，透过花格的空隙看得见外面的天空。靠窗的那张大谷柜仍静静地放着。摸着这古旧的谷柜，心里感慨万千。这张大谷柜可是我童年成长的见证，当年的我便是在这上面睡着长大的。那时候几乎每家都有谷柜，它既可以用来储存粮食，又可以当床，而现在它也成了尘封的饰品。母亲的雕花木床满是花卉禽鸟，像个宫殿，尽管光泽黯淡，却不泛堂皇。小时候最羡慕母亲的这张雕花大床，可总轮不到我。我是家里的老大，只有最小的弟弟，才可以依在母亲的身旁睡在这张大床上。想不到现在这床却成了小屋的守望者。

如今我回来了，小屋似乎早就等候着我的归来，但肯定不知道我会在岁暮的日子里回到它身边，而事实上我真的来了。我的乡村小屋，我只是想看看你是否依旧。躺在母亲的古旧的花木床上，听着窗外噼噼啪啪燃放的鞭炮声，我终于感受到了一个久远而充满怀旧的年代。

乡野老屋

老屋，并不是一般意义上的老屋，它无关于屋的新旧，因为它是一个地名，一个我小时候居住过的地方，一个有着二三十户人家。屋舍俨然，阡陌交错的村落。我的整个童年就是在那里度过的。

春天的老屋明媚而多姿，村道上，荒地上，田埂上，开满了各种颜色的花儿，那种通体粉白、粉紫的花儿，是我的最爱。许是春天的缘故，一颗心就像是孩童般，在各色花朵中飘来荡去。我无法抗拒它们的色彩，提着裙摆扭扭捏捏穿梭其中。因为春天，因为花朵，心里总是愉悦着。那天在屋后的天井里，隔壁的姐姐松开长发，把一些粉色的花瓣撒在水盆上，然后用指尖把花瓣揉碎，一点一点地涂抹在黑发上。我好奇地问她：这是做什么呀？姐姐笑吟吟地告诉我：这花儿是护发的，长期涂抹下去，头发会变得又黑又长的。是吗是吗？那一刻我似乎为自己找到了一个理由，在密密匝匝的花丛中，摘花的动作变得轻快而自然。一阵风吹来，那些细小的、怯怯的花儿，便在我散开的裙裾里肆意地幽香着。

老屋大多是一些木楼房，房与房之间紧挨着。木楼、木门、木窗，被岁月浸染得发白而陈旧，但木质的醇味却有着沉淀下来的沧桑和温暖。木楼不高，二层楼房，可能是通透吧，有风的时候可以直接从过堂穿过，掀起墙角边的那些豆秆、玉米花穗轻微地摇晃着。初夏正是开花季节,大伯屋后的栀子花就像是夏日的雪,大朵大朵,香气漫漫,无可复制。我坐在过堂里看小人书,一页一页地翻着。指尖划过纸面发出裂帛般的声息,散淡的风四处吹着,清浅的芳香到处弥漫。远处,青山隐隐,一片寂静。

  过堂的前面是一片开阔的晒谷场,也是我们聚集欢乐的地方。夏日黄昏,天色还未完全暗下来,我们就会来到这唯一的晒谷场上。这时候,我不再看小人书,和秀儿一起开始玩那些可爱的游戏。秀儿和其他女孩一样喜欢跳皮筋、造房子、抢沙包,每次总是玩得满头大汗,我却喜欢玩陀螺。小小的陀螺模样不俊俏,却能激发我童贞的兴趣。晒谷场的一角,我就像个小将士,用我的小鞭子嚯嚯地抽着陀螺,一圈一圈。陀螺毫不迟疑地旋转着,只要稍稍有停下来的意思,我就会挥鞭而上,陀螺始终处于旋转状态。如果不让它停,那陀螺就跟生了根似地旋转成一朵花。隔空会抬头看远处秀儿和那些跳皮筋的女孩,看她们把皮筋也从脚踝升到小腿,再是腰间,肩膀,然后一直往上蹿,直到把手高高地举起,看她们跳跃着把脚跨过胸前跨过头顶。黄昏的暮色里我们就像一群快乐的精灵,小小的身躯因欢乐和自由不停地起伏着,松散的辫子和宽大的衣衫在暮色中晃荡张扬,嘴里念叨着:"一二三,四五六,马兰开花二十一,二五六,二五七,二八二九三十一……"清朗朗的音色飘进暮色飘向远方,一波一波涌动着,让这清寂的黄昏村落充满色彩。玩得忘情时就忘了时间,直到各自母亲的呼唤声惊醒我们。"吃饭喽!吃饭喽!"声音从远处此起彼伏地传来,我们才会如鸟雀般地消逝在暮色中。

  秀儿是我的好朋友,也是我堂叔的女儿,从小一起玩耍,一起上学。她就住我隔壁,两家仅仅隔着一层薄薄的木板。你在这边敲几下,隔壁就会回你几下，我和秀儿通常就是这样相约的。春天的夜晚，老屋早早进入一种状态，偶尔传来几声狗叫声，更显夜的寂静。躺在老式的花眠床上，心里也不知想些什么，直到秀儿嘎吱嘎吱的脚步声响起才会停住思绪。我会跟着她的脚步声音向上游移，倾听着她的脚步从隔壁的堂屋走到里屋再来到楼梯。脚步细碎而轻快，然后听她上楼，然后是吱呀一声推门，我知道秀儿进房间了。我们会轻轻地敲着薄薄的门板，躺在自家的床上不着边际地说着话，说得最多是村东头的小莲。小莲是我们村校李校长的女儿，长得特别漂亮，白衬衣，葱绿色的裙子，笑起来特别可爱。我和秀儿都羡慕她的那条绿裙子，飘飘洒洒，像朵水莲花。听说隔壁班的大海喜欢小莲，每次放学的路上都等在路口，可小莲理都没理他。青涩年代，不是很懂爱，却是无比真诚。

我喜欢看书，常和秀儿一起分享着书中的快乐。记得有一次，秀儿神神秘秘的，不知从哪里弄来一本泛黄的书，说是好看着呢。我一瞧书名《一只绣花鞋》，有一种幽幽的诡异。为什么是一只呢？这挑起了我们的好奇心。那时候特别喜欢看悬疑、惊悚的小说，心里越害怕就越想看。后来，我们想了个办法，和秀儿一起坐在过堂里看，因为过堂里有姐妹们坐着绣花，即便看到那些诡异的地方，心里也不怎么害怕。我和秀儿一人一条小板凳。院子里有花的香气，深吸一口气，胆子就大了点。但看到惊悚处，我们的心里还是突突地跳个不停。偶尔听到背后有什么响动，心就会一紧，回头一看，似乎仍能感受到一种从故事里飘散出来的气息。那种若有若无的声息，会让人有一点点寒意。我和秀儿绷紧神经，大气也不敢出，可又舍不得放下那本书。在紧张和慌乱中看完后，拍拍各自的心口，我们抬头看不远处绣着花的姐姐们，才长长地舒了一口气。

那是一段纯真快乐的年代，老屋的给我的记忆是深刻绵长的。很多年没去乡下老家了，置放我整个少年情怀的老屋仍以沉默却鲜明的姿态存在着。我想，该找一天去看看我的乡野老屋了。

庭院

这几个晚上我一直做着相同的梦：自己站在一个幽静的庭院里，那些藤蔓沿着庭院的矮墙郁郁葱葱地肆意开放着。我趴在墙头，踮起脚尖，看着远处青岚的山和宁静的湖……我知道我又在念想我的庭院了。有时候这种念想就像是一颗播在心里的种子，时不时在心中长出一茬一茬，割驳后依然会长出青青的苗子。庭院就是以这种方式，总会在一段时间后以清新而泛着绿意的状态又进入我的思绪。

这只是一个普通的庭院，不过百来平米：一座木屋，一口古井，一对石椿，一张低矮的小木桌，一小块菜地，一株桂树，一株桃树。但它却是我年少生活的一部分，也是承载我少年快乐时光的一方天地。春天，庭院是木屋一块灿烂的布景。墙角的那块空地上，青草随意生长着，它们与角落里的花枝、绿藤一起散漫开来，浅淡的香气溢满院落的空际。风起时，会有一阵窸窸窣窣的声音，像高远天里飘来的梵音，特别优美。蜜蜂、蝴蝶也会在这时飞过来凑热闹。斑驳陆离的围墙上，蜜蜂在墙缝里钻来钻去。那时最爱玩的一个游戏就是把一根碧绿修长的葱当作工具，看到蜜蜂飞进墙的缝隙，就会用这根葱去捕捉，等到蜜蜂一头钻到这碧绿的葱里，我们便胜利般地拿起这个战利品。听蜂蜜在葱里嗡嗡地叫着，那时候，我们一点点快乐就满足。初夏的黄昏，夕阳把明丽的光影子投在庭院空旷的土地上。晚归的燕子便聚集在一起，在暮色里翻腾着。羽翼搅动的声音，让夏日的天空变得深远起来。母亲在庭院桂树底下翻晒着一些豆荚,经过阳光曝晒后的豆荚。在母亲不停地翻动下,豆荚便发出轻微的破裂声。这声音在黄昏的庭院里特别动听。

每户人家都有一个庭院,隔壁小伙伴美玉却喜欢跑到院子里找我玩。穿布衣,梳两根小辫,一进门总是"姐姐……姐姐"地唤我,我便带着她在庭院里到处疯玩。孩童时我们对什么都新奇,看到墙角那盆鲜艳夺目的凤仙花,便不管不顾,开心地一朵朵摘下来,然后用纤细的手轻轻地揉搓。在手掌微温的作用下,凤仙花鲜红的汁液便顺着我们的手,一滴一滴落下来。然后在阳光底下,我们小心翼翼地把它涂在小小的、白亮而透明的指甲上。我不知道女人爱美之心是不是与生俱来的,而当我们扬着小手,看着那鲜红透着光泽的小小指甲,那种从心底里散发出来的愉悦是什么东西都无法比的。

下雨时庭院就变得很有意思,母亲会让我去接雨水。那时候没有自来水,能吃到这天然的雨水是上天赐给的福分。于是,落雨时我会把大小瓦罐和木桶移到屋檐下。那些顺檐而下的雨水,汇聚成一道道雨线后便滴落在木桶里。下雨了,那些小动物都潜伏起来了。庭院里很安静,只有雨声,叮咚、叮咚,声音异常的清冽、干净,仿佛是珍珠散落在银碗里,溅起的水花在木桶里漾着一圈圈波纹。水满时任其自然流溢,把墙角的青苔浸染得哀怨可人。有时候我会伸手去接雨水,那种或急或缓的过程,通过掌心传递过来,总让我迷恋着。事实上我喜欢水流过掌心那种柔软和水环绕肌肤的感觉,它给我一种生命的启迪。如果命运是一种多变的容器,那么,我愿意自己在一次一次的人生历练中成为柔软的水,去更好地适应生活。

庭院是我对少年生活的遥望，由那些细屑和碎片缝缀而成，大都是晶亮亮的。屋檐下燕子垒起的旧巢孤零零地悬空着，从田里收割回来的农作物无比静默地被置放在庭院的一角，有豆秆、棉花秆、络麻秆。它们安静地融合在一起，从容地散发着植物的清香。每次看着这些质朴的植物，总想起它们用鲜艳色泽和丰收的果实来装点广袤的田园。庭院也一样，它积淀了一个少年天真和快乐。年前回了次老家，走进我的庭院。由于年久未住人，庭院显得颓败和冷落。当我推开那扇老旧的木门时，时光的尘埃在光影中纷纷脱落。我看见那些陈旧的瓦罐、木桶，在庭院的角落里，落满灰尘。一只小碗被我拂去灰尘后，竟然现出浅青色的釉。当我用手轻抚而过时，当我嗅着庭院那种久远的暗香时，我突然感动至极。我们没有理由走在五光十色的现代建筑群里，而遗忘赤脚踏着土地的老屋和庭院。站在城市的落第窗前，远处的高楼越建越高，脚下的泥土却一点一点被吞噬。我想，我们是不是在渴望回归质朴时反省一下，是什么使我们在不断追逐不断得到中失去朴实无华的东西？是什么使我们在享受生活时被一些所谓的现代东西划伤呢？是什么使我们只在午夜的梦回中一次次怀想心中的那一块净土呢？

又见炊烟

"烟啊烟
莫吹小人边，
莫吹大人边
笔笔直直升上天
……"

这是一首歌谣，一首关于炊烟，关于童年的歌谣。

小时候，总爱和伙伴们边玩边唱着，让那呛人的烟直直地升腾到空中去。说也奇怪，当我们天真唱着并用稚嫩的手轻轻扇动时，那缕缕轻烟似乎真的就这么升到天空中去了。这只是儿时的一个游戏，却让我如此深刻地惦记着。许多年后，当我站在城市的纵深处，却无法体验到这一缕带着乡愁的炊烟，于是便固执地怀想着。那些构筑在我心灵深处的忆念一旦开启，那温暖摇曳着的炊烟便以一种灵动而飘逸的姿态，朝着天空和大地，在老屋孤单而沉默的屋顶上升腾着。我想起了我的乡村，想起了我的老屋，想起了站在灶前与炊烟相守的人们。

漫天的霞光里，和炊烟一同最先出现的便是那些素朴、温厚、柔软的面孔。在乡下，没有人会睡懒觉。母亲是家里起得最早，也是第一个在炊烟和灶间穿梭的人。春天的早晨，天微亮，母亲便一手擎着煤油灯，一手拿着木制的勺子，为了一家人的早饭在小小的灶间忙碌起来。淘米、洗米、倒水，然后搁上蒸格，盖上锅盖烧火做饭。灶前灶后就这么一个方寸之地，母亲却毫不零乱，穿一袭蓝色布衣轻盈走动着。灯光把她的剪影打在灶前的木门上，她的身影时长时短地变幻着，如皮影戏里的人物。母亲在屋里烧火做饭，炊烟便在烟囱里慢慢地飘了出来。如果把炊烟作一个比喻的话，我不知用什么词更合适。因为冒出烟囱的炊烟像一群自由奔放的精灵，它可以从老屋的任何一个地方冒出来，例如，瓦缝里，屋脊上，还有门缝、窗缝里。当然，从烟囱里出来的炊烟是极具美感的——它是那样的轻盈、袅娜。一旦进入天空，它就如同鱼遇见了水，那种自由、奔放、激情、肆意就无法用语言来描述了。每次放学回来，袭着晚归的暮色，看到自家屋顶上冉冉升起的炊烟，心中充满一种温馨。因为这是母亲在自家烧火时升起的炊烟，似乎是一种呼唤，一种等候，看到炊烟就似乎看到了母亲。背着书包，走在归家的路上，心里一直很宁静很安心。

冬天的时候，喜欢坐在灶膛前跟母亲一起烧火。矮矮的小板凳上一头坐着母亲，一头坐着我。母亲先用一张微卷的废纸当作引火的苗子，然后划亮一根火柴，放进一小把稻草，让火在灶膛里燃烧起来，柴禾便在炉灶里发出噼里啪啦的声音。母亲做得如此娴熟，没半点生分。我坐在母亲的旁边，火光慢慢温暖着我的脸和手。我开始学着母亲的样子，把一些小小的柴禾塞到灶洞里去，然后看它们惨烈地燃烧着。母亲不紧不慢地拉着风箱杆子，那一簇簇火苗随着风箱的拉动不停地跳动着，直到乳白色的烟雾纠缠着一股米饭的清香慢慢地浮荡出来时，母亲才停下手来。这个时候我看到了灶间里、锅盖上到处弥漫着白色的炊烟。它悬浮着，飘荡着。我试图用手去搅动，却发现这炊烟竟带着一种微温的香气，在小小的炉灶间不停地流溢着。我突然觉得这是世上最能打动我的气味,它的芳香和润泽染着母亲的气息和爱意,以一种柔软温暖和充满愉悦的情愫,给年少的我一种安定和幸福的感觉。

对于炊烟,我还有着另一种深厚的感情。记得有一次,一个人独自从十几里外的外婆家往回赶。从外婆家出来时,天色还未暗下来,我一个人沿着村间小道一路走过。刚开始看着田埂上的花花草草,贪玩的心便冒出来。我东瞧瞧西挑挑,却不料天色越走越暗。渐渐浮荡起来的暮色让我生出一点点慌乱,小小身影在阡陌交错的小路上急匆匆地走过。不知为什么,这条来来回回走过好多次的小路,此刻却不见一个人影,而浓浓的暮色却从四面八方向我袭来。抬头看天空,刚刚还落霞满天的天空却显得苍茫茫的,十几岁的我无法在这片苍茫中找到一些可以慰藉的东西。一种前所未有的恐惧,让我在暮色中加快了脚步。直到走出那一片旷野,看到前面村庄里的烟囱在暮霭里飘着袅袅的炊烟,我才长长地舒了一口气。后来越来越走近村庄,远远地,看到母亲站在屋后的空地上,左手加在额前,眼睛凝视着远方,背后是我家烟囱上飘荡的炊烟,我突然有一种想哭的感觉——我知道这缕缕炊烟是引导我归家的路标。不管走多远,有这袅袅的炊烟,我小小而茫乱的心一下子就平静下来。

后来,长大了,离开乡村,离开老家。走得远了,炊烟就成了一种符号,它以潜伏的形式存在我的心深处。有时候,看到家里煤气灶那蓝色的火苗,心里总无法建立那种深厚的感情。那种缓煮慢熬后细致升腾在屋脊上的炊烟,又怎能是煤气灶这种现代化元素所能比的。也许柴禾的烟雾会熏着眼睛,但倚在灶前听着柴火噼啪爆裂的声音是任何声音无法代替的。周末的一天,去城市的边缘散步,看到那些乡村,依然有山,有田,有缓缓流过村庄的小河,可我总觉得那不是我的村庄。

即便村庄上空有炊烟飘过，似乎也没家乡的炊烟那么有味道。我想我已经把村庄的炊烟深深地耕植在心里，外面的一切都不能轻易改变它。记得有个作家说过：炊烟就是长在家之上的一种图腾树，一代又一代，它长成了村庄向晚最为动人的风景。是的，炊烟是向晚动人的风景！

陌生的村庄

一个陌生的村庄,一条粗糙的土路,一渠干枯了石溪,还有一座简陋的乡村教堂。我是无意中偶遇这个村庄的。有时候一次偶遇会让人深深地惦记着,比如这个无名的村庄。我并没有主动去了解这个村庄的名字,遇上了,就这么喜欢着,那么简单,那么自然。村庄一如所有星罗棋布中的村庄,寂静、质朴、单调,还有一种淳厚的泥土气息。

暮色中,土路弯曲着从荒地中延伸着到村庄深处,似一条绵延的草绳。冷冷的冬季,天暗得比较早,不一会就暮色深深。向左向右都是一片片田野,一些弱小的菜秧苗在土地上倔强地生长着。路边全是一些不修边幅且细长的芦苇,在瑟瑟晚风中合成一幅景。还有一簇簇枯黄的茅草随风飘着。虽然没有什么特别的景致,甚至有些荒芜,但这荒芜却透着一份乡野的寂静。听惯了红尘中的喧哗,这里的寂然是我喜欢的样子。我夸张地伸开双手,兴奋地穿过那条土路,看到了一大片茅草。冬天的茅草干枯柔软,黄黄的一大片,忍不住便跑过去席草而躺。抬头看得见天空,很远又很近,暮霭里天空的色泽深邃柔和。这样的时刻,真的很美好。忽然有一串铃铛声响,循声望去,原来是一个稻草人身上挂着的一串铃铛,估计是为那些飞鸟设置的。当风吹起时,那铃铛便发出一阵动人的声音。这叮叮当当的声音,在这黄昏的乡野里,有着特别的味道。

我躺着草丛中，听着这美妙的铃声，有一种贴近自然的喜悦。是的，如果不这样席地而躺，又怎能倾听到如此天籁的声音呢？透过那些枯黄的茅草，我看到天空的颜色是明艳的，动人的。干枯的土地气息不断地涌了过来，那是自然的气息，泥土的香息。我看到一些毛茸茸的植物，从不高的枝头上轻盈地飘落下来，粘在我的手上衣服上。那些柔软的触须蠢蠢欲动，在我身上肆意地攀爬着覆盖着。我眯着双眼，感觉那些植物在身上蔓延着飘浮着，要把我托起来。我像是悬浮在一片松软而柔韧的草面上，又好像是浮在海面的一截树木，其实什么也不是。风在动，草在动，人也在这草甸里情不自禁地迷失了。

一辆载满橘子的农用车子从远处的土路上开过来，那隆隆的声音打破了这黄昏的寂静。一位壮实的农民一脸喜悦开着农用车，在那条泥土路上轰然而过，那黄澄澄的橘子饱满得可以唤醒这暮霭沉沉的黄昏。我从草丛中走出时，那农家汉子没想到会有陌生女子突然出现在这无人的乡野。他先是惊讶，然后纯朴的本性让他脸露微笑。我为自己的唐突而有点不好意思，微笑地站在荒野上，目送这一辆车子一直消失在路的纵深处。

从泥土路往左，有一些零星的老房，石头堆砌的墙体棱角分明，踮起脚尖就能触到石屋的檐角。我慢慢地走在这条陌生的路上，夜也越来越黑了。我听见鞋底与地面摩擦而发出一些低微的声音。乡野，村庄，没有灯火。土地仿佛在暮霭里睡着了，那些零星的庄稼也睡着了，我担心会惊扰它们。一些鸟在远处的山林间歌唱，声音细微，似乎对我这样的陌生人心存狐疑，不愿靠近。我看到一位老伯，手里抱着一捆柴走向屋舍。我还看到一棵老树，一只黄狗，一口破旧的水缸。它们在暮色里肃穆地站着，古老的姿态，带着神性的色彩。这样的村庄让我有一瞬间的恍惚。越往里走,村庄也越安静。我隐约听见了一两声咳嗽的声音,是年老的带着喘息的咳嗽。不知哪家的老人在咳嗽,在这陌生的村庄里,却流溢着人间烟火的味道。

　　我一直不知道这个村庄的名字,也一直没有想去问的念头,村庄却以一种淡然平和接纳了我。我走过村口,走过乡野,继续独行。风吹过来,吹在树枝上,吹在屋脊上,吹在没有人的石窗上。风让村庄有了流动,慢慢地有一种柔软的东西在身上弥漫开来,村庄成了我一个人的村庄。

斯人已远去

很多事情随着时光的流逝变得越来越淡泊，唯独想起那个村落，那些旧事以及我的堂姐，心里总是无比的酸涩。那个水莲花般的堂姐已经离我很久很久了。这个下午，我坐在庭院落的一角不由自主地怀想起我的堂姐。

我的堂姐，她有一个不俗的名字。她叫月静，比我整整大五岁，是个安静害羞的姑娘。她不太喜说话，见有来人，腼腆一笑。平常大部分时间，她都是坐在院子里绣花。

院子就是普通的农家小院，不大却收拾得极干净。庭院里放着一张八仙桌，桌上晒着一些豆角、花菜之类的东西，植物的清香时时在空气里弥漫。堂姐就坐在院子一角，一个花架，一个低头的背影，就构成她独自的世界。在乡下，没其他收入，绣花、编草帽是农家姑娘的手艺，谁手巧就会获得别人赞赏的眼光和更多的经济收入。

堂姐的绣花水准在村里是数一数二的，因此院子里常见村里的姑娘、媳妇过来讨教。她们围在花架前叽叽喳喳问个不停，堂姐总是微笑着指点她们。花架上的图案不管有多难多复杂，在她的巧手点缀下，没有一样不栩栩如生。一只五彩的孔雀别人无法绣出其中的艳丽，她却一天时间就绣得惟妙惟肖。那些牡丹啊、荷花啊，更不用提了，活脱脱得跟刚摘下似的。晨光里，她坐在花架旁，一只手搭在架上，一只手兜在底下，上下翻转，没多久就能绣出最美的花朵。有时她在细密光华的白绸布上，用剪刀一根一根地挑断布丝，再把断丝细细地抽出来，然后拿起针线在抽去丝的底子上左盘右绕，一会儿，就能绣出一片雅致的镂空花案来。

除了巧手，堂姐的安静也是出了名的。不管村里发生什么事，众人起哄着跑出去看，她却安静如水坐在花架前，从不跟着起哄。她很少出村外，也很少出院子，每次看到的总是她坐在过院子里绣花的背影。她的姿态好像是固定的，远远看过去，就是晨曦中的一幅图画，淡雅、悠远。一天，我坐在她的花架前帮她穿针，仔细地打量了一下，突然发现堂姐好美。只见她微侧着脸，线条柔和，脸上的皮肤是瓷一样的白，眼睛不大，却黑幽幽的，两根麻花辫子一前一后搭在双肩上，她的手细长白皙，她绣花的样子专注动人。她用丝线在紧绷的丝绸上拉出动听的丝啦丝啦声，这声音在这寂静的春天里，特别动听。我靠近堂姐由衷地说："姐姐好漂亮！"堂姐侧身朝我微微笑，她的笑是那样的温婉和秀气。其实，我很愿意看到堂姐的笑——堂姐抿嘴轻笑的样子真的很美，不像我们咧着大嘴，露着大牙，嘎嘎嘎，笑得像只丑小鸭。

开春时，大伯家来了说亲的人，说是邻村有个木匠，年龄比堂姐大三岁，父母早亡，在外地帮人做木工，收入还不错。那个时候找对象很少自己做主，一般都是父母说了算。堂姐本就是不善言语的人，况且那时也二十岁了，见过几面后就由大伯做主定了下来。也不知堂姐自己相没相中，反正我们都知道堂姐有了一个做木工的对象，有时会开玩笑对堂姐叫嚷着："木匠女客，木匠女客。"（意思就是木匠老婆）堂姐红着脸，拿起花架上的尺子佯装打人，但基本上都是做做样子。

在我们的笑声和哄闹中，堂姐无奈地收回尺子。

定亲后堂姐没什么大变化，大多仍在花架前悄无声息地绣她的花。只有大妈偶尔提到那个木匠时，堂姐的脸上会浮现出一种色泽。我无法用语言描绘这种泽色和表情，但大都会在堂姐若有所思中打住，然后会轻轻地叹息一声。我不知堂姐心里想什么，她的叹息又是为什么。她的青春，她的爱情，她的未来，应该有她自己所想的模样吧？我无法知道。

临近冬天，我看到了堂姐的对象。一个直愣愣的小伙子，个子不高，黑黑的皮肤，手里提着酒和烟，从村口那条小路拐进来，后面跟着一群看热闹的小孩。经过堂姐的花架时也没见打个招呼，只是偷偷地瞄一眼堂姐就走过去了。堂姐也没什么特别的表情也没说什么话，只是脸上多了一份淡淡的羞涩，手上的绣花针却变得迟缓起来。大伯和大伯母杀鸡买酒，欢欢喜喜地招待这位新姑爷。左邻右舍时不时涌向大伯的小院看热闹，大妈脸上一片喜色，不时分发着新姑爷带来的那种色彩艳丽的玻璃糖。寂静多时的村庄突然闹腾起来。我不是很喜欢这位黑皮肤的姑爷。初初一看，人是很实在，但有些粗糙、直愣，堂姐这么一个秀丽的女子，怎么会相中他呢？但想归想，在一片喜庆和热闹中也就忘了。后来，这个叫永强的木匠就以准姑爷的身份隔三岔五就从邻村过来。人虽长得不怎么样，手脚倒也勤快，时不时帮着大伯去田间收拾庄稼。农忙时卷着裤脚，提着镰刀，挑着担子走起路来也是咣当咣当地响。闲下来时也会坐在堂姐的花架旁，偶尔会听到他说话的嗓音，很粗很短。堂姐大都是低着头，手中的绣花针从没见她停过。我不知堂姐心里的真实想法，倒是白绸布上的花儿变得越来越鲜艳。

就这样相处一段时间，年后，堂姐要出嫁了。那天是周末，我没去学校，看着堂姐坐在她的闺房里，穿上红嫁衣，梳着老式的盘花头。隔壁的阿婆用一根长长的丝线在给她开额，在农村，姑娘出嫁前都要开额的。堂姐本就秀气的脸经过这么一番梳理，越发显得水嫩。后来见阿婆用指头挑了一点胭脂，在堂姐的脸上轻轻一抹，水茶花般的红晕迅速在堂姐脸上蔓延开来，堂姐一下子就美艳无比。我翕动鼻翼撒赖般地靠近她，一缕幽香瞬间朝我袭来，那种香味很久以后都让我无法忘怀。堂姐微低着头，也不恼我，任我依在她身旁撒娇。从她的顾盼间真切地感受到她的一份盈盈暖意，是啊，这是她人生的喜事啊。此时所有的憧憬都是美好的，尽管在我看来堂姐如此温婉，她的对象也远没有我想象中的登对，但我能说什么呢。人生的事，谁都无法定夺。此刻大伯家人来人往，热闹非凡，喝喜酒的亲戚朋友一坐就是好几大桌。他们穿戴一新，一边口无遮拦地说笑着，一边吧唧吧唧地抽着桌上放着的喜烟。这个时候谁都不会客气，那些鱼呀肉呀一桌一桌。午后时分，迎亲队伍来了，锣鼓喧天，鞭炮齐鸣。堂姐在姐妹们的簇拥下，跨过娘家的红布袋和火盆，满脸羞涩地出嫁了。我跟在后面，也无法理清自己心中的意念。看着堂姐越走越远的背影，很长一段时间回不过神来，脑子里总是堂姐微笑着坐在花架上绣花的影子，这样的光景怕是再也回不来了。

三天后，堂姐回门，从村口的那条小路上过来，远远地看到堂姐穿着齐腰小袄，脸上有着甜美的笑意。这一刻，我心里特别的安宁，因为堂姐笑是真切的，温馨的。

之后一段时间，我去了离家十几公里的学校读书，周末回家时也难碰得到堂姐。常听母亲说，婚后一段日子，堂姐夫对堂姐挺不错的。

知冷知热，体贴照顾，家务事也帮着做。我在心里为堂姐高兴，幸福也是一件很容易的事。后来，因为功课紧张，就很少去问堂姐的一些情况。开春的一个黄昏，母亲跟大妈唠完话后，大妈就匆匆地走了。母亲的神色有一些忧虑，我问母亲："怎么啦？"刚开始母亲没说，后来经不住我追问，母亲才说是堂姐的老公不知什么时候开始染上了赌博的习气，一闲下来就去赌，输钱时总拿堂姐出气，还会摔盘子骂人，堂姐的劝说根本无济于事。每天总是吵吵闹闹，没一个舒心的日子。

我很想去看看堂姐，但每次总没如愿。半年后，听说堂姐怀孕了，我以为有了宝宝会好一些，却不料，堂姐夫的赌性越来强。在一次输牌后做了一件让堂姐永远都无法原谅的事。那天，堂姐正在里屋绣花，堂姐夫在房间的抽屉里时不时翻弄着，那声音刺激着堂姐的神经，但她忍着没出声，她知道抽屉里最后一点钱终会被他拿走的，事实也是如此。不一会，就见堂姐夫拿到钱后扬长而去。泪水蓄满堂姐的眼眶，花架前的她不停地抽动着双肩，可还没等她擦干眼泪，一脸醉意的堂姐夫回来了。他骂骂咧咧的，看到堂姐就骂她扫帚星，说是娶她触了霉运，回回让他输钱。堂姐除了流泪还是流泪，却不料这个粗暴的男人看她一脸泪水，竟然又上火，一巴掌打过去。堂姐没站稳，合巧碰到背后的一张木桌摔倒在地，就一瞬间，堂姐的下腿处流出一摊鲜血。这一刻，温婉的堂姐迅速尖锐和愤怒起来，她瞧着眼前的这个男子，想也没想就一头撞了过去。这一切过于猝然，那男人被堂姐的举动吓倒了，拔腿就跑出去了。左邻右舍跑过来时，堂姐脚下的鲜血缓慢地盛开成一朵鲜艳的花。后来，有人帮着把堂姐送到卫生院，堂姐一直在流泪，堂姐的孩子也在这一次打架中没了。虽然酒醒后，他跪在堂姐前求饶，并不停地说对不起对不起，边说还边打自己的巴掌，但一些事伤害了终究还是难以愈合的。自从那次流产后，堂姐的肚子一年一年不见动静，日子久了，堂姐夫开始变得更离谱了。他骂她是不会生蛋的鸡，不管有没有喝醉，他都会打她，赌钱输了就找她出气，原本不善说话的堂姐就更无言也更沉默了。上高中后我就很少回到老家，一次暑假，在村口遇见她回大伯家，我惊愕了，这就是我的堂姐吗？一脸憔悴，头发粗糙而无光泽。一件浅蓝色的确良，松松垮垮地罩在身上，走起路来像个影子。我很意外，堂姐看到我飘忽地笑了笑，跟她说话，她也没多言语。这就是那个坐在花架前轻言浅笑的堂姐吗？我无法想象这几年堂姐是怎么过来的。看着她远去的背影，好久我都回不过神来。

大二那年，我在学校里上课，母亲打电话告诉我，说堂姐跳河了。我握着手机，久久无法平静，除了悲伤和惋惜，我无以言说。我原以为堂姐这样温婉的女子一定会幸福的，世事难料，她终究还是不幸地走了。据说堂姐夫不但喝酒、赌博越来越厉害，后来竟然发展到夜不归宿，还勾搭上本村一个赌博的女人。他们双宿双飞双赌，堂姐的最后底线和自尊被他践踏得体无完肤。春日的一天，村东头的河水涨得满满的，一身素衣的堂姐在小河边徘徊了很久，最后决然地跳了下去。之后就再也没有她的踪影，直到第二天，人们才发现她被河水胀得惨白的脸。

一寸一寸老去

爸住院了，记忆中爸住院的时间不超过三次，一次是白内障手术，一次是痔疮。这一次，爸是因为衰老而引发疾病住院的。血压高了，心脏衰了，手脚也不灵活了。那天，我跟往常一样，一袭布衣，在家里闲着，突然接到妈的电话。她声音焦急而短促，"你爸摔倒了，我一个人扶不起来。"慌乱中我挂掉电话，对站在边上睁着疑惑眼睛的女儿说："外公摔倒了，我们快去看看。"

妈家离我不远，平时开车五六分钟也就到，这一次似乎开了很久。看到十字路口的红灯，觉得那一个漫长啊，真是焦急。红灯一熄，猛踩油门，车子飞快地往前驶去。推开家门，只见爸坐在床边的地板上，妈一手搀着他，却没力气扶他起来。俩老人相互靠着，一高一矮，却始终站不起来。我突然一阵心酸，连忙和女儿上前，用力把爸扶起来。爸满脸通红，怎么也站不稳，好不容易让他在椅子上坐下来，一量血压，高压二百二十，低压一百，高得有些吓人。一连几天，爸的血压都没降下来，满脸通红，手脚浮肿，我们决定送爸去医院。从来都反对去医院的爸，这次什么也没说，默默地任我们把他送去医院。

镇上的医院不大，每天人满为患，住院的病床特别紧张。小弟好不容易联系了一间单人病房，办好住院手续，已是下午三点。爸第一次住在单人病房里，穿上了医院特有的长条纹病号服，满脸倦容。

我们安慰他，别想太多，住上几天就会好起来的。爸只是点点头，没说话。一会儿，护士来了，一辆手推车，上面放满了瓶瓶罐罐的医药用品，医械器件上金属亮晃晃的。护士很年轻，戴着口罩，只露出一双黑眼睛，听心跳，量血压，测体温，抽血化验，测血糖，动作娴熟，然后一针扎进爸的手臂。血，深红色的，沿着针管，一点一点往上溢。一个采血管接着一个采血管，整整七个采血管。做完这一切，爸虚弱地躺在病床上，仿佛跋涉过万水千山，搁浅在一片沙滩上，一脸的虚弱。

挂了两天的针，爸的血压总算控制住了，但脚上的浮肿没有消退，不知为什么咳嗽却越来越厉害，呼吸急促。他稍一动身子，就直喘气。医生诊断：心脏衰竭、肺气肿、冠心病、高血压，年龄大了，没什么办法。就像一部机器，已经老化了维修也难啊，这话说得让我们有点伤感。爸今年八十多了，腿脚也不利索，平常很少活动，喜欢安静地坐阳台上或者客厅里，一个人也不多说话。每次去爸家，习惯往妈边上凑，跟妈天南地北乱聊。爸在一旁静静听着我们聊，也不插话。在我们眼里，爸是一个习惯倾听的人。对于爸的安静和微笑，我们觉得是最正常不过了。然而，医生却说是因为爸的不活动，导致他肌肉萎缩，心肺功能衰退。我坐在爸身边，第一次如此仔细地打量着爸。爸老了，脸上的皮肤是灰暗的，头发稀疏而凌乱，眼睛里挤满了浑浊。窗外的阳光透过医院薄薄的窗帘照过来，有一点点恍惚。我握着爸的手，这双手大而僵硬。我不知有多久没握过爸的手了，若不亲眼所见，我是断然不敢相信，曾给我们温暖、给我们挡风遮雨的手，竟被岁月的打磨成如此怪模样：斑斑点点的色泽无序地布满了手背，手部微微肿胀，看不清手背的脉络，宽厚的掌心已经疲软无力，握着他如同握着一堆松懈的棉。谁都不能阻止疾病和衰老，但这一天终将来临时，看着爸那么茫然地躺着，心里真的酸涩无比。

每天我会穿过小镇长长的街道去医院看爸。爸躺在一张狭小的床上，鼻子上插着氧气管，手上吊着针，手背被针头插得全是斑斑瘀血。他微闭着眼睛，翻身，喝水，上厕所，都有点费力。一小口水也会让爸呛着，并不停地咳嗽。每天无休止的挂针、吃药、检查，让爸疲惫不堪，他感到一种说不出的无奈和痛恨。他自言自语，这身体老了，怎么一点都不听使唤呢。他的脚肿胀得像面包，多年前，这双脚行走过各地的山山水水。爸最早是地质队的队员，深山、荒岭，爸都走过。每次说起他在高山上勘测的故事，爸的声音充满了自豪和满足。他的双脚跨过最高山峰，也到过最偏远的山村。那时候爸的双脚是那样有力和坚定，而如今，却连走几步路都很困难。爸无言地叹息着，疾病和衰老要摧毁一个人，真是如此迅疾。从外观的皮肤到心脏脾胃，渐渐侵入到一个人的心里面，甚至在不知不觉中改变了一个人的气息和模样，那是一种怎样的无助和伤感啊。

爸躺在病床上，说话越来越少。尽管每次医生都嘱托他要多说话，爸依然少言寡语。他安静地躺在那张铁床上，偶尔让我们把床头摇高。雪白的墙壁，雪白的被子。他的皮肤是疏松的，模样也是脆弱的，仿佛一截脱水的枯树枝，垂垂老去。曾经明亮的一双眼睛，满是浑浊了。他定定地看着一个方向，不喧不闹。我不知道此刻他在想些什么，他是否想起了他的年少岁月，那些激情燃烧的日子，那些让他喧哗美好的日子，那些我们绕着他膝下欢笑的场景。我无法猜测，但爸的表情是安宁的，淡然的，像飞着的风筝，顺着天空便牵出一溜风。医院外面的花事，一场一场地开着。其实，最灿烂的日子最终都会沉寂下来。无论多么鲜活饱满的生命，有一天，终会走向疾病和衰老。一粒尘埃就可以把它压垮，一阵微风就可以把它吹跑，一片树叶就可以让它坠落。

　　守着爸的日子就像是守着一份责任和承诺。每天挂完针，我会扶爸坐起来，让他靠在那个绵软的枕上，用小勺子挖苹果，然后一小口一小口地喂他。爸张着嘴，像小孩一样慢慢地吞咽着。喂急了，他会不停地咳嗽。这时，我会轻轻地拍他的后背，直到他安静下来。当然我也会陪着他说话，讲很久前的故事，讲我们小时候的天真，讲我们游荡在乡村的日子。虽然他很少答应，但从他眼神里，我知道他都懂都记得。窗外，无边的黑暗慢慢袭来，像一张无形的网，一点一点被吞没。看着黑暗中爸的脸，再也没有比看着爸一寸一寸老去让我更痛心的事。即使我用最大孝心和无边的爱，也无法替爸突围。念及此处，我禁不住潸然泪下，看着爸一脸的茫然，只想对爸说：坚持，一起坚持，让衰老慢些再慢些吧。

母亲

母亲和天下所有的母亲一样，质朴无华。她的一生，除了把她自己奉献给我们这些子女外，没有让她更牵挂的东西。每次母亲微笑地对我们说：健健康康地带大你们四个，并且让你们成家立业，就是我最大的幸福！看着母亲恬静而满足的微笑，我心里总是充满了感激！

母亲十九岁就嫁给父亲，十九岁。那是一个女子如花的季节，母亲就在这如花的季节里为人妻为人母的。生我的时候，母亲只有二十岁，那时候母亲自己还是一个孩子。父亲长年在外地工作，母亲一人带着我，又要照顾爷爷奶奶，又要料理家里的一切事务，还要应对左邻右舍的一些事。一到晚上，母亲抱着我，看着我弱弱的样子，会不知所措地哭着。后来，在母亲的关爱与照顾下，我们一个一个相继长大，母亲也更忙碌了。我们家兄弟姐妹四个，与母亲相处最短的是我，因为学校毕业后，我就离开母亲，跟父亲一起在小城工作。但我一直记得与母亲一起去农田干活。那时候弟妹们都很小，母亲在乡下一边教书，一边还要劳动。记得当时是分田到户，我们家有一些田地需要母亲去劳作。每到周末，兄弟姐妹几个跟在母亲身后，带着竹箩筐、锄头、绿色的军用水壶，走过村子弯曲泥泞的小路，走过哗哗流淌着水的机耕路，然后和母亲一起穿梭在夏日炎热的田野里。等到日暮时，我们一家才扛着农具回来。那时候母亲不仅把田地管理得很好，还把我们照顾得很好，在村里我们家是公认的好家庭。白天母亲在学校里教书，晚上我们一家围坐在灯下，开心地说着话。谈话的内容无非是白天的一些新鲜事儿，那些语言因为我们一家的快乐，就变得漫溢流动起来。

　　曾在父亲的一个笔记本上看到过一张母亲十九岁的照片。翠绿的小花色衣服，两根细长的辫子，一双清澈的眼睛，然后侧着身子腼腆地微笑着。母亲年轻时很美很温婉，那天偶尔看到这照片还真没认出是母亲，直到父亲说：这是你妈年轻时的照片啊，我们才从那浅浅的微笑中找到母亲的脸上熟悉的影子。其实，即便是现在的母亲，少了一份年轻亮丽仍不失华贵。母亲喜欢穿一些素雅的格子衣服。每一次她会在街上淘到一些好看的格子布料，便回家坐在缝纫机前。她一个人剪着缝着，一件漂亮大气的衣服就成了。走在街上会有人不停地问母亲，你的衣服哪里买的呢。去年在海南，带母亲一起去看海，同行的朋友都不相信母亲竟然有这么大的岁数了。看着母亲在沙滩上忙碌地跑来跑去为我拍照捕捉美好的瞬间，朋友们都笑着说："你母亲真好！"

　　母爱永远是无私的，在母亲身上体现最多的便是这份无私，家里有什么事都喜欢找她去解决。春节我懒得做饭，就在母亲家里赖着吃。母亲还是每天早晨很早起来，然后在屋子里轻手轻脚地收拾东西。等我们醒来时，她会坐在床头，跟我们说一些轻淡的事，让我们感觉如同回到了童年。今年春节，我和母亲一起重回小时候生活过的那个村庄。早春，风很凛冽，村里的空气特别清新。当我们走近这个曾经熟悉的村庄，母亲已经很感叹了。很久很久没来，母亲还是熟悉这里的一点一滴，这是哪家的房屋，这是哪家的菜地，甚至那口小小的池塘，母亲也兴奋地说了好久。母亲身影一靠近这个村子，就有好多人过来热情地打招呼。尽管母亲离开村子已经很多年了，在质朴的乡邻眼里母亲仍然是她们喜欢的邻居。

　　岁月流逝，在我的眼里一直是一头乌发的母亲，这几年两鬓也渐生华发。母亲喜欢让我帮着剪头发，她老是说理发店会把她的头发剪得短短的。于是，洗头后，我会帮母亲剪一点点一点点的头发，然后看着母亲对着镜子露出满意的微笑。今天早晨，我刚起床，没想到我的女儿一边揉着眼，一边对我说："妈妈，母亲节快乐！"并且拿出一件不知什么时候买的礼物给我。这一刻，我很感动。原来，在我祝福和想念我母亲的同时，我的女儿也把这份祝福送给了我。我对我女儿说声谢谢，然后，转身拿起电话，也把这份祝福给了我的母亲！

蒹葭苍苍　白露为霜

白露已过,秋的气息越来越浓烈,空气里弥漫着植物孤傲冷僻的气息。这样的气息褪去夏日聒噪的尾音,渐渐地融进"烟漠漠,烟漠漠,天淡一檐秋"的意境中。当然,白露是个美好的节气,风微动,叶轻摇。河边的芦苇从青绿色转为苍白,枝头的芦花不由让人想爱情和诗经,想起那首:"蒹葭苍苍,白露为霜,所谓伊人,在水一方。"《诗经》里的蒹葭在古时泛指芦苇,据说蒹葭是离爱情最近的草,如彼岸的花,飘飘洒洒蔓延而上,不知道这种说法正不正确。

家附近有一浅湖,湖边有一大丛一大丛的芦苇。秋天的时候,芦苇满湖满湖地飘荡着,推开临湖的格子窗,那一大片一大片的芦苇涉水而过,白色的芦花天雪般地洗濯着我的眼目。那棉絮般的白,柔软而飘忽,渐渐地让我的思绪染上别样的情绪。有一段时间特别喜欢去湖边采集那绒绒的芦花。它们一枝一枝被我捧在手里,然后回家插在高脚的玻璃瓶中。每次总是等到干枯的时候也不肯替换,因为干枯的芦秆更有一种被霜染成的风情。也许就因为这份色泽,才使这飘逸的影子有着千年的美丽。

天气寒了,白露降了,蒹葭苍了,秋水瘦了。这样的诗句,让人微微荡漾。想起曾经看过一个画家的作品,是几笔水墨扫过后疏淡、清美的芦苇。隔着那湖,那几枝倚在水边的芦苇,伸展着枝头,似乎很轻，风一吹就能抹去那枝头的花絮。那落下的点点簇簇，就成了一幅漫漶又生动的水墨画。那年秋天，约定去一个陌生的小镇，就为了看那一大片的芦苇。落日时分，从一条村路拐进去后，很少碰到路人，一个人走着。路边植物和青草的气息，顺畅、自然、清新，想着在那一片长满芦苇的湖边，有人等着一起看芦花，那是一种怎样的幸福啊？只是多年后，当芦花再次开满湖边时，一身青衫来看花，却是惆怅满怀。依旧是那片湖，依旧是那一片芦苇，剩下的只有这寂寥和满怀杂乱。

时间之河，皆已远去，唯有这湖这芦苇还在。秋日融融，沐浴其中，湖中的芦苇透着一种温婉。风从湖面吹来，有一阵阵的凉，毕竟是秋天了。有鸟从湖面上鸣叫着飞过——它可不需要隔岸相望，这蒹葭苍苍，对它来说只是爱情的场景，轻轻一拍翅膀就可以迎接在水一方的爱人。而人呢，却没有鸟的自由，有许多纠葛和羁绊。相爱的人就在水的那一边，想要去见一见，却没有道路可通，这是不是人的一种悲哀呢？不得而知。

沿着湖边泥路，一步一步地走向湖的纵深处。突然看见一只白鹭站在湖边，优雅而孤独。不知是否我的脚步惊动了它，还没等我靠近，它就拍翅而飞。等我稍稍走远，它又停在原来的地方，伸长脖子向远方眺望，直到另一只白鹭飞来。它们两两相望了一会，才双双飞到芦苇深处。

起风了，湖面荡起波澜，金色的秋阳衬托着雪白的芦花，是那样的安详和诗意。我把自己的思绪拉回现实——俗世中的我们，没有鸟儿的自由，也不可能没有种种羁绊。只要心里有那份倾心和执着，即便是蒹葭苍苍，那缥缈的身影仍无法游离我们的视线。

荒岛

称之为荒岛,是因为这是一座无人入住的岛屿。它在海湾的入口处,悬挂在海面上,像一面干枯冷寂的旗帜,四周是茫茫的海水。一次无意的闯入,让我领略其独有的丰姿。

是初冬季节吧,沿那条泥土路,漫无目的地行走在这个无人的岛屿上。风,清新柔软,我把自己的思绪从日常的喧嚣中抽离出来,安静地贴近这一片海域。正是上午八九点钟的时候,阳光从海平面上跃起,金黄的色泽把海水染成一片斑斓的闪光点。我眯起双眼,心中慢慢升溢起一份淡淡的喜悦,这一刻给我的感觉是如此的安静。那些沉重的东西都已远去,城市的中粗粝线条不再压迫我的神经。环视着这片无人的岛屿,有一种浑厚苍凉的感觉。我慢慢走过,一些莫名的气息丰盈着我身边的角角落落。一张破落的网,一把有着海腥味的铁锹,一座破败空落的石屋,以及墙角边的旧瓦罐和一段零散的篱笆,让这寂静的岛屿显得特别安静与祥和。

我和我的影子在岛上游荡着,阳光把我的影子打在长长的路上,一忽儿长一忽儿短。我踩在自己飘忽的影子上,在小岛无名路上享受着这一份闲情。有些风景其实一直就在身边,只是你没去发现。此时,越往岛的深处越感觉到这里的幽深。那些纷乱的枝叶和浅海边的大米草,到处都是。不管你怎样行走,那些植物总以一种枝蔓横陈的娇态,吸引着你的眼眸。还有路边的蒲公英，白色的，毛茸茸的。轻轻一吹，偌大的天空便见它们轻巧如蝶一样飘过。这些白色的精灵，让人充满幻想——这是小时候玩过的游戏，很多年了，依然一直喜欢着蒲公英。路边还有一大片紫色的小雏菊，在我的想象中，雏菊是黄色的明艳的，然而这些紫色的小雏菊颠覆了我的想象。它们沿着水边蔓延开来，烂漫得像一帘幽梦。细小的枝茎托着紫色的花瓣，在风里抖动着，轻缓而撩人。我随手摘了一朵，把花瓣放在嘴里，咀嚼成另一种风姿。绕过一座小山包，拐角转弯，蓦然遇见仙翁一样的一群白鹭，就不远不近地在浅海里站立着。白色的羽毛，优雅的风姿，像是开在水上的花朵。它们成单腿独立或张着翅膀，每一种站姿都是一种风景。看久了，倒有几分暖暖的倦意。我便在路边的一块石头上坐下。岛上支路阡陌交错，极目，山水一色，海天相融，天上人间，也只不过是眼前这般景色。

很快就到中午了，阳光比早晨更浓烈了，岛上的光线越来越强烈。那些光线晒落在岛上裸露的石块上，有着金属般的质感。一间小木屋依海而建，寻思着去那个小木屋坐坐。估计这是一间看海人的小屋，斑驳的墙体，半掩着门楣。门外有一道零乱的竹篱笆，一些明艳的小花开得极欢。我绕过门外的篱笆，想进屋时，却被半掩房门中的情景所惊讶。因为我第一次发现这个岛上除了我，还有这无名小木屋里的一对男女。他们相对而坐，执手相牵，他们眼里蓄满温情。他们不时在低低地诉说着什么，以至于我在门外出现，他们都没有发现，他们是谁？朋友，情人，还是离别多年的爱人？他们是偶遇，还是相约？他们是异乡人吗，还是一直住在岛上？他们在倾诉什么？是爱情吗？我想应该是的，瞧他们的神情全在脸上写着。

我不敢打扰他们，更不忍破坏他们的美好时光。不管怎样，我觉得能在这样无人的岛上,在这样寂寥的小木屋里,促膝长谈低诉爱情就是一幅画,一首诗。

我不声不响地离开木屋,木屋里的温馨一直温暖着我。原来,在这无人的荒岛上,爱情跟其他植物一样,随时随地都在生长和开放着。

冬天的石屋

经过季节的轮回，冬天以一种平淡素朴的心情，从容不迫地走了过来。事物总是这样的，繁华过后就会有一段静谧和安详。人安静了，心同样也变得宁静起来，就像冬天的水，清澈，透明，有几分从容，几分旷远。

喜欢冬天，冷冷的表情，疏朗的气质。虽然飘落的叶子让满街的树枝有些空白与苍凉，我还是执拗地喜欢着。因为冬天是简单的，直白的，疏离的，就像写过的文字，但里面却透着快乐的元素。

用一种淡雅的心情，走过去年的小桥。河水在桥下发出一种动听的声音，它不紧不慢地流动着，恒久不变地守望着属于自己的季节。岸边的树枝横斜着，脱尽落叶的枝条在苍茫的天空划过一条枯黄的痕迹，定格成冬天的一面风景。

此时的乡野，空寥得很，偶尔弥漫起来的雾气，让人有一种恍然如梦的感觉。沿着弯曲的泥路，我踱步来到这不起眼的乡野。收割后的田野有一种原始的土色，那一垄一垄的田地有着一种淡淡的荒疏。小路上野草萋萋。我漫不经心地走着，突然间就发现这清冷、孤单的石屋。那斑驳破旧的样子，让人有一点点心酸。这么多年了，很少来这座石屋了，没想到它仍然存在着。石屋空空的，里面的那些石凳还在，但浮荡起来的那种清冷和寂寥让我无言。我用手轻轻地抚过那破败的石墙，那幽暗的声音从时光深处穿越而过。小时候，喜欢和伙伴们在石屋里玩游戏，每次放学回来，总是躲在这石屋里捉迷藏，晒太阳。在那个年代，随便一个地方都会成为一个乐园。长大后，离开乡野，就很少来石屋了。想不到过去这么多年了，石屋仍坚如磐石地固守着。冬天的朔风和冰冻，不仅没有让石屋倒塌，相反却是一种冷冷的锤炼。尽管石屋的墙壁有些荒凉破败，但那种孤身只影的落寞，在冬季的旷野里，有一种独特的坚韧和凝重。其实石屋无名无姓，也不住人，以前是供路人歇脚的地方，如今却成了冬天乡野里最后的守望者。很多乡野村人在同岁月作过抗争后，就以许多理由许多借口贸然离去。大都市光怪陆离的物质和欲望在诱惑着人们，谁都不愿意在这乡野石屋沉浮飘荡。他们追寻找大都市浮光掠影的生活方式，田园牧歌只是浪漫的一个影子。该远去的都已远去，只有这石屋仍固执地守望着脚下这片热土。它没有忘记自己的责任，冷冷地伫立着，在冬天凛冽的寒风里，沉默地俯视着眼前茫茫的乡野。也许有一天，石屋会轰然倒下，但不管怎样，它将成为这片乡野历史的见证人。

每个日子都会有故事发生，这个冬天的石屋给了我很大的启迪。其实，生活中的许多事也是这样的，何必刻意去追寻那些不属于自己的浮华生活呢？平平淡淡固守自己的一方热土，不也是一种幸福吗？外面的世界很精彩，可有时也很无奈。在自己的生命领地里，用一份真诚一份执着深深地挖掘其深厚的生活底蕴，不也能领略到人生的快乐和真谛吗！

雪天偶遇

大寒已过,天气一直阴冷着。早晨起来,推窗却意外发现窗外下起了今冬的第一场雪。干旱的冬季,有这么一场凛冽的雪,预示着一个好年成。雪不大,又轻又细,缓缓地飘荡着,让人想起一个词——细雪扬花。

住在江南,下雪的时候不多,看到雪还是欣喜的,更何况是那种清幽素白的雪。风一吹,缠着雪花,点点簌簌,仿佛素心的女子,着一袭洁白的衣裳,漫行在季节的末端。移步窗前,看雪"簌簌"落下。听雪需要一种心情,不急不躁,大地安静了,人事隐去了,世界一片雪白。那雪就像一个转世的灵童,落在荒野,落在村庄,落在树梢,落在小桥,落在泥土,轻轻地慢慢地那种声音渗进来,仿佛光阴,从容、优雅、淡薄、宁静。这个时刻是最美好的,可以什么也不想,只有雪和雪粒的声音丰盈地膨胀着。

雪后的世界清冷冷的,大地一片寂然。外面没有更多的行人,偶见几位老人在门前扫着雪。那些幼小的动物也无法活泼起来,卷曲着身子躲在角落里。雪覆盖了江南嶙峋的表皮,也消去了热闹和喧嚣。白茫茫一片,让大地还原成一个洁白的世界。我禁不住雪的诱惑,起身走出,沿着那条僻静的路缓慢地走向城市的边缘。

枯草遮盖着小道，雪珠挂在草尖上，风一吹，便乱云般地舞动着。穿过一片树林，便到了一个山坳的洼地。四周很静，偶尔有山雀叫几声，然后"扑"的一声飞走了，过后就越发显得安静。路边菜地上几垄包菜，圆圆的叶子包裹着，一颗一颗，半覆盖着雪半透着绿，竟然特别风情。远处村屋的屋脊上看不到黑色的瓦，雪已覆盖了一切，奇怪的是那支烟囱竟有缕缕炊烟升起。那烟让人有一种莫名的遐想，是有人在围炉煮雪，还是在把酒言欢。此时我就无法知道，但这样的雪天，少了一份繁杂，少了一份躁动，心自然而然地散淡起来。

拐过一座木桥，慢慢地穿过一个村庄，那个石屋是突然出现在我眼前的。一扇薄薄的木门，一窗简陋的石窗，一段不高的篱笆墙，靠屋的墙角整齐地码放着一堆木柴。一位婆婆在堂屋前晒着什么，飘荡的雾气弥漫着。婆婆一身灰色的布衫，微弓着身子，雪天里的那种光度刚好映照过来，让她整个人浮荡着一种光晕，特别有画面感。我凝目看了一会，才发现那是一些刚刚煮好的番薯干。在江南，晒番薯干是冬天最常做的事，煮过的番薯干着微微的热气，那热气纠缠着雪的白光，有着腾腾的烟火味。一只黄色土狗趴在边上，几只小鸡在啄食。这场景一下子把我送到了年少时光，让我情不自禁地走过去。

婆婆没想到在这样冷冷的雪天会有人过来吧，看到我微笑地招呼着，"这么冷的雪天出来不冷啊，姑娘是从哪个村过来的呀？"声音里有着乡村式的温暖和质朴。我说我是从梅家园过来。婆婆很惊讶，"这么冷的雪天，是走亲戚吗？"我微笑着对婆婆说："不，不是，只是走走看看。"婆婆略略惊讶后似乎懂了，笑着对我说："你是学校里的先生吧！"婆婆的这句先生让我有点不好意思，但婆婆的一脸真挚让我很感动。我说："我不是学校里先生，我是路过这个村庄看雪的——很久没看到雪了，难得今年下一场雪，所以来看看。"婆婆笑着说："'瑞雪兆丰年'，明年准又是好年成。你一个人在雪天里走着怪冷的，进屋里暖和暖和吧。"我本不想进去，但看到婆婆的好意和热心，想到在这雪天里遇见也算是一种缘分，便没有更多的犹豫进了婆婆的屋。

婆婆递给我一条小板凳，然后转身从里屋端来一碗冒着热气的茶水，招呼着，"喝碗番薯汤暖暖身子吧。"我没想到在一个陌生的村落会遇到如此一个好客的婆婆，双手接过后，一时不知该说什么。看着我的脸，婆婆微笑地对我说："喝吧，喝吧，在乡下，这很平常的。"我不再推辞，在这微冷的雪天，心里却是热热的。

婆婆一边干着活，一边和我拉着家常着话。彼此没有一点陌生感和距离感，一切那么自然，那么安宁。我就这样坐着，坐在雪天里，坐在这村庄深处，没有人会对一个在雪天里的老人和我感兴趣，我看到树梢上，屋顶上，草地上，窗檐上，到处是慢慢淤积的雪。那雪光亮亮的，唯有屋角那株茶梅抽出的花穗红红的，在雪地里惊艳着我的眼眸。我安然地坐着，那些纷纷扰扰的红尘俗事此时如潮水般退去，城市里那种钢筋混凝土的生涩气味早已不见。看着眼前的婆婆，就像看到了我曾经年老的外婆，同样的布衣，同样的白发，同样的年老，同样的微笑。虽然外婆很多年前就离开了，但此刻不再重要，恍惚中，眼前的婆婆就像是我的外婆。

挥手告别婆婆时，竟有点不舍。生命中，总会不断地遇见。雪天里偶遇这位婆婆，也是一个缘分。也许，我们再也没有机会相遇。当我坐在城市璀璨的光影里，我一定会想起这陌生村庄中的这位老人，想起她为我煮的那碗番薯汤,想起她和我坐在雪天里聊天的场景。那里的夜很长,那里的村庄很寂寥,那里的石屋很干净,最重要的是那里有一位素朴、善良的热心婆婆。

天珠

一个人一旦喜欢上某样东西，就会有深深的执念，比如对事对物抑或对人。

几年前，去了一次云南，到了昆明，到了丽江，到了香格里拉，梦境般的雪域风情让我念念不忘。

那里的天是那么蓝，阳光那么清澈，还有特色饰品，更令我眼花缭乱。一个下午去香格里拉的一条饰品街，看到了各种各样的手串，玛瑙、琥珀、天珠，便和伙伴们围在摊前，不肯移动脚步。

各花入各眼，每个人的兴趣习惯不同，选择的东西也就有所不同。所有的饰品中，我就看中了这独特的天珠。天珠一词是传神之译名，其意为庄严、富足、具得、高贵、优雅，因其润如玉的质地，充满隐喻色彩的神秘花纹更成为神秘藏文化的标志物品之一。还有一个传说，比天珠本身更绚丽。据说在三千年前，青藏高原地区突然发生了大瘟疫，死伤无数，民不聊生。而文殊菩萨的前身拯救疾苦大众，向凡间洒下了"天华"。捡到"天华"的人，躲过了瘟疫。这"天华"便是天珠。

在香格里拉，这片离天最近的地方，任何事物都散发着与众不同的魅力。天珠，更是如此，首饰店里天珠的色泽、气韵、质地，都各不相同。店老板看我挑挑选选，始终没一款合意的，便推荐了一款手串给我，是一款黑白相嵌的三眼天珠。三眼的寓意即"天时"、"人和"、"地利"。

云南回来后，我的左手一直戴着这串从香格里拉买来的天珠。黑白两色，圆润的珠子图案上有三只眼睛。凡尘俗事有这三眼天珠帮着看，我想就不会陷入一些无谓的烦躁中吧。戴久就越来越喜欢。很多年了，我一直把这天珠戴在手上，洗澡、睡觉我都没有解下它，我习惯它在我的手腕上。偶尔想好好看看它时，便会把它退下来，放在掌心，然后用浅浅的灯光照射着。于是我就看到了一种透明暗红的光泽，那色泽让人想到一种温暖的情缘。记得刚买时，那个藏族的女孩说，买天珠需要一种缘分，价格高低并不重要。如果有缘，在手上戴得越久，它会随着你的气息变得明亮起来。听起来有点神奇，但我手腕上的天珠，真的有三颗在灯光的照射下变得透明暗红起来，也许这就是缘分吧！其实，喜欢一样东西就跟喜欢一个人一样，无须理由，也无须借口。只要心底里那一抹微微的执着，就可以把星星亮成灯火，把喜爱蔓延成花海，不管是多久不管是多远，仍能一直一直地记着。

喜欢天珠只是我的一种情结，生活在纷杂的都市里，需要有一种平淡安闲的心情来纵观人间的烦恼。念珠如人生，只要是真心喜欢，就会不怀丝毫遗憾。

红糖茶

前些日子，朋友送我一大袋红糖，包装简洁。我打开一看，质地非常的好，浅浅的驼红，细细的颗粒。很久没喝这种红糖茶了，记忆中以前每月肚子疼时，妈妈会泡一杯红糖姜茶让我喝，现在真的很少喝红糖茶了。在单位里习惯每天喝白开水，那种淡淡的味儿让我的舌头都变得麻木了。朋友是个有心人，送来红糖同时还特意交代：喝红糖水加点红枣和玫瑰，每天喝一杯不仅滋养身子还能养颜。说得很让我动心。

于是，每天上班的第一件事，我便开始泡红糖茶。一只透明的玻璃杯子，加上几粒玫瑰花蕾、红枣、枸杞，再加一勺红糖，然后用开水冲泡。几分钟后，玫瑰轻盈地在杯子里绽放开来，红糖则氤氲出夕阳般的驼红。一丝暗香从杯中溜出水面，散发出幽淡的清香。轻轻地喝上一口，红糖独特的甘甜和玫瑰特有的清香，让人回味无穷。

每天一杯红糖茶，气色也变得好起来。这红糖茶养人暖胃，更多的是朋友的情分。喝茶的时候，会想起朋友的好处。一个人或是一个事物，外表和内质是无法从根本上去判断，但是，因为有了一份共性，一份真情，就变得珍贵起来。这些天来，一直喝着这款自制的红糖茶。作为一个女人，把日子过得生动清雅是一种境界。喝茶也一样，不管是什么样的茶，总有至纯至清的时候。喜欢一个人坐在办公室里，泡上红糖茶，然后打开空调，开始一天的工作。偶然间回头看玫瑰殷红的花瓣在杯中跳跃而妩媚生情的样子，就会涌起一种温暖和感动。

喝茶需要一份心境，泡茶更需要一份清澈。家的附近有一个茶吧，有时候会约朋友一起去小坐。喜欢茶吧里那种暗暗的灯光，然后让自己在这种浅暖的色调中漫无边际地畅游，这是人生的一种领悟。但是自从喝了那红糖茶后，最近去茶吧，却怎么也调不出自制的那款红糖茶。也许，不同的茶水本就是一个不同的世界，因为我的红糖茶里有朋友的一份真情，它们融合在一起，才会发出至真至诚的醇甜。

岁月流逝，日月变幻。不管多久，有些东西会淡出尘埃，唯有这份红糖茶的情结一定会让我永远铭记着。

街头歌手

这个冬天,很冷。

我在杭城的大街小巷上穿梭,脚步匆匆。身边的喧嚣和繁华只是一个场景!

从武林大厦的地下通道下去,准备到对面的银泰,不想在转弯处被一阵空灵、干净的歌声所吸引。因前面有人群隔着,起初以为是地下通道里播放的音乐。走过去一看,却发现是一位二十几岁的年轻男子怀抱吉他,靠在通道的墙壁上,深情地唱着许巍的《蓝莲花》:

没有什么能够阻挡,你对自由的向往
天马行空的生涯,你的心了无牵挂
穿过幽暗的岁月,也曾感到彷徨
当你低头的瞬间,才发觉脚下的路……

歌声像水一样地漫过来,我不由自主地停下脚步,注视着眼前这个年轻的唱歌男子。他有一张白皙而清瘦的脸,嘴角挂着淡淡的笑,眼神略带一丝淡淡的忧伤。那把吉他有点暗旧,但音色很空灵,一个红色的吉他袋子放在左边的脚边。此刻,他就这样靠着墙壁安静地唱着,不管有没有人驻足倾听,一点也不介意,只是专心地弹着吉他,将优美的歌声和淡淡的微笑,花一样地徐徐绽放在这冬天冷冷的过道里。

有路人停下脚步倾听,也有路人匆匆而过。前面的那个空盒里,有零星的钱。每当有路人把钱扔过去时,他轻轻地说了声:"谢谢!"又继续唱他的歌。我一直对街头歌手有一种深深的敬意,因为人与人之间有不同的境遇,街头卖唱只是一种方式。这个男孩虽然年龄不大,但他恬淡的面容下看不出因贫穷而滋生的卑微和躲闪。他那么坦然地唱着,我不太相信这个男孩是为卖唱挣钱,我认为他是在享受音乐,是以音乐为伴。我不知道他来自何方,也不知道他有多贫困,但他坐在这里这么真诚地唱着,我宁愿相信他只是为了唱歌而唱歌!当我从他身边走过时,真诚地把钱放到他的盒子里,他的那声谢谢和歌声随着我远去的脚步仍深深地被我惦记着。

其实在城市里,不管是繁华街头,地下通道,地铁站台,抑或风景点,每每走过的时候,总能见到一些歌手在无所顾忌地歌唱着。虽然他们的技巧远远不能跟专业人士相比,但他表演时的那种真诚和忘我程度,让我特别地喜欢。驻足听歌也不是第一次。记得几年前的一个夏天,相约跟朋友一起看海。在福建鼓浪屿的沙滩上,就遇到过一位歌手。那天,我们几个人在海边喝着椰子水,吹着海风。只见一位中年歌手背着吉他和小音箱走过来,在离我们不远的地方坐下,放下一些家当,然后"争"的一声拨响手中的吉他。和着海浪的波涛声,他旁若无人地唱起三毛的《橄榄树》——"不要问我从哪里来,我的故乡在远方……"那歌声高亢、悠远,清亮中透着浪漫和率性,深情中有着忧伤和无奈。这是一种不同于灯光流溢舞台上的演唱,它没有舞台上的精致和严谨却处处透着一种街头歌手激昂甚至有点悲怆的激情。我们一时被怔住,在他的一曲歌声结束后,把热情的掌声送给这位沙滩歌手。可能是我们的热情感染了他,这位歌手连着唱了好几首歌,我们和着他的吉他在这蓝色的海边也跟着纵情地歌唱着。

后来,在云南的丽江,在凤凰古城,在漓江的西街,遇到过好多街头歌手。我依然喜欢倾听,因为在这清冷的街头,他们诉说的更多的是内心的喧哗和对美好生活的向往。每个人都有自己的生活方式,街头歌手只是芸芸众生中的一颗尘埃。他们选择直面人生,用歌声打动陌生人。街头歌唱虽然会遭遇一双双冷漠的眼睛,但更多的人会伸手真诚的手。当我从地下通道出来走进这喧嚣的城市,我只想说:给他们一点掌声,给他们一点喝彩,让他们走得更好!

落日

那天在清远，广州的清远——那个黄昏，车子过高速，刚出收费站，我就遇见了那轮落日，安静而淡定地挂在空中。我惊讶这轮落日的颜色，那是一种燃烧后沉淀下来的色泽，没有灼热的光，却橙红橙红的，透着一种温和的光源，就这样不远不近地在车的前方。我靠在车座上，目光追随着这轮落日，直到它一点一点坠落在远处的山脊后，那橙红的色泽才淡出苍穹。很久没有这样安静地看落日了，不是匆忙地行走在繁杂的红尘里，就是陷在俗世的事务中。这一刻，我如此安静地看到这轮落日，心里竟充满温暖。

都说夕阳无限好，只是近黄昏。我当然明白黄昏的瑰丽色泽只有停下脚步的人才能欣赏到。步履匆匆，任最好的画面，也看不到——心杂了，脚步乱了，又怎能有闲情去观赏这一份景呢，观看落日，就需要一份耐心和安静。心静了，才能看到一些平时看不到的情景。落日余晖，那是最美艳的画面。在我的眼中，落日是与天空作最后的告别。那临坠落的那一瞬，有一种意犹未尽的超脱和优雅。喜欢一个人开车去找一个空旷的荒野，然后安静地倚在车上看落日。

那天看《北京爱情故事》，那个叫林夏的女子，一个人在海边，站在孤立的岩石上，海风吹着她的长发。我看到那轮落日光影里她的背影，心里有着一份难以言说的情感。看过这部电视剧的人都知道这个叫林夏的女子,那个背着吉他,唱着那首《滴答滴答》的女子是孤单的、落寞的。但是,落日中的那缕光却是深长的缠绵的。光和影营造了林夏的独特的画面,那个画面一直在我的脑子里没有淡去。

年少时,读着王维的"大漠孤烟直,长河落日圆"不禁豪气万丈——想着有一天,去大漠品味那种苍凉无边的景色。一个人站着,感受着漠漠黄沙、天高地远,那是一件多么美好的事。然而一年一年,一日一日,一些闲情,一些念想,一点一点地消失的时间的烟波里。一晃眼,早就过了做梦的年龄。很少有一份闲情去看落日,更不用说去大漠体味那种豪气了。

车子下高速后,进入一个街区。可能是刚接近下班高峰吧,前面的车子越来越缓慢,我们也只好顺着车流移动。这是一个陌生的街区,不同于江南的城市,但街角屋檐下那些小商小贩基本相同。烤红薯,烤肉串,卖饰品,卖水果,各种各样的摊点,在不大的街区移动着。他们推着简易的车子,忙碌地招呼着顾客。不管你买与不买,他们脸上挂着微笑。我坐在车上,安静地看着他们——落日的余晖照着他们粗糙黑红的脸。看着他们忙碌的身影以及为艰难生活不停努力的画面,我特别感动。生活中,总有那么一些人来自大江南北。他们为生存努力拼搏着,尽管会有人嫌弃他们的不够文明,但他们是构成城市不可缺少的要素。因为他们,才有了城市的烟火味;因为他们,才让城市有了勃勃的生机。

出了城市,一切都已恢复,落日和人群成了一个风景。想起一句广告语:"人生就像一场旅行,不必在乎目的地,在乎的,是沿途的风景,以及看风景的心情。"人生在世,各有各的生存状态,日子便在日落日息中不停地转换着。迎接落日的是朝阳,等待落日的是心情。在我们累了、倦了的时候,找一点点时间去看落日吧。让落日的闲情逸致与城市的喧嚣繁杂融合到一起,给我们疲倦的心灵一种独特抚慰的感觉。

江南小镇的闲适时光

幽微写尽

品读龙应台的《目送》,心里有丝丝缕缕的温情。那种细微、真诚,以及饱含深情的舍与不舍,就像一滴浓墨掉进心池,慢慢漾开,回味无穷。这是一个母亲写尽幽微,目送儿女成长的点滴。很多时候看这样的文字都会感动,因为我也是母亲。这份情结,这份爱意,这份温暖,会牵动着我,感染着我。

那天开车去接女儿,到火车站时已是晚上八点多了。因动车误点,不敢确定到站的具体时间,便在站台上等着。夜色一点一点暗淡下来,站台上的人也越来越少,此时的心里不知有多焦急。其实,这样的等待,这样的盼望,在女儿成长的日子里,记不清有多少次。从小学到初中,从初中到高中,每一次目送她的背影在视线中消失,心里的牵挂就多一份。女儿读初中时就离开我,独自一人在小城求学。一直记得女儿穿着格子衫,背着那只黑色双肩包,手拖红色拉杆箱,在街角,在巷口,在楼梯的转弯处。每个周末,她微笑地挥挥手,转身,离别。每一次,都在我无言的目送和注视中与她渐行渐远。目送,成了生命中不可缺少的事。一次次目送的背后,有不舍有伤感有留恋有等待有期盼。尽管时光一次一次将她带到更远的地方,但我仍然期望着她微笑着走近我。

八点四十分,动车终于到站了。我挤到出站口,到处是人影晃动。

我急切地寻找着，希望在最快的时间里看到女儿。尽管我努力却无法在那么纷乱的人群中找到她。到后来，还是女儿挥着手臂隔着人群微笑地叫着："妈妈！妈妈！"我才看到她高高的身影和她微笑的脸。那一刻，特别温暖，特别激动，我跑过去就是一个深深拥抱。这一刻我突然明白，当隔着一重一重的陌生人流，远远地看到女儿熟悉的微笑和呼唤时，周边杂乱人群和喧嚣早已不见，在我面前剩下的只是蔓延而来的亲情和爱意。那一刻，我的眼里充满笑意；那一刻，我的情感如此饱满。我看着我的女儿，真切地感受到无以言说的母女之情。

小时候,女儿会问我："妈妈爱不爱我呀？"我会肯定地告诉她："爱，很爱。"

现在，我却会问女儿："你爱不爱妈妈呀？"可能是我的那份急切，她偶尔会调皮地摇摇头。于是我就不停地追问："真的吗？真的吗？"然后会假装一脸的失望。她会悄悄地跟我说："妈妈我爱你！很爱！"其实答案早就明白，只是喜欢听女儿这样亲口对我说。虽略稍矫情，但每个母亲听到这样的话，都会很温暖很甜美。

女儿大了，虽然还是在校的学生，但她不再是腻人的小鸟，她的天空更广更阔。很多时候会想，在这世上，一些路，一些情，终归需要她一个人独自完成和承担。父母也好，子女也好，能聚在一起本就是一种缘分和福分。今生今世，谁都希望此生的凝望和陪伴能长一些再长一些，舍与不舍都是生命的一个过程。学会珍惜，学会目送自己儿女的成长，沉淀下来的时光和故事，便是对生命的一种释怀和宽慰。

看海

我是在一个下午，突然想起那一片海的。尽管外面的阳光那么炎热，我还是执意走出家门，一个人开车沿着那条宽大而笔直的大道，向着海的方向一直开过去。

看海是一个人的心境，一个人的喜好。有人喜欢一群人热热闹闹去看海，有人喜欢携朋带友一起去看海。我选择一个人，是因为我素来独往，更愿意一个人去安静地感受海的潮起潮落。尽管一个人看海在别人的眼里有点不可思议，我还是坚持我的选择。

车子从小城出发，掠过街角、马路、高楼、车流、人流、村庄、田野，向着海的方向抵达。时值夏末初秋，田野上的水稻饱满而生动。绿色的丝瓜吊在棚架上，洋溢着丰收的喜悦。那些豆角、豆花，层层叠叠，绵延着极其壮观的绿意。公路两边行道树上的枝叶被天空笼罩着。我一人一车，驰骋在宽阔的路上。车越往前开人迹越少，远离了喧嚣的这份寂静，让我特别惬意。打开音乐听着张雨生的《大海》，感觉离心中那片海越来越近了。

快到海边时，友人发信息说这几天有台风。我抬头往外面一看，天空中还真是乱云飞渡——本来清澈的天空布满了一大块一大块浮云，那棉厚深重的样子，真有"风雨欲来"前兆。我所在小镇是沿海地区，每年总会有大大小小台风降临，能赶在台风前去看一次海，这也算是一件难逢的事。远处有一只白色的大鸟在天空飞过，孤单寻觅的样子让人心中不由一动——它在寻找什么，是躲避将要来临的风雨吗？

在公路的转弯处，我看到了一块牌子，上面写着头门港跨海大海，还有箭头示意着。这是刚刚建好的大桥，听说还没通车呢？曾听人说可以直接开车过去，也有人说没通车典礼，不能开车过去。抱着试一下的心情，我开着车从东部的规划馆过去。还没开多远，我就看到场地上竖着一块牌子，上面写着：禁止车辆入内。东张西望后，我发现前面堆满了乱石，在边上浇水的一个老人冲着我喊：过不去的，还没通车呢，我只好转道往回开。可是没看到海，心里总有许多不甘心。转了一下，看到前面有一个村庄，安静遗世的样子，走过去一看，路边写着两字：白沙！一个很有意思的名字，白沙！突然想起一个朋友曾说过：白沙离海很近，进村庄就能看到海。他一个人也曾来过这个小村，一个人在白沙看海。原来一个人看海是一些人心中的情结！不单单是我，而这个白沙村应该就是朋友来过的海边村庄，于是，我欣然前往。

通往白沙村口的那条路不宽，两旁长满了一丛丛的芦苇。枝头的芦花细碎如雪，在阳光下迎风飞舞。那几块翻整过的土地已被炎热阳光烤得泛白，一些蜻蜓低低地飞舞着。远处还有蝉的鸣叫声，密集、尖锐。一辆庞大的工程车突然轰鸣着从对面开来，我小心地避让着，直到那隆隆的声音渐渐散去。折过几个弯后，我看到了依山傍海的白沙村，一个小小村落静静地在山海间繁衍生息。村子不大，可能是午后时光，没看到村里的人。村前村后只有几只羽毛光亮的公鸡来来回回地奔走着，还有那些略带咸味的海鱼在屋前的檐下随意悬挂着，海岛特有的鱼腥味在空气中飘荡。我停好车子，立刻步行着往海边走去。也就这么一小段路，当那一片海出现在我眼前时，我还是惊喜地"呀"了一声。终于看到了海，心底里有一种雀跃，这就是我思恋的海，这就是我企盼的海。当我慢慢、慢慢地靠近堤坝时，满是喜悦。此时的浅滩上长着一片绿意的水草，几条废弃的船在海滩上搁着，身上留着一大片灰白的颓废。船头那面红旗，被海风吹得猎猎作响。阳光下的海闪动着粼粼的波光，我眯起双眼，无法直视这一片灵动的光影，似乎前面就是一座剔透的宫殿。我细细地品味着——海水没有想象中的浑浊，也没有想象中的清澈，是那种近乎干净的海水。海浪一波一波地涌动着，撞击的声音低沉有力，"哗——哗"，瞬间就将我的意识填满。我的耳际除了海浪还是海浪，都说好景以静观为好，静观方能自得。面对着这一片无垠的海，我明白了一个人看海的妙处——我不需要更多人的喧哗和言语，各人的心态决定看海的心情。一个人看海，是那样的空妙和安静。我独坐海边，似乎在时光之外。岑寂中，看海在涌动，听风在呼啸，慢慢就像入定的老僧。正当我完全沉浸在这一片海中，一个声音打断了我，"这么热的天看什么呀？"我回头一看，不知什么时候一个渔民模样的老伯出现在我身后。他瘦瘦的身子，黝黑的脸，一双眼睛却亮亮的。我说："看海呀！"他的脸上满是疑惑？这么热的天在这里看海？我微笑地点头，他可能更困惑了，但也没说什么，只是在我的边上站着。我有点不太习惯一个陌生人站在边上，但看老人一脸善意的样子，也不便说什么。后来我们就聊起来，他说每天每晚都对着这片海，早已没什么感觉了，只是到了晚上会很想念家人。我问他是一个人住在这里吗？他说他是在这里帮人看场的。原来是这样，怪不得他觉得我跑来看海很奇怪。后来我们有一搭没一搭地聊着。好一会儿，老人也没有要离开的样子，好像有话想说又不知该说否。看他欲言又止的样子，我问他："大伯，你有什么事吗？"看我这样问，他才不好意思地说："同志，可否借你的手机用一下，我想打个电话给家人——一个月没打电话了，有台风要来，怕家人担心。"我明白了老人靠近我的目的，连忙掏出手机打开后递给他。看他小心翼翼地拨着号码，心里不禁感叹着，家始终是人牵挂的地方。老人握着手机，慢慢地拨动着手机上的数字。当声音接通后，老伯一脸的喜色，他的第一句话是："我在这里很好，家里孙子好吗？记得要照顾好他。"我没想到，老人开口竟然惦念着是他的孙子。电话那头的答案肯定让老人十分满意，因为我看到他脸上菊花般的笑意。通话时间不到二分钟，老人满意地挂了电话。他把手机还我，连说几声"谢谢，谢谢"，然后转身离去。

  看着老人远去的背影，我感动至极。人世间的爱是无声无息的，遥远的时空隔不断真情和亲情。老伯的背影让我想起我的父亲，此时，他也许正在惦念我一人出来看海吧，我想我也该回家了。这时的太阳已没有来时的猛烈，可能是台风要来了，风也大起来了。不远处废船上的红旗猎猎作响，我的心也随着这猎猎的声息一直波动着。看海是一种心情，不曾想到有这意外的收获。这个下午，老人、海，就像是一卷温暖而明亮的画册，一直一直存在心中。

龙浦河的怀想

人对河流总有亲近的意识，一座城镇，如果有一条穿城而过的河，就会特别的润泽。我所在的小镇就有一条河，人们都叫它龙浦河。有河就有桥，有桥就有流水，有流水就显得逶迤曲折。水滋养着一座城，城因水而灵动。我每天行走在这山水小镇中，看河水泛着微澜、缓缓东去的样子，心是恬静而舒缓的。

子曰："智者乐水,仁者乐山。"我所在的小镇给了我一份水的灵秀。每天，我沿着那座俯贴在水面的拱形杜下桥，脚步轻轻地走过。那是一片安静的街区，因为是早晨，小镇还处于一种将醒未醒的状态。空寥的街道，紧闭的门楣，静默的香樟，有着旷古的悠远。

风从街道两旁的香樟树穿行而过，有馥郁的香息传来，沁人心脾。早晨的光阴显得的寂静，安然。仔细看过去，河对岸那座老年活动中心，几位早起的大爷一袭白衫白裤，正悠然打着太极。我沿着河边往前走，沿河的建筑盛放着世间琐碎温暖的生活。一丛青葱，一株月季，一盆水仙，一抹菜苗，深深浅浅，浅浅深深，如刘禹锡的"苔痕上阶绿，草色入帘青"。还有各色门匾、对联、屋檐下的红灯笼，所有的一切柔软了小镇的线条，也柔软了这样的清晨。

渐渐地龙浦河两岸的居民渐次地打开门，依河而开的小店也一家一家地开了。门口开始堆放着畚箕、扫帚、扁担、箩筐等一些杂物，一天的营业又开始了。打铁铺的小店门半开着，男人裸露着臂膀，开始生火淬铁。我站在桥上，看桥下的河水——它缓慢地流动着，一些从上游飘来的杂物、浮萍、颓败的枝叶覆盖在水面。说实在的这河水没有小时候的清澈，偶尔飘过的一些异味，在这样的清晨，让我有着说不出的遗憾。

  这个时候就免不了会怀想那条曾经清澈无比的河，那是多久以前，十年？二十年？记不清了。只知道家人从外面干活回来，用木勺从河里舀一勺水就可以喝。有时候水略略有点浑，就用明矾在水桶里不停地打圈圈，水就清澈的很。夏天来临时，匍匐在岸边，或依在埠头边，在石板缝下一捋，就是一大把螺蛳或一些河虾。天热了，坐在水埠的石阶上，任河水从脚下清凉滑过。水埠头，洗衣女子蹲在河边，将衣服放到水里摆动几下，堆放在洗衣石上，再挥起手中的棒槌，用力捶打。那真是一条让人念想的河。如今，这条滋养居民的河变得这样迟缓和沉重。它仅仅是作为一条河，几乎失去了所有的功能。我们不能下水自由畅游，也不能从河里舀一勺就喝，更不可能随手就有可抓的小鱼小虾了，此时除了怀想更多的还是怀想。

  从桥上下来，沿着河岸一直往前走，遇一老人在屋前坐着。他两眼凝视着河水，嘴里不停地念叨着："这河水该治理了。"看到我时，他也不忘念叨。我当然知道它需要清理和疏通，它需要重构和改变。河边的风景变了又换，谁多希望拥有一条清澈的河。抬头看到远处的桥墩上挂着那条红幅大字："实现五水共治，创建美好家园。"我想，这条承载杜桥居民的河水在不久的日子定会清澈如昨。

上坟

四月,清淡的阳光,空气里有凛冽的气息,我和家人一起去郊外的山冈给外婆上坟。清明已过去几天了,去山上上坟的人也不多。在乡下的习俗中,一般上坟都选在清明日,因此,此时的山上一片寂然。下过雨的山路湿润黏稠,山冈依然是那座山冈,小河依然是那条小河。我们提着小竹篮,篮里装着青团、猪肉、水果、纸钱等上坟用的祭品,沿着那条山脚的小路往外婆的坟地走去。

外婆去世已经多年,但对于我来说,似乎就这么一辗转,外婆便在这个山冈已安睡了许多年。如果外婆还活着,到现在也有八十多岁。八十多岁于现在看来不算很老,可外婆却早早地走了。之前,外婆的身体一直很硬朗,喜欢在屋前屋后种些青菜,平常养鸡,养鸭,一个人利索得很。外公去世得早,家里家外的一些事,全是外婆一个人料理着。愣是没想到外婆会在一个黄昏,不声不响地走了。接到外婆去世的消息,我正一个人在小城出差。等我从外地匆匆赶到外婆的老屋时,外婆已苍白着脸安静地躺在木板上。这是我第一次看到一个人离世的样子,我并没有害怕。感觉就像睡着了一样,外婆的手放在胸前。我大声地哭着,伸手摸摸外婆,那份温暖早已不在。不管我怎么喊怎么叫,外婆总是默默的样子。我特别特别的伤心,眼泪止不住的散落,一颗一颗,落在我的手上,砸在我的心上。在昨天的昨天,外婆还微笑地唤我的小名,一转眼,我们就阴阳相隔。我无法言说心里的悲伤,脑子里老是想着外婆坐在窗前,一身黑色的水绸布衫,盘着发髻。看到我来看她,一脸的喜悦。几天后,在低沉的锁纳声中,外婆被长长的送葬的队伍抬到这个郊外的小山冈,和离世多年的外公住在一起。

清明的时候,我偶尔会和母亲一起来看看外婆,因为每年舅舅他们都会定期来上坟,所以我们在想念外婆的时候就上来看看。母亲会烧一些纸钱给外婆,说是给外婆在另一个世界自由消费。我不知道外婆能否收到,但母亲的真挚相信地下的外婆一定能感知。外婆的坟在山冈一个朝南临风的地方,太阳升起时,外婆的坟前就会晒满阳光。外婆生前喜欢坐在庭院里晒太阳,如今她同样可以感受到这温暖的阳光。坟的前方是一片树林,透过树的枝叶间,远远就能看得清山下那条笔直的公路和外婆生前住过的古老小镇,想必外婆是喜欢的,安然的。外婆是和外公葬在一起,墓碑上没有外婆的名字,却写着严陈氏——陈是外婆的姓,而严是外公的姓,据说这是规矩和礼数。外婆去世时殡葬改革还没开始,所以外婆的坟是那种石砖加水泥砌起来的土坟。坟上有枝枝蔓蔓的藤条,坟两边的杜鹃花开得红冽冽的。不像现在的公墓,小小的方方的跟火柴盒一样,除了那一块冰冷的墓碑,什么花草也没有。外婆去世时就不同,那些山冈上的土坟大都是镇上一些去世的老人。生前他们住在同一个小镇,死后也同安葬在这个山冈上。外婆的坟高大宽敞,坟前还特地放置了一张石桌、石凳、石狮。每年祭扫时,我们都会在石凳上坐一会。然后把祭品一样一样地放在石桌上,点上香烛,喊外公外婆一起来吃。人死后有没有灵魂,我无法确知,但上坟仍一年一年地持续着。那些挎着竹篮,挑着祭品的后人一拨一拨地往山上走。特别是一些小孩,他们大都没见过过世的祖辈,所以上坟的日子已没有什么悲伤,只是一味地欣喜着。山上那些不知名的鲜花早就吸引了他们的眼球，每次上坟就成了他们摘花嬉玩的好时光。平常清冷寂静的墓园，因孩童的喧哗变得热闹非凡起来。

好久没来外婆的坟前了，外婆的坟有些灰旧，坟碑上的字也褪色了许多。我把一束淡黄色的菊花放在外婆的坟前，然后轻轻地告诉她：外婆，我来看你了！母亲则把带来的祭品一样一样拿出来，铺上白纸放在石桌上，斟上酒点上香，然后开始一叠一叠地烧纸钱。火一点一点地燃起，那些印着花纹的冥币在燃烧中变得灰白。随后，母亲又开始清理外婆坟前的荆棘杂草，外婆喜欢干净，所以母亲便一丝不苟地收拾起来。一年也只有那么一次，母亲更是尽心尽力。我站了一会，发现外婆坟的左边新添了一座坟，坟前还有一些残留的纸花圈，黄色、白色花纸在山风中飘动着。现在去世的人都要火化，看墓碑上的字可能是一位终老去世的老人。我无法对墓地里的人进行任何揣测，这世上，即便他们安然离世，他们的后人仍会在清明上坟的时候来看他的。我想，他们是不会孤独的。

烧完纸钱，加几遍酒，祭奠时间就差不多了。下山的时候，已近中午。和母亲一前一后地下山时，看到山冈的东面正在建一排一排的公墓，整齐划一、单调平淡。突然觉得墓园其实也需要设计的，需要创意的。它是安放灵魂的地方，它是让人长眠的园地。如果有一个落英缤纷和充满花香的场景，不是更安然更美好吗？

古城遇见诗人舒婷

这个春天，古城到处是一片烂漫的春光，街两旁的花朵以诱人的姿态纵情开放着。不曾想到在这明媚的季节里，我见到了八十年代朦胧派诗人的代表人物——舒婷。那是一种无法想象的遇见，诗人的真实出现，让我和所有的文友们激动着。想起那天西慧玲教授说的话，大意是：你的到来，是古城春天的到来。是的，那一刻，古城因中国著名作家临海行，增添了无限的春色。

几天前跟朋友聊天时，他就告诉我要去杭州接机。我问接谁啊，他说是舒婷。当时我很惊讶，这个在我十五六时就跌入我灵魂深处的诗人，竟然会来古城。刚开始我还不知道能不能见到她，只知道她要来古城。上个周末接到通知，让我参加中国作家临海行的座谈会。那一刻，我真的很激动。一直喜欢舒婷的诗，她的境界，她的才华，她的柔情，以及她对爱情热烈、诚挚和坚贞的讴歌，让我难以忘怀。虽然我们彼此并不认识，但她的诗歌早就烙在我的心里。知道有机会面对面见她，情感的潮涌已经让我在心里微笑着。这个春天，因为心中诗人的到来，我期待着生命中一次真诚的遇见。

国贸大厦，二十楼，东湖厅，灯光、条幅，还有本市的文友。我们聚集在一起，把目光投入那个门口。七点二十分，最先进来的是中国作协副主席高洪波，然后是舒婷、彭学明、万伯翱、顾建平、王玉芳。落席坐定后,他们谈了当今文坛的一些情况和对文学创作的看法,并对临海这座历史文化名城博大精深的文化给予肯定。时间只有一个半小时,但这一个半小时,我们感受和聆听了中国高端文坛对文化以及创作的呐喊声。会议结束后,我们走向前台,我真切地看到了舒婷。她烫着微卷着黑发,戴金丝眼镜,黑上衣土黄色裙子,白色的耳环,就这样温婉地坐在椅子上,整张脸上洋溢着春天般的笑意。我远远地站着,静静地看着,这就是我心中的诗人,这就是那个用优美的语言写着:

我如果爱你——/绝不学攀缘的凌霄花,/借你的高枝炫耀自己;
我如果爱你——/绝不学痴情的鸟儿,/为绿荫重复单调的歌曲;

她的诗带着一种清新的灵气和微妙的暗示,给人以无限的遐想空间。想起那个时候,我们这些文学青年以饱满的热情,在昏黄的灯光下,大段大段地背着她的诗——一种类似企盼和期待终于有了应验的惊喜袭遍我的全身。注视着这位就在眼前的女诗人,觉得有一种奇异的感觉。

我身边的朋友早已涌上去让他们签名留念,我也没有落下,突然跑到诗人身边,"跟我合个影好吗,舒婷老师?"没想到她很快地站起来。就这样,在古城,在国贸二十楼,我和诗人舒婷以春天为背景,合着古城婉约的风姿,在镜头前并肩而立。

转身、遇见,繁花似锦

生命是一场行走的过程,无论红尘陌上有多少遇见,终将在光阴里慢慢变老。

只为遇见

人这一生总会遇见一些地方,不管远近,譬如这座叫浦坝港的镇。

浦坝港属三门县,是一座泊在三门湾畔的年轻城镇,由浬浦、小雄、沿赤、泗淋四个乡镇合一而成。它离我居住的杜桥不远,经台州沿海大通道,穿过浦坝港大桥就能抵达。但对于我来说却是陌生的,如果不是这次采风活动,我想至少不会在五月就来到它身边。就因为一个偶然的机遇,我遇见了浦坝港,遇见了那片海湾、沙滩和岛屿,并与它们有了一次近距离的接触。

壹. 邂逅木杓湾

太阳西斜,黄昏的色泽越来越浓郁。长满藤蔓的山路边,两条小黑狗沿路撒欢着。车子直接从山湾拐进时,这个叫木杓的小渔村就这样不经意地出现在我的眼前。

暮色中,海水已退至很远的地方,瞧不清海水的颜色,只剩下一片土黄色的沙滩。朋友说:这沙滩叫木杓沙滩,形如弯月。这村庄叫木杓村,面朝大海,背靠炮台山,两侧分别是木杓山嘴及炮台山的岬角。弯月、大海、岬角,初初一听,这些名字让我不自觉地喜欢着。单木杓这两个字,让我的思绪跳跃了一下。它有一种淡淡的温度让我想到小时候母亲舀水用的那个木勺头，不长的手柄，却是每天烧饭做菜的必需品。我想不出眼前这沙滩跟这木勺有什么更多的关联，但这柔软和湿润的弯月形沙滩是我所喜欢的。

一片安静的沙滩，一条不宽的小街，一些素朴的小房，房前开满葱郁的花草。门前围墙上挂着一张张渔网，白色的圆浮球有着浓郁的渔村味。一些特色的海边小餐馆在街边林立着，一些小海鲜放在柜台前：香螺、芝麻螺、辣螺、鲳鱼、蟹、虾、贝、佛手、海瓜子、牡蛎……眼花缭乱却又有着小渔村不动声色的自然和美好。几位渔民在屋前的空地上，收拾着那些从海上捕来的海鱼。汗珠飞溅，光着双脚，脸上有着丰收的欢愉。想起央视一个栏目《舌尖上的中国》，就是介绍这片海域里的跳跳鱼和望潮，情不自禁地喜悦着——这样的小渔村有着无比的鲜活和生动。木勺湾凭海临风，可以直接与大海对话。海风从窗口吹进来，没有浓重的海腥味，却是清爽柔和的。伸出双手想和海风来一个亲密的接触，却发觉到风从手背缓缓掠过后就远远地走了，唯有指缝间残留着淡淡的海气息。

采风团的车子从唯一的一条街上驶过，街上的人不多。有人趿着人字拖，有人穿着长裙，不紧不慢地在街边晃荡着。空气里荡漾着小渔村惬意和休闲。大巴车在一座酒店前停住了，探出头看到了木勺度假酒店几个大字，上面有许多扇落地玻璃窗，很自然我把这酒店想象成一艘船。白色的墙体，茶色的玻璃，在暮色中有着不同一般的感觉。停车后，同伴拿起行李，鱼一样地游进宾馆。在大厅里我们拿到各自的钥匙，一看房牌写着海标两个字。同伴说，海标就是靠海的标房。一阵欣喜后，我们就迫不及待地进了宾馆，放下行李就去拉窗帘。就这么顺手一拉，海和沙滩生生地出现在我的眼前，如一幅嵌在窗前的油画，那么真切，那么清晰，一伸手就能触摸到——原来海标还真的让我有如此不一般的享受。推窗就能看到海，闭眼就能听到海的声息，这样的海景房真的让人舒心无比。

吃过晚饭，夜渐渐地黯淡下来了，天空蒙上了一层辽阔无边的深邃。山崖的颜色渐渐转为了黛青，恍如一场梦境的过渡。不远处海浪开始涌动起来了。一种缠绵而低沉的声音，随着潮水的涨落发出一种浅吟低唱的韵律。宾馆前面的灯光次第亮起，远远看过去，熠熠发光，真像一艘起航的船。木杓沙滩上的游人不多也不冷清，我一人沿着木扶梯走向沙滩。这土黄色的沙滩，几百米的长度如一块地毯，脱去脚上的鞋子，赤脚走在沙滩上，软滑清凉丝绸般的感觉从脚底的皮肤上传过来，让人特别舒服和惬意。沙是那种不沾脚的沙，清爽、干净。脚步踩上去，会有浅浅的印，一个一个，留在沙滩上，有着寥廓的诗意。夜的柔软和温情，一点一点地在沙滩上弥漫。海水一浪一浪地涌上来了，浪花拍打着沙滩，那声音豪放而宏大。我临海而立，对面三门发电厂的灯光如银河般倾泻着光影，远处星星点点的一湾灯火，让木杓的夜色平添几许妩媚。

看过很多次海，也遇见过很多个大大小小海湾和沙滩，木杓湾是雅致的灵动的，我无法用更多的语言去描述，只是来来回回地走在沙滩上，如孩童般地与海水追逐着。当波浪镶嵌上一道白色的花边，调皮地冲到我的脚背上。我放弃了追逐，安静地站立着，细细地倾听这海浪的声音，心中充满了留恋与不舍。海总是那么大那么辽阔，大的没有边缘，辽阔得没有边际，人在海的面前却是那么的渺小。当风暴肆虐时，排山倒海般的惊涛骇浪会让海变得狂野而陌生。穿过时光的隧道。明朝末年，朝鲜进士崔溥因遭风暴漂流到沿赤牛头洋。同一片海域，却不知他是否也曾站在海边面对着这片海深深遥望？当然在他的《漂海录》里可以找到那些封尘已久的历史见证。

到浦坝港，邂逅这木杓湾，感受这一片海湾的温柔，忘了尘世的纷扰杂事。对于浦坝港人来说，这是一片充满生机深受大自然眷顾的海域。站在海边，很想大声地呼喊。喊什么呢？此时又觉得语言是那么的轻微，那么的无力，那么的多余。唯有把自己交给这一片海，让海水在指缝间来回缠绕，才是对海最真切的体验。

今夜，我愿意放下所有，与这邂逅的海湾一同沉醉。

贰. 手摇渡

这是一条绵长的海岸线，高高的堤坝用水泥筑砌起来，把汹涌的海水阻挡在堤坝之外。坝脚有一大片绿色的芦苇，海风吹过，芦苇哗哗地喧响着。

扩塘山岛属浦坝港镇，位于浦坝港口。

一座岛总有它自己的特色，扩塘山岛以植被、礁岩、洞穴风光为胜。我想说的不是这些自然风光，而是另一个具有人文特色的手摇渡。手摇渡已淡出人们的视线，在扩塘山岛，它却依然安静地泊在渡口。

去扩塘山要坐手摇渡，那样才能享受"斜日半山，暝烟两岸，数声横笛，一叶扁舟"的意境。手摇渡是独特的唯一的，虽然方山码头就在不远处，但坐手摇渡让人有一种回归，一种怀想，一种思念。很多的人愿意坐手摇渡去扩塘山岛，我更是如此。

那条小路就匿藏在芦苇深处，不仔细看的人还真难以发现。我从车上下来，循着坝脚凹凸不平的石砌台阶走上去，长长的裙裾被海风吹得猎猎作响。简易的小渡口没有一个人，海面上隐约飘着几条船，海堤坝一直往远处延伸着，看不到尽头。从石坝缝隙里钻出来小花小草倒是明艳得很——我奇怪这些花草的生命力，微薄的泥土竟也能让它们生长得如此开心。坝头有一间四四方方浅蓝色小房子，安静地立在那里。这房子的色彩让人想到海水的颜色，可惜，此时的海水是浑浊微黄的，没有想象中的那份蓝。

坐在堤坝上，朋友告诉我，老艄公的手摇渡，来回二十元钱，你打个电话，他就会过来。

我用手机拨打了那个陌生的电话，不一会就听到老艄公陌生而热情的方言，意思是你等会，我把渡船摇过来。我安安静静坐在渡口，等待那条渡我去扩塘山的小船。渡船是带我上岛的交通工具，很多年没有坐过手摇渡了，手摇渡在我的心中早就成了一种记忆。没想到，今天却可以让我重温一下少年时的记忆。

此时正是海边光线强烈的时段，天，蓝得没有一丝云彩，扩塘山就静卧在茫茫的海水中。她似一条安睡的美人鱼。阳光垂直地撒在海面上，凝结成一片温柔而又明亮的光。海风吹过来，空气里全是海的气息，那种气息荡漾着一种柔软和温暖。正在涨潮，潮水一浪一浪地涌来，又一浪一浪地散开。它们不断地击打着堤坝，那声音哗哗、哗哗的，似乎在讲述着什么，娓娓地。这泛着波澜、缓缓撞击的声响，像一曲乐章。有海鸟鸣叫着俯冲而过，抬头远瞧，鸟早已隐在海面上，隐约看见它优雅的姿态。

小船从对面的海面上移出，先是一个点，慢慢地越来越大。我看到了手摇渡模糊的影子，然后晃晃悠悠地在海面上飘移着过来。近了近了，渐渐地清晰起来了——艄公摇着一条小船向我驶来。木船很旧，颜色黯然，油漆有些驳落。船头尖尖的，老艄公吱呀吱呀地摇着橹。我站在坝上凝望着，骤然响起的摇橹声将我的喜悦和兴奋点燃了。久违的声音让我如孩童般雀跃起来，这就是手摇船。一条飘荡在茫茫海面上的渡船，很多年没见了，却依然让我如此愉悦着。

渡船慢慢地靠近。踩着细碎的石子路，我小心地上了手摇渡。脚底触到那一上一下晃荡的渡船，心还是有点紧紧的。老艄公微笑地对我说：别怕，第一次坐渡船吧，先站稳再坐下去。我依着老人的话在船的一条横档上坐好。手摇渡宽不过一米，两头尖中间弧形，形状像一颗饱满的豆荚。船尾有一个凸起的橹勃，一支橹搁在橹勃上。老艄公不紧不慢地摇着小船离开码头，小船微晃着，仿佛坐在儿时的摇篮里。老人站在船头稳妥地摇着船，小船似乎是个听话的孩子，贴着海面缓缓而过。我微眯着双眼，四周全是海水，茫茫的，看不到海的边缘。人在漂着，这船就成了我唯一的依靠。艄公咿呀咿呀地摇着船，脸上表情敦厚，让我想起小时候跟母亲坐渡船去外婆家的零星记忆。我跟老人说可不可以让我摇一下，老人不肯，他说在海上不能由着性子开玩笑的。我只好坐在手摇船上，任它穿梭在苍茫的海中。我一边听着细细簌簌的海浪声，一边让艄公放慢了速度。这时的海面分外宁静和辽阔，微微的细浪制造着一份恬淡。小船轻飘飘，感觉自己犹如坐在一片树叶上，思绪也变得迷离起来。海，离我如此之近，一伸手就能触到,但又如此陌生,有谁知道这辽阔海面下是怎样的一种生存状态?那些暗流那些波涛那些海底世界的微少生物,起起伏伏又怎能是世人能看懂的呢?我更看不懂这一片海,倒是海水闪烁着斑斑微光让我特别的安心特别的宁静。都说好景以静观为好,静观方能自得。面对着这一片无垠的海,我明白了坐手摇渡的妙处。时光在这一刻也变得缓慢起来,想起木心的诗:从前的日色变得慢,车,马,邮件都慢,一生只够爱一个人……

想着诗看着海就这么恍惚间扩塘山岛越来越近了,那些岛屿也清晰起来了,绵长的海岸,嶙峋的岛礁,波动的海水组成了一幅图画。船微摇,那岛也在我的视线里微晃起来。海面被晃动的各种色彩延伸着,正如思维一样,一波一波地涌动着。

从渡口到扩塘山岛,只不过隔着一片茫茫的海域,我却好像穿过了一条长长的时光隧道。从坐上手摇渡到离开,其实也只是十多分钟,却感受到一种自然的愉悦。到岸后手摇渡静静地泊在渡口,跟艄公挥挥手,只身上岛。回望身后,一渡一船一艄公成了扩塘山一个经典的画面。

叁. 岛上的慢生活

只一眼,我就喜欢上这个叫扩塘山的岛。那种莫名的喜欢,仿佛早就似曾相识,它如此安静如此从容。喜欢海的人自然喜欢着岛,海与岛总是如此相依着。从一座城到另一座城,从陆地到海洋,只为看这个岛。岛礁的小路并不好走,那些经过海水和浪花侵蚀的岩礁早已疮痍满目,但色彩却是丰富各异,形态更是千奇百怪。礁石上那些化石重重叠叠,粗糙而怪异,像是石头上长出的眼睛。它们经过海水、浪花不停地冲洗、侵蚀,里面早已经空洞无物,可外形看起来依然完好可人。那些近岸处嶙峋的礁石,或大或小,形状各异,有如飞鸟状,有如海龟样。即"海龟"趴在海里,似乎在倾听海浪的喧嚷。大自然的造化,让这岛上的奇峰异石充满了梦幻。而此时我又是多么幸运而美好,可以在这无涯的时光中,能够遇见这自然而迷人的海景。

也许是远离陆地靠近这岛屿,人自然而然地多了一份难得的静。平日压在身上的那种沉重的东西都已远去,空气里流动着亘古的明媚和安静。路边的小花小草,粉粉的,绿绿的,星星点点地蜿蜒在土地之上。植物的气息和春天的气息糅合在一起,形成一种独特而诱人的气场。周边是一团浅蓝色的天空,那些蓄着海水的养殖塘明镜似的。绿色的草样植物在水的里无限度的扩张着,鲜活而膨胀。红色的招潮蟹挥舞着两只大钳,在潮湿的滩涂上肆无忌惮地爬着,稍有动静便纷乱成一锅。一群白鹭勾着脖子像在思考什么,有的单脚站立在水塘边的竹排上,静止的时候,像是开在水上的花朵。有的则沉思默想很长时间,一动也不动,优雅地发呆。一些白鹭飞起来,身体连着细竹般的双脚剧烈抖动着,似乎在挣扎与呐喊着。等找到平衡感后,它将双脚绷直,缓缓地恢复了先前的淡定与自若,然后自如地在水面上滑翔。这里的一切都是静谧的,很久很久没有嗅到这种气息,我发现自己心底里最柔软的一块被这一片景色所打动。那种烟波,那种水气,那种阴性,那种柔美——一种城市所缺少的最自然气息震撼住了我。夏日的太阳,是一朵不凋零的夏花。光和热就这样投射在这一湾深深浅浅,宽窄不一样的浅海里。人似乎走进另一种岁月,那些忙乱和尘俗沾染的思绪，此刻早就荡然无存。

走走停停看看，把岛上的一些支路、荒地、山弯都走了个遍。岛上的那些养殖塘，一口连着一口，水汪汪的。水面平静如镜，水塘里横放着小小的竹排。一些渔网拉接着放在水里，白色的浮球在水面上呈现出一个好看的弧度。偶尔会碰到养殖塘看守的人，相遇后会善意地微笑。午后的光线越来越强烈，寻思着找一个清凉的地方躲躲。循着弯曲的荒路，在一个山弯平缓处看到了这座简易的小屋。四周全是绿意蔓延的野草，一扇旧木门，一扇敞开着的小窗。门口有一个十几米的道路，地上置放着一些水管。我看到屋主人的时候，由于茂密的植物掩映，并没看清他在做什么。直到我从那条土路上拐进去出现在他面前时，才看到主人的样子：一位六十多岁的大爷，黑红的脸，正在长满青藤的架下摘着新鲜的四季豆。当我冒昧地出现在他面前时，他有些惊讶，但随即张嘴温和地笑了笑。一条土狗从边上跑出来，对着我汪汪地叫着。大爷将狗呵斥着往屋里去，然后又笑着问我：哪里来的呀？来岛上做什么？当我告诉他来岛上走走看看时，他似乎更明白了，他说：最近总有人上岛，这扩塘山已成为旅游景点了。老人说着，脸上现出一份自得的笑意。他说岛东南面礁石有十里画廊的之称，去那边看看更有特色。我一边听大爷说着一边打量着大爷的家，这是用砖砌起来的简易房子，里面放着一张木板床，一个床头柜，一张桌子，两条木凳，床头柜上是一部老式的电视机，还有一口铁锅，一个电饭煲。一个简简单单的家，却透着人间烟火的味道。这木屋掩在绿意间，有点像是森林里的童话。大爷见我不停打量他的房子，笑着对我说："进岛就是客，来，进屋坐坐吧。"我有点累了，于是，便也不客气地坐下来。大爷把屋前摘下来的青豆，盛放在电饭煲里，加水开始清煮。

阳光透过枝叶的缝隙筛落点点细碎，大爷脸上的笑容被光线笼罩着看上去特别本真。我问他一个人孤独吗？大爷笑着说："没什么孤独的，在岛上住了几十年了，离不开这海与岛了。"说话间，大爷倒了一碗茶给我，一口喝下去清凉清凉的。坐在这岛上的小屋里，话匣子打开了，就与大爷聊起天来。聊他的儿女都在岛外，聊他的老伴也在岛外带孙子，聊他一个人守着这岛和这片海。我问他为什么不出岛，他憨厚地笑笑，说习惯了这海与海岛，在外面不习惯。到儿子家里去，进门还要脱鞋，这双老脚，还真的不太习惯。我明白大爷的坦率，也明白他的不习惯。一个长年在海风里泡着的渔民，真的无法适应那种所谓的城市生活。看着大爷一脸乐在其中的样子，谁又能体会他的这种自在的快乐呢？他说平常会到海边网点小鱼小虾，空闲时种点蔬菜，养些鸡鸭等。一年到头，也不需要操劳什么，想吃什么，去菜地割点。儿女都大了，有空也会上岛来看看。大爷说得很本真，脸上还微带着笑容。此时，海风轻拂，鸟儿在植物的枝条上叫着，锅上的青豆冒着淡淡的清香。在这个小小的石屋里，我体会到人与岛屿之间的温馨和幸福。在这里，见不到拥挤，满眼的绿色与海水的颜色。一种简单、美好、质朴的情怀包围着我，耳边掠过荷尔德林的一句哲言：在人心浮躁的时代，一座岛屿无疑是灵魂的最好栖息地，它是某种来自大自然的暗示。是的，每个人的心中，都有一座美丽的岛屿，这扩塘山岛是大爷的生命岛。守着一座岛屿过本真的慢生活，也是一种幸福。

和大爷开心地聊着，也不知过了多久，想想该起身告辞了。临走时，我跟大爷说："给你照个相吧。"大爷居然有点害羞，扯了扯衣角，坐在屋前的院子里，神色拘谨对着相机镜头笑了一下。这笑脸让我记住了这位质朴本真的大爷，也记住了浦坝港有这么一座叫扩塘山的岛屿。

如果有一天,想给自己找一处可以遁世、发呆、种地、煮茶的安静之居所,我多么希望是在这里。而在我身后,就是这座岛屿和那一片温柔而浩瀚的海。

转身,遇见,繁花似锦

纵情小芝山水间

小芝，一个很有温度的名字，它让人联想到一些美好的字眼，比如：灵芝、草木、微风等等。实际上小芝的确是这样的空灵、自然，让人心生喜欢的地方。站在小芝溪下村的桥上，看溪水微澜，水草摇晃，远处青山，近处房舍，倒影在水里，清晰可人。村民们穿着素朴的衣衫，在水埠头汲水洗衣，水鸟翩翩，背后是蓝天青山。一个地方就有一个地方的山水情怀。小芝的山，小芝的水，小芝的绿，小芝的柳，小芝的桑，小芝的白露，小芝的蒹葭，都是属于诗经的。它如一缕远古的清风掠过我的心田，我发现我喜欢上了这个叫小芝的地方。

小芝属临海市，与我居住的杜桥相毗邻。八十三省道没开通时，我去临海，一般都经过小芝。开车过小芝，总感觉这地方与别的地方不同，单单公路两旁的水杉就葱茏得让人惊讶。那高高直直的树干，以及宝塔形的树荫，干净而挺直。它会让人产生幻觉和沉迷，这样的水杉林简直就是一幅油画。春天和秋天，这水杉给人不一样的色彩，要么绿得苍翠要么红得烈艳。两个季节两种风情，也正因为这特色的水杉，让我特别愿意开车过小芝时把思绪慢下来。慢下来，嗅着这一树山林味道和那种简简单单的森林气息，心便如微水般地静下来，那种种画面可以让想象抵达任何奇异的景致。每次总是路过，没来得及细细品读小芝的角角落落。五月，又一次遇见小芝。当然，这次是特地去的，并且可以任性地在小芝住一个晚上，这应该是幸福的。

小芝多山，多溪，多树，多桥。走着走着，一条伸向山丘的小路就隐没在一片树林里。一拐弯，小路又倏然出现，款款地，引诱着你。这里的阳光舒缓而明净，空气里全是青草的香息。一路走过，一路惊喜。一只白鹭优雅地站在浅滩上，静立的样子像是在思考什么？远处忽闻溪水的声音。是的，小芝的溪一直依着村庄，那浅浅的水流，总是把人们的耳目从散漫中吸引过来。一座石拱桥，桥上布满苔藓，随处都可以看到。一程一程地走过，小芝如画的风景让人不可抗拒地沉溺着。夏初的天气不好捉摸，天空不知什么时候下起绵绵细雨。我没带伞，可我更愿意在这细雨中感受小芝的风情。车子一直向小芝的大毛坦开去，一大车子的人，在小芝的山上盘旋着。山路不宽，拐弯特别多，车子负重般地向上爬着。偶尔的一个急刹车，人们便在惊叫声中叹息。车子在山的边缘线上走着，雨似下非下。我伸出手掌，细雨清凉如薄荷。山风适时拂过，由水汽集聚而来的那种雨雾在群山中移动着飘浮着。车窗外不时掠过一株株树，斜斜地，叫不出树的名字。那枝头上的花如此繁茂，以致花枝似承受不住，向路边微微下弯着。那弯的弧度非常好看又极尽妩媚，风稍稍一吹，乱云般地芬芳着。周围全是葱葱的绿意，那绿是多层次的，深绿、浅绿、黄绿、墨绿，像沁了绿丝绸般，渐淡渐深。有些风景其实一直就在身边，只是没有去注意罢了。经过半个小时的车程，车子停在一片绿草坪中，一座二层小楼出现了。它掩映在青山的怀抱中，让人想到童话里的木屋。探身进木房，里面有木椅、茶具、竹篮、书籍，落地窗前有一把木椅，顺着木门靠窗坐下，窗景一览无余：山野、灌木丛、天空、阳光、山岚，让人感受到一种来源于大自然的勃勃生机。一只白蝴蝶在绿丛中飞舞，停在一朵粉色的花瓣上，嗅了一下，扇动着翅膀，又扑伏在枝梗上。坐在这静谧的高山之上，视线追着这飞舞的蝶，这也算是人生的一大美事吧！

稍作停留后，车子继续往上开，进入大毛坦。其实就是进入一个天然的氧吧，那沁着青草、树木的清香四处弥漫着。一直以为一座山是否有生命，是和山上有树有水有着直接和必然的联系，事实也的确如此。当车子终于停在山之巅时，那些树便在一层层薄薄的青雾中浮荡起来。不是很密，却一律清瘦得很有韵味。树脚下有着稀疏的青草，一些细小的泉水，藏匿在枯叶底下缓缓地流淌。安静的时候，可以依稀听到泉水的声响。这样的山林，任谁都愿意在这里坐等四季。

当然小芝不仅仅美在山水，小芝有着更丰厚的历史风情。那天循着那条泥路走进那片桃树林时，我怎么也没想到，史前人类生活的遗址就静静地躺卧在一片郁郁葱葱的桃林之下。这里没有什么特别的不同，四周全是泛着绿意的桃林。树上结满了大大小小的桃子，树枝干裂处琥珀色的桃浆在阳光下闪着晶莹的光。就在这么一片生机、灵动的桃林脚下，八千五百年前的远古风却徐徐地吹来，那些泥土里竟然有着典型的新石器时代细石器和陶片，这是多么神奇的事情啊。用目光凝视着那片暗黄色的泥土，无法想象这远古的泥土穿越千万年的光阴与我相遇。看着这笨拙黯淡的碎片，在这千万年的寸寸光阴里，那些远古的信息竟也变得清晰而安宁起来，小芝这个名字也随着厚重的历史更广为人知。

孤独的胜坑

几年前去过胜坑。印象中,那是个大山深处的古村落,安静遗世,特别美好。暮春,随作协采风团又一次进入这个古村落。

循着一条不宽的山路,走过清幽寂静的山谷,蔓延而来的是一场无法想象的绿意。眼睛为色彩所牵引,明亮的光线在山脊上移动着。树梢上的枝叶,浸染了春的气息,呼啦啦张开了序幕。所到之处,荡漾着春末的红橙黄绿。尽管是春夏之交,那份色泽还是诱人眼眸。春天,总是那么近,近得伸伸手,就能把这份绿意握在掌心。

胜坑只是一个小小的山村,群山环抱中,十几户人家的老房,像是人随手撒落的一把谷粒,零零落落地嵌在绿水青山间。一条弯曲的小路从村落深处伸张出来,我们一行数人嬉笑着打破了村落的静谧。几只羊趴在几棵小树上啃着嫩叶,悠闲自在。还从没见过上树的羊儿,一群人看热闹般地围过去。羊"咩咩"地叫了几声,又低头美餐起来。

临近村口,看到一条淙淙流淌的小溪横亘在老屋的门前。溪水清亮透彻,几只鸭子在水中嬉戏,时而把头埋在水里,时而挥动翅膀掠过水面。水声就这样传过来,潺潺的,没有防备地滑入耳膜。同行的伙伴早已摆好架势,准备让这些鸭子进入他的镜头。我并没有停留,一个人走过那座满是青苔的石桥。鞋跟敲击桥面的笃笃声,令这寂静的村落显得愈发寂静。前面不远处,有一些破旧的老房。看着这些旧屋,总会想起小时住过的村庄——此村庄非彼村庄,却仍能让人恍惚进入时光隧道。沿着溪边的卵石,我安静走过。一只母鸡带领一群小鸡在一边的草丛中刨食。一会儿,它又"咯咯"叫着带着孩子们在另一个天地翻寻,一派喜乐。胜坑的小路是那种凌乱得有点杂的乡间石路,凹凸不平的路面上有着长年风雨洗刷的痕迹。那些草屑,干枯的树叶,默默无声地散落在上面,每走一步,就踩出一缕淡淡的香息。

我一直在这条不长的路上走着。旁边不知什么时候冒出一个中年妇女,穿着一件大红色的花布衫。她的面孔有些呆滞,看到我竟然冲我一笑,露出一口不太整齐的牙齿。我也对她微微一笑,可能是善意的微笑让她感到一种温暖和熟悉吧,她瞬间就把自己的笑脸放大了,还兴冲冲地说要带我四处看看。我没有拒绝就跟着她走,却听边上的人说:"她是一个傻瓜,别跟她去。"我回头望着这张呆滞却满是笑意的脸,又怎能拒绝呢?我没有听从旁人的劝告,反而跟定她,一前一后地走着。她走得非常快,粗糙的山路于她来说一如平路,边走边从路边扯下一些花朵,嘴上还碎碎念着,也不知说些什么。但是我明白,我们这些人的出现,让她有种做主人的喜悦。尽管有些痴傻,但她用她的方式表示着自己的喜悦。她走得很快,一会儿工夫就把我扔在后面。她穿过破败的老屋,在一座旧房前踌躇着没进去,然后在一个石条上坐下来,两眼茫然望着前方。我不知这女子为什么要将我带到这座旧屋前。这是一座颓败的老房,由于长久没人居住,院落里长满了花草,深深幽幽的感觉,让人想到"荒芜"一词。是的,是荒芜的老屋。院子除了野草和一些无名的小花,就是满屋废弃的生活垃圾。屋里地上散落着一些空洞洞的瓶子,角落里放着破旧的土陶罐、竹框子,墙壁上贴着很多失去颜色的年画。所有的一切，无一不告诉人们，这里曾经是充满烟火的家园。抬头看灰黑色的瓦脊，青色的野草随风摇摆。木门、木窗斜横着，经过无数风雨吹洗的木质，显得泛白而干枯。我用手轻推一下木门，吱吱哑哑的声音像断裂的琴弦。常听人说，回不去的故乡。当我站在这座老屋前，心里总有深深的迷茫和忧伤。转身看到那个带我来此的女子不知什么时候又扯了一把院内的野草，正眼神专注地在手中把玩着。她在寻找什么？这里是她的家园，这里有她曾经失落的故事吗？墙壁上风干的年画，是她曾经亲手贴上去的吗？她有孩子吗？她的父母呢？我的脑子里有千万个问题，却没有问。我看到那女子默然地坐着，阳光从荒芜的院落中洒落下来，有些虚。我看到一只蝴蝶在她身后翩然飞过，这样的场景有些破败感，带着几多辛酸。

我来来回回走在胜坑那条石子路上，很少碰到村里人，偶尔遇见的全是那些上了年纪的老人。村口的那棵老银杏树，已有数百年的历史。树冠像一把特大的伞，树身的皮肤早已皲裂。树下时不时有静坐的老人，花白的头发，昏暗的眼神，与边上那条溪水凑成一张很经典的照片。阳光从树梢间隙洒下来，缓慢抖落在老人的肩上。腿膝上。那抖动的光影，像是跳跃的小鸟。他们不发一言，看我们走过，也只是露出没牙的嘴笑笑。我不知他们坐了多久，他们每天都这样坐着吗？是在闲坐，还是在表达他们的孤独？一座破旧的老屋门口，一位阿婆织着一顶草帽。我走过去，她递给我一条凳子，我们随意地拉起家常。她说，家里只剩她和老伴，儿女全在城市安家了。我问她为什么不跟他们一起住，她说不习惯城市的生活，太闹腾了，喜欢这里的清静，这里是她一辈子的家啊！

乡村的寂寥和荒芜很难被轻易打破。我们的到来让这份寂静起了波澜。随着我们的离去，这层寂静的帷幕又完整地合上了，收敛了，并且包藏起来。城市在发展，乡村在沦陷。曾经人声鼎沸、鸡犬相闻的村落，现在却如此萧条。随着自然环境的不断变化，时代让一个个瞬间成为历史。村落空寂了，孤独了。我无意去描述什么，但事实如此。村里稍稍有些钱的人都在村外或镇上盖起了新房子，年轻人也都出外打工了，余者全是孤独的老人。听说，目前村里只有十几个老人常住。他们留恋这片家园，和家园内那片静静的荒凉、漫漫的时光。

城市繁华的代价是乡村更加孤独。胜坑如此，许许多多的村落更是如此。这本是时代进步的印证，但不知为何，我的心里空落落的。此时，这个小小的村落在我眼里如同一个空巢，刺痛着我的双眼。村庄的许多细节早已被岁月涂抹，我试图用心去揣摩村庄的那份情感和温暖，但村庄给我的感觉是孤独的，寂寥的，感伤的。

外出远行和打工，使村民走出故土。我真心希望村庄的孤独只是暂时的，那些远去的人能在五光十色的城市中增长见识，带回颇丰的物质文明，令乡村与城市平衡发展，和谐共生。没有回不去的故乡，故乡永远都在等着人们的归来。

寻找牛尾塘

我对"牛尾塘"这个名字很费解。它是一个地名,还是一个村名,抑或一片海域?不得而解,百度后才知道是一片沙滩。后来,在友人博客中看到他的描述,"牛尾塘是一个弧形的沙滩,像一把打开的纸扇,有着一片黄朗朗的沙。"仅凭这"打开的纸扇"及"黄朗朗的沙",一种隐秘的喜悦在我心中滋生起来。我想,是该寻找一下这牛尾塘,这充满诗意的形状和色泽会让人进入一种假定的遐想之中。

清晨六点,晨光透过窗帘,荡漾着微微的光影。洗漱后,我们沿城市大道出发,并选了一首马修·连恩的《布列瑟农》做背景音乐。异域小镇风情的旋律一经传出,深感与这清晨的公路相得益彰。车子在驰骋,音乐在流动。窗外是秋天的田野,一大片金黄的稻穗,饱满而生动。远处,青山隐隐。公路上的车子并不多,眼眸处尽是水泽丰盈的样子。牛尾塘是个引标,牵引着我们穿过一个又一个隧道,在幽暗中瞬间又恢复明亮。很快就到了三门地界。三门与临海相邻,当车子进入这座有点陌生的城时,我还是很有新鲜感的。青山在左,河塘在右,山水相映,倒也显得很江南。进城的路口,有朋友在等候,会合后却说没去过牛尾塘,只知道大概的方向,却不清楚具体位置。"边寻边找呗!"他说。于是,从三门县城出发,一路寻觅而来。公路很直,人迹稀少,远处是旷野,越往前开越是有一种气息在车内凝聚。是什么?是海吗?似乎真的有海的气息存在。那种气息很微妙,若隐若现,似有似无，凭直觉，一直着海的方向驶去。但有时感觉并不一定正确。当我们在一条道路上犹豫不决，向经过的一个老伯问路时，才知道牛尾塘根本不在这个方向。我们遂调转车头，按老伯指定的方向驶去。

经三角塘到中洲船舶制造，终于看到那条绵延的沿海公路。车子在经过一个转弯后，豁然看到那一片海。这一刻，有种旧寻终至的喜悦。我趴在车窗上，开始肆无忌惮地呼喊。海，就这样不远不近地于眼前生生弥漫开来。车子在走，海也跟着走。茫茫的海，无边无际。偶尔出现一丛丛绿色的植物，是我所叫不出名字的，在风中摇曳的样子格外风情万种。大约经过十几分钟的样子，我们来到一大片被碎石填平的空地。朋友说，"这里原来是想建造船厂的，后来因种种原因，造船厂没建成，却成了牛尾塘供游人休憩的场地。"石片细碎且零乱，车子颠簸得厉害，人在车上忽左忽右。被扬起的尘土，在车窗外飞舞。又开了一小段，车子戛然停下。我看到那些粗黑色的怪异礁石耸立在海边，大小、形状各异。有朋友迫不及待地爬了上去。海风呼啸而过，我脱掉鞋子，开始攀爬这庞大而怪异的礁石。好久好久都没有赤脚走过，脚底的皮肤倏然接触到这冷硬的礁石，令人感到特别新鲜与好奇。生硬、粗粝，还有礁石本身的温度，从脚底细细传递过来，仿佛一场默不作声的对话。我用脚丈量着这暗沉、静默的礁石。这些外表并不漂亮的礁石，凹凿处爬满了苔藓，轻抚而过，却有着我们无法读懂的故事。就在我流连于礁石四周时，同去的友人说，牛尾塘沙滩就在前面山坳里。我们呼啦啦从礁石上下来，朝那一片沙滩跑去。

转过一个山湾，我看到了，真的看到了那片黄朗朗的沙。我惊讶于这片沙滩的色泽，金黄、祥和，在阳光的折射下，显得清静极了。此时，它就这样赤诚地袒露在我的眼前——近乎扇形的沙滩安静地俯伏于小山湾的怀抱里。旁边是一大片不同质地的沙礁，我不知这是不是所谓的"沙礁"，其坚硬、灰褐、清冷的样子很引人注目。这是一个凹陷的海湾，三面环山，一面朝海，让人想起海子的诗——"我有一所房子，面朝大海，春暖花开。"我脱掉鞋子，把脚埋在这片黄朗朗的沙海中，那细软的沙子密实地裹着我的脚踝，一种柔软和温热迅速漫延开来。我站在沙滩上，海天茫茫，海浪一阵一阵轻拍着沙滩，像一首咏叹调。风鼓荡着衣衫，我觉得自己就是海的主人。正陶醉时，看到了一只长着红钳的小螃蟹歪歪扭扭地从我前面爬过。它走得那样匆忙，那样焦急，是回家，还是去赴约？我想伸手拦一拦，一阵浪涌来，小红蟹一下子就不知所踪。海水退去后，茫茫沙海却再也找不到小红蟹的身影。

夕阳西下，海面渐渐地趋于平静。我突然想躺在沙滩上，安心且没有束缚地躺下。我将身子俯伏下来，慢慢贴近沙滩，伸展双臂。我听到一阵悠远低沉的海之声，就像小时候将耳朵贴在海螺上听到的声音，清晰而真切。

一座叫阿拉尔的城

壹．抵达

一直生活在江南小城,对于新疆、对于阿拉尔,我是陌生的。三年前,朋友援疆去阿拉尔,他的一曲阳关和远赴大漠的豪情,让我心生敬意和眷恋。

这个秋天,借着一次采访交流活动,我来到了这个异乡的陌生城市。飞机从杭州出发,经停石家庄再飞到乌鲁木齐,后又从乌鲁木齐飞到库车。反反复复的起起落落之后,抵达库车时,已是早晨八点多了。这在江南小城,早已阳光明媚,而此时的库车却晨光微露,一片清冷。从机舱下来,风有些寒。我紧了紧衣服,拉着行李穿行于偌大的机场。出口处,友人引擎早已微笑地站在人群中等候。好久不见,秉持书生气质的他平添了几许西部风情,脸微黑,眼睛明亮,只是头发染了些白。我环视四周,全是陌生的脸庞和匆匆的脚步。站台、过道、马路,以及来往的人流,似乎与过往的每个站点无异,但我知道自己从不曾到达过这样的地方。一些情绪奔涌过来,我默默地注视。于我,这是一座陌生的城,一座远离江南的城。

从机场出来吃好早餐,便坐大巴去阿拉尔。库车距阿拉尔大约两百多公里，向南的阳光是充足的，饱满的。我把自己隐在车窗一侧，透过晃动的窗口，看着茫茫前路。慢慢地，一些山体出现了，赤红色的，山上几乎没有植被。从车窗望过去，这些坚硬诡异、充满沟沟坎坎的山体，像一座座魔幻城堡。车子径直驶去，只有车轮转动的声音回荡在路上。有车子相向而来，一闪而过。我们相互路过，又相互走远。

四个多小时的车程后，终于抵达阿拉尔。阿拉尔，在维吾尔语里是"绿色岛屿"的意思，是一个特别美好的词汇，让人联想到绿意和江南。我不知这个名字的具体出处，也没有更深地去追究，只是怀揣着一份美好进入这个异乡的城市。十月的阿拉尔，草木开始枯黄，色彩依然浓烈而张扬。胡杨叶子铺天盖地，犹如金子般华美。穿行其间的，有大片的红柳、沙枣树、苹果树。阳光从车窗玻璃擦身，晃荡着清亮亮的光。远处的天蓝得让人动容，是一种清澈的、纯净的，让人期待和向往的蓝。街两旁的白杨树笔直耸立，枝条同样昂扬向上，阳光从树枝间隙洒落下来，投下斑驳陆离的光影。置身在这片色彩和微光中，让人忘了身在何处。我想：是什么让这边陲小城有如此美好的风景？是上帝的眷顾，还是天山雪水的滋养？都不是，应该是那些屯垦的兵团战士令荒芜戈壁变成美景的。朋友说，阿拉尔是塞外江南，这里有着比江南更诗化的胡杨和红柳，比江南更甜美的葡萄和香梨，还有比江南更风情灵动的浓眉大眼的长辫子姑娘。想起王洛宾先生的歌：姑娘辫子长又长啊，眼睛真漂亮。是啊，她们莞尔一笑后的样子真不是江南女子能模仿得了的——那是异域的风情，那是阿拉尔的风情。

车子慢慢行走在阿拉尔的街道上，我好奇地打量着窗外的世界。这是一个不同于江南城市的街道，没有拥挤的车流和人流。每个红绿灯下都有警察站岗，清洁工人安然擦拭着绿化带上的灰尘，整个城市道路显得宽畅而干净。对于一座城市来说，能看到如此湛蓝的天空和舒适整洁的街道，真是一件令人愉悦的事。

贰. 阿拉尔风情

阿拉尔市是塔里木河源头上的一座新建的城市，向南有"死亡之海"塔克拉玛干大沙漠，向北是天山山脉。阿拉尔身处塔里木盆地腹地，由新疆维吾尔自治区和新疆生产建设兵团双重直辖，实行师市合一管理体制。这里是王震率领三五九旅的新疆建设兵团的农业第一师，是来自全国各地援疆干部的家。他们在这里汇集，在这里融合，形成阿拉尔这个城市特有的个性。阿拉尔的广场总面积一千四百多亩，像一个特大客厅，格外招人耳目，有喷泉、绿地、湖水、花草，还有屯垦纪念碑。这是一座美好而舒适的城池。从胜利大道走过去，全然没有西北边陲的感觉。生活在这里的居民身上带着兵团人的激情和豪迈，他们啃瓜果，烤羊肉，喝酸奶，吃拌面。他们感慨于父辈和祖辈的艰辛，十分自豪地跟着时代的步伐，建设家园，安边固疆。他们是热情的，质朴的，更是勤劳的。走出城池，来到城镇的边缘，会看到篱笆小院和矮矮的平房。团场连队间，一大片一大片的棉田，让你瞬间感到丰收的成果和喜悦。这里有大面积种植的棉花、玉米、水稻、瓜果。车子在棉花田边穿过时，一大片轻薄如云朵的棉花，让我们不停惊叫着，跃动着。已经很久没看到棉花了，在江南，这种棉田很少见，更不用说这样大的面积。此时此刻远眺过去，白色浮云般的棉花蓬勃而张扬地盛放着，那洁白的色泽铺天盖地冲击着我们的视线。我仿佛听到棉桃裂开的噼啪声，吐露出洁白素朴的内涵，全然是来自植物的本真和天性。棉花地里，一群维吾尔族妇女身着长袍，包着彩色头巾，动作飞快地采摘着棉花，整个画面极富美感和自然之趣。

没来新疆之前，就耳闻阿拉尔是瓜果之城。果然，路两旁苹果、香梨、红枣，随处可见。可能是阳光充沛的缘故，这里的瓜果甜如蜜。那天去一个庄园吃饭，看到大片大片的梨树。沉甸甸的香梨悬挂在枝头，青色表皮泛着微黄，还有的黄中带着几抹红，既明丽又不妖艳，阳光一照，闪烁着特别的光彩。这里的香梨个大、皮薄、多汁。主人种梨就为了方便大家采摘。于是，我们背着包，在树下毫不客气地摘了起来。那么大个的梨子也没擦洗，到手便大口吃起来。那是我吃过的最好的梨子，饱满多汁，并且甘甜无比，那滋味让人无法忘怀。我突然明白，西部大地并不只有漫漫黄沙，也有瓜果飘香的美好季节。

十月的阿拉尔白天比较长，尽管已是下午五六点钟，太阳并没有落下，光线照过来仍有灼热感。有烤馕摊在卖一炉新出的馕——那馕真大，大得跟家里用的脸盆一般大小。外皮金黄色，中央戳有许多花纹，重重叠叠铺满整个馕面，还撒了许多芝麻。它不像是吃的东西，倒更像一件艺术品。到了新疆不尝尝馕是要遗憾的。于是，朋友从烤馕坑里买了五六个大馕，分发给我们。从没吃过这么大的馕，一口咬下去，特香，特酥，特脆。一群人就这样走在阿拉尔的街上，享受着西部城市的惬意和悠闲。慢慢地，太阳落下去了。暮色袭来，寒意渐渐深了。阿拉尔的早晚温差特别大，城市的灯光深处，阿拉尔市民合着拍子跳起了广场舞，那不慌不忙的样子让人心生温暖。

叁. 戈壁疆场

以前，对于"辽阔"一词，总是认知模糊，到了新疆，到了阿拉尔，看到茫茫戈壁，才真正知晓何谓"辽阔"。眼睛从这片土地掠过，那种望不到边的感觉让我动容不已，突然觉得在大自然面前，人是多么渺小和卑微。那种无限大和极致小的落差，让我有点不知所措。

从没到过戈壁，这里所有的一切都让我感到新鲜和好奇。一个人靠着车窗，默默忘着远处苍茫的戈壁，有风吹过，冷而硬。远处，风车默默地却苍劲有力地旋转着。一大片一大片盐碱地如霜一样，写满了清冷和寂寞，偶尔出现一些枯黄的骆驼草和红柳。这样的风光跟阿拉尔市区的景色截然不同，这是真正的西部，远离了喧嚣和繁华后真实的画面。路很长，很冷清，绝少看到村庄，更少遇见人烟。车窗外掠过的是一幅幅枯黄的画卷，色泽是粗犷的，尖锐的。车子驶过，卷起尘土，一股一股飞涌着。车子越往前，那种苍茫感越强烈，没有什么起伏的线条，全是无边无际的荒漠。人的思绪在这一片荒漠中渐渐变得旷远起来。

克孜尔尕哈烽燧在库车，是新疆丝路古道上数以百计的烽燧中历史最长、保存最完好的一座夯土建筑的烽燧遗址。当我们行进在那条荒烟漫行的路上时，我想得最多的是黑色的夜晚，将军的战马、高高的烽燧，以及战士盔甲的幽暗和边城的风霜。当一个古老的疆场，突然出现在我面前时，我充满诧异和震惊。它雄伟、孤独、苍凉地在黄土蓝天间直立、沉默的样子，让我想到血沃沙场的英雄。此时的克孜尔尕哈烽燧像两个并肩站立的哨兵。这样的古军事建筑，还是第一次看见。我缓慢地靠近，烽燧背倚却勒塔格山，边上是黄色土坎，整个画面流露出无尽的伤感。想当年，这里曾经是漫漫黄沙、狼烟四起的地方。战争的烟火于此处点燃，凄惨肃杀的声响在这里回旋，而此时，它静默在茫茫戈壁滩上，无言无语。一阵风吹过，荒台土墙之间便弥漫着难以言说的苍凉。黄沙掩埋了那些曾经的细节，只有我们这一行人空旷的足音一波一波覆盖了它。站在烽燧脚下，抬头仰望，一些难以言说的东西在眼前晃动着。由此滋生出来的种种事物犹如一张网，瞬间包裹着身体，包裹着灵魂。有声音在呐喊，正如脚下的一大片荒漠，不动声色却又沉重无比。闭上眼睛，心逐渐宁静下来。辽阔的天地间仿佛只有我一个人，一种沧桑感遍体滋生。

我收回思绪，不想让这种沉重充斥脑海，于是，来到烽燧前的那一大片平地。这里有许多大大小小的戈壁石遍布地面，还有一些零零星星叫不出名的枯草。这里干旱无雨，泥土干枯得焦黄，骆驼草稀疏而落寞。我奇怪，如此环境下生命竟也能破土而出。那些戈壁石玲珑可爱，大小不一，有的色彩晶莹，有的墨黑如玉，有的像红色的玛瑙。我穿梭其中，捡了好多。我想把它们带回江南，置放在我的书桌上。

天，渐渐晚了。从克孜尔尕哈烽燧出来后，车子又朝苏巴什古城遗址方向开去。远处，夕阳如血。戈壁像一个巨大的疆场，沉寂、清冷，弥漫着一种说不出的伤感。暮色浮荡起来。不远处一堆堆黄土筑起来的土丘，在风沙中凝固成一个个小黑点。

肆. 沙漠微光

朋友说，到阿拉尔是绝对要去沙漠走走的。这里是塔里木盆地的最深处，也是塔克拉玛干沙漠的最边缘。生活在江南小城的人是无法想象沙漠的博大和浩荡的，只有亲眼看到才能感受到其中的气势和辽阔。其实，生活在江南小城的我，内心一直都滋生着大漠情结。小时候读王维的"大漠孤烟直，长河落日圆"，只觉得念着顺口就好。长大后，人生有了阅历，重读那首诗，才知道王维的诗里有着冷冷的孤独和豪气。长河、落日、大漠、孤烟，被点染得朦胧隽永。如果有一天，能站在大漠上感受这份豪情，应该是幸福的。

阿拉尔离沙漠很近，近得抬抬腿就能看到沙土。从宾馆出来，出城也只不过几十分钟，就能看到金黄的沙丘。有人说高山上的湖水是淌在地球表面的一滴眼泪，那么，夕阳下的沙漠就是挂在心尖的一个美梦。从车上下来，我们一直雀跃不已。这是我第一次看到沙漠，有点忘乎所以，直接冲上沙堆。那是怎样一种景致呵，金色的沙，一堆一堆，无边无际，绵延起伏着。太阳并没落下去，阳光铺展开来，沙体被染上一曾金黄。这金黄搅动着我们的视线，一派辉煌，好大的气场。看惯了江南的山山水水和绿意葱茏，这透着远古苍凉的沙漠，一下子就将我的心掳掠走了。根本未曾想到，这一粒粒细沙竟能筑就这样的沙峰，并且巍峨耸立，一座一座，起起伏伏，绵延铺排在苍穹之下。我脱掉鞋子、袜子，踏进温热绵软的沙丘，那些沙子马上漫过我的脚踝，直至完全覆盖双脚。我往沙丘上爬，沙在脚下滑动，看起来坚固的沙山却簌簌地往下掉。毫无遮盖的沙丘上到处是耀眼的光。我弯下腰，用手撩起那细细的沙，在风中扬过，回望身后是一条瘦长的剪影，和一串浅浅的脚印。同伴们在这一刻除了拿手机拍照,已没有更重要的事。她们披着纱巾,摆着造型,或仰头或沉思,极尽风情。

一辆越野吉普车停在沙山上,司机是援疆友人的朋友。他邀我们坐车翻越这座沙山。我还从来没有这样玩过,于是,跃跃欲试。刚开始,车子在连绵起伏的沙山中翻越,感觉有点像在波涛翻滚的大海中驰骋。后来,奋力攀上几座高大的沙峰后,车子突然笔直地往下冲。沙山的陡壁几乎是垂直的,那种俯冲的快感让我们情不自禁地发出尖叫和欢呼,很快就忘乎所以地将身体恣意延展。原来彻底的放纵竟是如此快乐。

没来沙漠前,一切都只是臆想,亲临过,才蓦然发现:沙漠是孤独的,也是豪迈的;是苍老的,也是壮阔的。踩着它厚重而充满柔情的腹地,尘世间的一切纠结都随之坠落。面对这片浩瀚的沙漠,剩下的只有真实的自己。当夕阳缓缓落下时,这片金色沙丘渐渐变得平静和暗淡起来。将身体轻轻伏贴于沙丘之上,风起沙扬,我仿佛看见那个时代的浮华掠影——那缓缓行进的驼队,以及悠远的驼铃声。

不管岁月如何变迁,阿拉尔的风还是凛冽的,阿拉尔天还是深蓝的。阿拉尔的沙漠亦被阳光炙烤,被天山的雪水映衬,被边城的风涤荡。那恒久不变的模样,始终如初。

伍. 一曲乡愁

在阿拉尔，看到最多的是"援疆"二字。援疆，是国家以灾区重建的模式来扶持新疆建设。有这么一群打江南小城过来有识之士，他们是我的朋友，我的同乡。他们本来可以安逸生活在小城明媚的春光里，听歌看花，无须与远在边疆的阿拉尔发生任何关系。只因他们把援疆工作视为神圣的使命和工作职责，甘愿把一份赤子之情抛洒在苍茫的西部边陲。他们告别父母，告别妻儿，不远千里来到这座叫阿拉尔的城。从抵达那天起，援疆指挥部的陈引奭、孙汝福就一直陪同我们。一个是阿拉尔市文体局的局长助理，一个是塔里木中学的校长。多年前，已认识引奭，同在作协，只知道他是一个儒雅、多才的男子，没想到一介书生，却豪情满怀。他在他的《问边集》里写道："这里是一方热土，来此所为也是家国使命，边塞大漠、放歌燕然又何尝不是读书之人的千秋情怀？"就因他的读书人情怀，援疆三年。他说，他的内心是充实、饱满的。他策划组织五卷本的《阿拉尔丛书》编撰工作；组织"屯垦业，援疆情"全国文学、书画征稿活动；为阿拉尔中学和塔里木高级中学开办书法课和培训班等等。

孙汝福校长更是性情中人，凭着对教育事业的执着，援疆三年。他以先进的办学理念和雷厉风行的工作作风，为提高塔高的教学质量做出了较大贡献。还有李惠珍、王勤跳、罗海琦、郑琳等，家国情怀和援疆使命感在他们身上体现得淋漓尽致。那天，众人坐在一起吃饭，聊到在阿拉尔最渴望的是家乡来人以及听到家乡的消息。每逢节假日时，特别想念家乡和家人。那种乡思和乡愁的煎熬，也只有通过和家乡来客一聚得以缓解。援疆工作是清苦的，寂寞的，单调的，常常是风起沙扬。只因心中的一份爱,这些便都不算什么了。

这几年,引奭说自己一直奔忙于往返浙江、新疆两地的路上。从祖国最东面,横跨整个版图,到了祖国的最西端,不断地上车下车,起飞降落。从原点到落点的感悟又怎能是简单语言所能描绘的呢?月明之夜,沙漠之上,唯有缕缕乡愁在夜色中弥漫。一如他自己写的那首诗,一切意念尽在其中——"漠外秋来堪一年,乡音知说慰于阗,相思万里凭君寄,只是湖山帕幛边。"

姑苏城外寒山寺

少年时,读张继的《枫桥夜泊》:"月落乌啼霜满天,江枫渔火对愁眠"。我并不懂诗里的真正含义,只觉得念着顺口就好。有了些经历后,重读那首诗,才知道诗里有着冷冷的孤独,落月、江枫、渔火,以及古城、钟声、客船。姑苏城外冷冷的月色,在孤独中摇曳飘忽。诗人内心深处的离乡之情、思家之念、羁旅之苦、失意之情油然而生。也恰恰是这首意境忧伤的诗,令寒山寺成了苏州城外一处古老的文化象征。

后来,听一首歌,叫《涛声依旧》。当时很流行,喜欢一个人静静地听,静静地唱。那歌词融合了一些夜泊的意境,并多了一些沉郁和幽渺。这次去苏州,心里早就有了一份对寒山寺的向往。我想亲眼看看那凄美绝伦的江枫渔火,想亲耳听听那穿越千年的钟声。人的感情都有共性的地方,相信很多人跟我一样,去苏州,都不忘去寒山寺走走。名句有云:上有天堂,下有苏杭。苏,就指苏州,古称"吴",简称为"苏",又称"姑苏"。能与天堂相媲美,一定是绝美的。苏州以四大名园著称,寒山寺则是名寺,由唐代贞观年间的寒山、希迁两位高僧创建,后因张继的《枫桥夜泊》,成了旅人浪漫怀旧的地方。

寒山寺离市区并不远,十几分钟的车程就到了。想是清晨的缘故,游人并不多,一切显得安静祥和。寺院里的空气中荡漾着淡薄的花香,行人亦带着江南的古朴和雅意。随人流而动,一眼就看到立在寺门口的明黄色照墙，像一道屏障临河而立。脊檐上饰有游龙，气势非凡。黄色照墙上嵌有三方青石，上刻"寒山寺"三字，笔力雄峻。绕墙进门，里面有早来的游人虔诚地烧着高香，袅袅的烟火在清晨的寺院里飘荡。他们在企求什么呢？见他们低眉合掌的样子，我想，所有的愿忘都应该在这样的清晨实现吧！循着两边的树木，越往里走，就越安静，所有杂音都被扔在了外面。寺院厚厚的围墙隔断了红尘的喧嚣，走在这铺满卵石的院内小径，默默打量着臆想过千百遍的寒山古寺：黄墙绿树、青瓦红柱，回廊幽曲，屋檐飞斜，塔影层层。殿宇门桅上高悬"大雄宝殿"匾额，殿内庭柱上悬挂着赵朴初撰书的楹联："千余年佛土庄严，姑苏城外寒山寺。百八杵人心警悟，阎浮夜半海潮音。"须弥座用汉白玉雕琢砌筑，晶莹洁白。这就是我臆测过无数次的寒山寺，站在这静谧的寺院内，内心温软幽静。试想当年寒山寺内，诗人张继是否也如此刻的我一般，被这动人的静谧深深折服呢？清晨的风有些冷，吹得人心里有些落寞。

此时，有钟声响起，声音浑厚、雄壮。循声望去，发现一座不大的小楼，绵绵不绝的钟声正是从窗口传出的。那一夜，张继必是听到钟声后，徒生满怀惆怅。我忍不住移动脚步，朝钟楼走去，买了一张五块钱的门票，以一种难以诉说的心情站在这古老的钟前。钟特大，青铜铸造，倒挂在亭内，令人一见便生出肃穆之情。走近，用手轻抚这清凉的古钟，仿佛在触动一段历史。一对青年男女，牵手而来，然后相握着手一起敲响了这座古老的钟。他们脸上是真诚的笑，钟声依然那样悠远、空寂，但传递出的意味已不同于张继的感慨。我也用手擎起那粗大的木槌，心里竟荡起一片涟漪。钟声从木楼的窗口飞越而出，清明、澄亮，也许心情不同，钟声也会不同吧！

从钟楼出来后,踱至寺外。一转弯,就见到横亘于河面上的江村桥。不知这是不是就是诗人夜泊的枫桥,那拙朴的样子古意横生,桥身有凄凄攀缘的芳草。我独倚在江村桥的柱杆上,拍下了一组珍贵的镜头。我想把这一切都定格在镜头里,伴着这江枫渔火的典故,让我就这样静静地、远远地守候着这份美好。

春天的一次行走

每个人都有行走的冲动,那种被青山绿水涤荡的感觉是很不错的。惊蛰过后,天气一直不怎么好。待在家里,看窗里窗外遍布着潮湿和阴冷,外出的兴致也打了折扣。中午,作协朋友来看我,于书房小坐,边喝茶边不着边际地聊着。透过木窗,看到院子里的白玉兰不管不顾地开着。那粉白肥硕的花朵,高高挂在枝头,有着冷冷的优雅;墙角上的柳条飘垂着动人的身姿,不知不觉浸染在春意中。看着看着,心中不禁一动,何不借这春色,出去逛逛。和朋友提议,他也兴致盎然。于是,我们说走就走,一场春天里的行走就这样开始了。

坐上车,驰骋在公路上,身体和思绪都跃动起来。江南的春色掠过乡野,最先浮现在眼前的就是那一片绿。空旷了一冬的荒地沾上薄绿后,就荡漾着一片生机,向左向右全是一畦畦农田。紫云英还未开花,全是大片大片的绿,仿佛是一个故事序幕。慢慢地,车子越往里开就越有味道,路两旁的樟树枝干越来越大,树冠像伞一样茂密。一个村姑,盘着秀发,提着竹篮,一脸笑意地在田边摘着花草。听到车子的轰鸣声,她抬头看一眼后,又低头摘起来,神态自若。在早春的田野里,她自成一处风景。

一路乡野风光后,车子进入那条窄而弯的盘山公路,眼前层峦叠嶂,峰峰奇异。车子在山谷的纵深处左旋右转,那些伸张出来的枝蔓、藤条会碰到车窗。这些浸着绿意的植物，让人的眼球跟着一亮一亮的。偶尔，车子又贴着山壁前行，此时的阳光被尖利的山峰挂住。此时，整个山谷尚浸在厚重的阴影中。一条古道，若隐若现悬在半山，远远看去如同一条飘带。山路时弯时直，车子渐渐掩没在密林里。略略开启一扇车窗，山风"哗"的一下灌进来。春天的风虽然少了寒意，却能让发梢衣襟瞬间鼓荡起来。越往深处开，越是幽静，峡谷、青峰、溪流、阳光、山风、鲜花，一切恰如其分。我突然明白人们选在春天出游的全部理由了。

车子慢慢往山上开，会偶尔看到一些所谓村名，什么"清风桥""大岙罗""十八肩"……土得掉渣，却又别有乡土气息。有时，忍不住会停下车，步行趟过淙淙流淌的小溪，走过晃晃悠悠的木桥，进入泛着绿意的林间。我无法清晰叫出树的名字，但这些它们周身苍绿，层层叠叠的树皮就是时光的年轮，伫立此处，散发着不言而喻古老神秘感。林间的溪水清澈细瘦，阳光从头顶的树枝间漏射进来，照在水面上，闪烁着一种动人的光。有几尾纤小的鱼儿在浅溪里欢快地游动，伸手入水，鱼儿即刻跑得无影无踪。坐在溪边，望着满山满谷的春色，感慨万千：亲近自然，融于自然，其实就是一个真实的童话。

那个叫"岭根"的古村落是突然出现在我们眼前的。很早就听说此村，没想到今天偶遇了。村头竖有牌坊，醒目而巍峨，中楣额上书"圣旨"和"升平人瑞"。两边柱上分题对联："花甲重逢增三七岁月，古稀双庆添一度春秋。"下车后，随性行走。不大的村子，全是些灰墙灰瓦的房子，安然而寂静，像是历史留在时光深处的一声声叹息。小路由石子铺就，构成了很多古老的图腾。一位老人在堂前收拾农具，边上的婆婆不紧不慢编织着草帽。一张八仙桌靠墙壁安放着，木窗的花格灰扑扑的，经过风雨的恣肆，消退了所有的颜色。堂前的屋梁上有燕子筑起的泥巢。看到我们，老人们并不惊讶。显然，他们已经习惯了外来的"闯入者"。一只黄狗，几只破旧的瓦罐，一个废掉的泡沫塑料盒，散落在屋前的庭院里。隐约听见的一两声咳嗽，为这陌生的村庄平添了人间烟火的味道。绕屋后的小径出去，看到有老人在土地上洒菜籽，种葱苗，神态怡然。我突然明白，这些与土地相依相守终生的农人，绝不肯荒废一寸一毫，即便边边角角，也要种上些许蔬菜、葱韭，以便充实和打发这山里的漫长时光。

留守村内的大部分是老年人，鲜见青年和中年人。老人是这片土地的最后守望者。看着他们的身影，自然会想起他们的子女，是外出打工呢？还是经不住大都市的诱惑，住到开发商营建的高楼大厦里了呢？我无法得知。屋顶上、瓦背上长有野草，在春风里孤单地摇曳着。朋友问我："如果让你住在这里，你愿意吗？"我犹豫着，不敢应答——是的，我无法确切地给出一个答案。习惯了现代都市的生活，突然被丢进一个原部落，真的可以吗？我也迷惑了。

这个春天，无意中的一次出行，让我在领略山野风情后，进行了更多的思考。当你叫嚣着重回自然的怀抱时，是不是真的能够适应最原始、最本真的生活呢？

湘西散记

在出行的几条线路中,我独独选中了湘西。在我的记忆里,湘西是神秘的,缥缈的。那偏于一隅的边塞苗疆,总以一种奇异,甚至悚然的形态游荡在我的脑海。金庸的《笑傲江湖》里,那个娇媚的五毒教教主蓝凤凰便是来自苗疆。按捺不住的渴望和驿动,使我背上行囊,走近湘西,去追逐我心中的梦。

壹. 出行

明净、透亮,站在宁波机场的落地窗前,凝望着机场上空纯蓝的天空,感觉恍惚得像个梦。背起不大的行李包,随着长长的人流,登上去往长沙的飞机。选了一个靠窗的座位,看得见天空的色彩,听得见风的吟唱,然后屏住呼吸,等候飞机在跑道上滑翔和加速。喜欢这一刻的跃动,有一种渴望飞翔的感觉。从宁波到长沙,大约一个半小时,其间我们飞越了一座座高山,一个个城市,一条条河流,依稀得见浅浅的绿和高耸的楼房,看得见云层折射过来明亮的光。远行的心在这一刻变得旷远而幽静。

下飞机已是暮色时分,华灯初上的城市给人的感觉特别靓丽。接团的导游是个三十岁左右的男子,微黑的面颊带着微笑,一看就是那种经验丰富的导游。出机场后直接坐大巴去张家界，大概还要三四个小时的车程。喜欢坐夜车，驶在漆黑而寂静的高速公路上，偶尔闪过一些村落的身影。星星点点的灯光，让人感到弥足珍贵的温暖。把脸贴在车窗上，看着窗外掠过的黯淡，心里竟有一份淡淡的宁静。车上的人大多有些疲倦了，纷纷入睡，可我无法入眠，凝望着车窗外的夜空，陪车子一程一程奔赴目的地。

随车导游小李是个土生土长的苗族男子，据他说已做了将近十年的导游，接团无数，而且是公司里的"四大金刚"，会四种语言，也不知他的话是真是假。小李一身汉服，操一口地道的普通话，完全看不出丝毫苗人的影子，唯有那一腔歌喉还保留着苗族人的天性。这一路走来，时而吟唱，时而放歌，为我们的旅途平添了无数乐趣。

到达张家界已是晚上十点左右。张家界市并不大，令我讶异的是这里街头有许多韩文，路边的招牌、广告用的都是中韩双语，这在其他内陆城市并不多见。据说，张家界在韩国投放了许多广告，所以来这里的韩国游客相当多，因此，这满街韩文似乎就很有必要了。还没来得及好好欣赏异乡的夜景，就随导游匆匆进入投宿的宾馆。这是一座五层楼的临街建筑，打开客房门瞬间有了宾至如归之感。原来，一个温暖的房间就像人生的一个驿站。

贰. 魅力湘西

到了张家界，很多人会去观赏那场原生态的湘西风情表演，我当然也不例外。两个半小时的演出，让我目睹了古老湘西的精彩文化，绝对值回票价。从土家姑娘的哭嫁,到惊悚糁人的赶尸、放蛊以及巫术,无一不令我瞠目结舌,大呼过瘾。

其实,导游一早给我们讲过有关湘西的种种逸闻,那些交织着斑斓外衣的传说,让人不敢轻易触碰却又心存好奇。在导游的渲染和描绘下,我们知道了湘西的古老邪术,且不去追究其真伪,仅从他绘声绘色的叙述中还是感到趣味无穷。记得有首歌是这样唱的:"滚滚红尘里,谁又种下了爱的蛊;茫茫人海中,谁又喝下了爱的毒……"这里所说的蛊,应该是情蛊。据说,蛊在湘西地区俗称"草鬼",只附于女体。导游为了解释情蛊的真实性,给我们讲了一个苗疆女孩爱上上海某大学一高才生的故事。那个男生是来湘西做社会调查的,借住在女孩家里,因常一起出去走访调查,两人暗生情愫,直到发展为一对情侣。男生回上海后,却渐渐地把女孩遗忘了。女孩在苗寨小院里痴痴等待,始终没见男孩回来。终于有一天,女孩来到上海,对心爱的男人下了蛊。说也奇怪,种了情蛊的男孩一反先前的态度,不但跟女孩重回苗寨,还死心塌地爱起女孩来。据说现在他们儿子都六岁了。我无法断定导游所言真假,这已不重要。为爱下的蛊任谁都无法逃脱,既然爱了,合该是个完美结局——不管出于什么目的,爱是无罪的。

另有一个风俗就是湘西土家姑娘的哭嫁。哭嫁,不仅是一种离别情感的倾诉,更是土家姑娘聪明表现。在土家,一个姑娘会不会哭、哭得如何,对她的名声和身份都有影响。据说土家姑娘出嫁前都会在家里哭上七天七夜,有的甚至要哭上十天或半个月,唯有这样才能证明她的孝心、爱心以及姑娘的聪明才智。

当然,最令人瞠目结舌的还是湘西的赶尸。到现在也没人指出此风俗的真伪。记得看表演时，台上那些穿着白袍，披着长发的死尸不断地跳跃，尽管舞台的灯光流光溢彩，仍能感到冷冷的阴气。据说赶尸时无论尸体数量多少，都由一个赶尸匠引领，一面走还一面敲锣打鼓，让夜行的人远远避开。是的，赶尸都选在晚上。尸头戴上一个高筒毯帽，额上压着几张写满符咒的黄纸，垂在面前。路上有"死尸客店"，天亮前就到店里歇着，天黑了又悄然离去……所有的一切，听来诡异又悚然，可不管是传说还是其他什么，这些都是湘西文化的真实缩影。不到湘西无法领略其中的魅力，到了湘西就会为此地的神秘和野性所震撼。

叁. 走近凤凰

最先知道凤凰，是在沈从文的《边城》里，那个叫翠翠的女孩，总让我无法忘怀。这次去凤凰，只是为了更加靠近她。只可惜翠翠在茶峒，花垣县的一个镇，然这次行程并没有去茶峒的打算。于是，翠翠成了我的一个遗憾。凤凰，我是无论如何都不能放弃的。从张家界到此处，要五个小时的车程。这条公路上除了去凤凰的旅游车，基本就没其他车了。我们所坐的大巴始终在茫茫群山中穿行。以前很不习惯坐车，坐久了总会晕乎乎的。但不知为何，也许是对凤凰的向往过于强烈，这次竟丝毫没有晕的感觉。反而，时不时看到窗外掠过的一片片风景，心也跟着柔软起来。十一月的湘西，没有特别的冷清。远山的树叶染上了一层深红的色泽，远远看去，如诗如画。偶尔会在山的转弯处，闪出一两座土黄色的农家小院，穿着苗服的女子背着竹篓，在屋前的地里摘种些什么。看到有车过来，她们会抬头看看，然后又低头继续干活，毫无惊忧之状。

越来越靠近凤凰,心竟怦怦地跳起来。那存储于美好臆想中的凤凰真的就要铺展在眼前了,却怎么也无法平静下来。走得近了,看得清了,会不会有"物是人非"的感叹呢?还好,当我踏着石板街,走过印满岁月痕迹的城门和城墙时,还是找到了一种熟悉的感觉。石板街上人来人往,卖字画器物,做蜡染银坊,兴盛繁荣。稍远一点的虹桥下,一些学生模样的人在写生。来往的行人会偶尔驻足,看一眼他们的画。多少年来,凤凰,这个古老的小城就以其独特的风貌,吸引着无数人来此写生,他们无一例外地都在描摹城门和吊脚楼。是的,我们总在怀念过去,怀念老去的城墙和吊脚楼,怀念古老的石板街和木楼,即便时光远去,仍努力让它们的痕迹在画布上驻足。

凤凰不大,从临街的布局和一些景观来看,有点像云南的丽江。同是木屋,同是石板街道,同是清澈的江水,只是凤凰倚楼的屋角都有着美丽的凤凰雕刻。这些栖息在屋檐墙头的神鸟是这个古老小城的一大亮点。如果说,丽江是一幅油画,那么,凤凰则是一幅淡雅清丽的水彩画。

沿着凤凰的小街,一路行将过去,空气里飘荡着姜糖的香甜味。有店家在门前拉着长如丝帛的糖,原来姜糖竟是这样撕拉出来的。目光所及的城门,一歌手靠在一侧,怀抱吉他,自弹自唱着朴树的《生如夏花》:

……

我在这里啊,

就在这里啊,

惊鸿一般短暂,

像夏花一样绚烂，

这是一个多么美丽又遗憾的世界。

……

喜欢朴树的歌，那优美的旋律和云淡风轻的歌词，总让我觅至一种令人心痛的共鸣和美丽。而此时，在这凤凰的城门下，一个流浪歌手以他的真诚和生活中经历的难以言说的凄苦，把这首歌演绎得更加动人。本想继续听下去，但很快被更多的声音所打扰，只好匆匆前行。就这样，没有更多的执意，也没有谁给我指路，自然而然便走到那座古旧的四合院内。门梁上"沈从文故居"的题字，带着古朴的书香味。站在门前，想着来凤凰的梦，心便在这一刻得以完满。拿着相机，想拍一座没人打扰的房子，想要一个没有旁人的场景。可是，无论我怎样捕捉，都无法让来来往往的人流停住脚步。于是，连同游人，连同屋檐，全都定格在我的镜头里。

一座山缺少水的点缀，就会显得没有灵气。如果没有沱江的映衬，凤凰势必显得单薄许多。沱江不宽，绕着古城，两岸是婆娑的垂柳。来凤凰，人们都会去沱江边走走。清澈的江水让人疑为梦里水乡，江边有许多色彩艳丽的许愿灯，据说到晚上，江面就会有很多人来放河灯，那些承载着心愿和祝福的河灯，在人们的注目下，缓缓地随水漂去……

六天的湘西之行是短暂的，然脚步所及却让我难以忘怀。蜿蜒的公路，清丽的秀峰，古老的苗寨，奇特的吊脚楼，还有淙淙流淌的沱江，以及且歌且吟的苗家妹子……所有这些构成了一幅遗世的图画，而他们各自妥帖地守护在属于自己的位置上。

泰顺之行

选择泰顺，就是为了看廊桥。

廊桥以一种浪漫的形象存于我的脑海中。当年，看罗伯特·詹姆斯·沃勒的《廊桥遗梦》，心里就做着同一个梦。这个五月，终于有机会让我目睹了泰顺的廊桥，心里流溢出一份喜悦。泰顺并不远，坐车过去也只是几个小时的车程，只是这一路弯弯绕绕，让我的胃内翻腾不止。

抵达泗溪镇时，已是中午时分。看惯了黑白的水泥砖墙，目及这一山深深浅浅、浓浓淡淡的绿，心也跟着这葱茏的色泽舒展开来，脚步亦轻快起来。一些农家院子的门口挂着节日的红灯笼，一串接着一串。山风吹过，在屋檐下晃荡，似摇曳的花朵。院门外，篱笆上爬满藤蔓，让人不自觉地在这份绿意中怦然心动。一种只生于山水之间的清逸之气，将沾满尘埃的肉身涤荡得明净许多。

绕过几座村屋，就这样不经意间，一座桥，一座廊桥，在山岚雾霭里，以静谧的风姿悄然而现。这就是我心心念念的廊桥。我有几秒钟的停顿，当再一次以确切的眼光看过去时，仿佛看到一道彩虹挂在绿水青山间。整座桥体是朱红色的，桥屋构架气势恢宏，挑出的檐角弧度深远，桥身弯曲俯伏在溪流之上。这就是有名的泰顺泗溪姐妹桥之一——北涧

桥。我快步走上前,选好一个角度,静静凝望。导游在一旁细细解说廊桥的历史。踩着被岁月打磨得十分光滑的石阶,进入木廊遮风躲雨的台阶,我的足音在这木质的桥面上回响,竟有一种穿越时空的感觉。此时,电影《廊桥遗梦》中的镜头逐一闪现,与眼前的廊桥重合又错开。泰顺的廊桥工艺之巧、造型之美,远比电影中的廊桥巧妙而独特。这里没有罗伯特和弗朗西斯卡,却有很多风尘仆仆的游客。站在桥上,那些久违的情绪,也慢慢地萦绕过来。心突然空空的,似乎什么都没有了,又仿佛溢满了什么,这是一种奇怪的感觉。远眺,山色空蒙;低头,桥下水声潺潺。溪水、石阶、古树和廊桥,这一切云集一处,再加上青山绿水相互交映,俨然就是一幅古意盎然的宋画。

从北涧桥下来,去了溪东桥。两桥距离不远,此桥为叠梁式木拱廊桥,奇的是此桥无桥墩,由粗木架成八字形伸臂木拱,实为罕见。此时,阳光已从山嘴隐去,一弯溪水,一座廊桥,一条矴步,一棵百年老树,令周遭充满神性。我看廊桥,廊桥看我。世间万物,从来都是如此,廊桥亦如此。它在深山之处,却从来都不是孤立的;它一头连着道路、旅程,另一头连着土地、家园;它是远行路人的驿站,也是歇脚看风景的好地方。

看罢廊桥,回归暮色掩映下的村庄,那一缕袅袅升腾的炊烟让人心生温暖。此时的小村,安静如水。木质的老屋,质朴无华。庭院的墙壁上匍匐的绿色的藤蔓,无名的小花,屋檐上的荒草,还有墙角的老玉米和一串风干的豆秆,隐约散发着一股气息。那气息让我无端感到隐秘的欢喜,一切仿佛都是不紧不慢的。生活在此地的人们,波澜不惊地将日子过得安稳又妥帖。

如果有那么空闲的一天,就该掸去尘土,选择去享受泰顺廊桥的古意与清风。

初访白岩山

雨，缠绵了几天，终于在周日那天停止了。朋友开车过来说：登山吧，去白岩山！穿衣整装，在这雨意初晴的早晨，远离城市，远离人群，去白岩山登高远望。

白岩山位于临海市杜桥镇塘里洋村，海拔高度大约四五百米，从杜桥白石过峦里隧道即可。主峰是一块巨石，孤绝秀异，在阳光照射下呈灰白色，故名白岩山。开车沿七五省道，估摸二十几分钟就到了山脚下。从车上下来，一阵清新的空气从远处弥漫而来，不由让人深吸几口。人还未踏进山间，抬眼便看到成片的绿，远远近近，全是一片葱翠，深一层浅一层，绵延着，流动着，眼眸之处尽是一幅幅浓郁的画卷。蛰居小镇一些时日，忽遇这雨后山林中的翠色，心一下子变得清澈通透起来。一行几人，沿着山间小径，嬉笑着往前走去。

通往白岩山的路是那种弯曲的碎石小径，不足两尺宽的路面上铺着飘落的细叶，踩在上面有着一种粗糙的质感。路两边的竹林，在微风袭过后，便飒飒喧响。一些透明的叶子如音符般落下来，凝神细听，竟像是雨声。还没上得几级石阶，便被一片荫翳笼罩了，空气中氤氲着一丝幽微的香甜。浓荫中分不清来自哪里，却见一两朵不知名的小花在半空中悠悠飘落。无意中伸手，竟然一下子接住了，原来清浅山涧竟也能寻它芳踪。越往山上走越觉得生机盎然，石涧水潭，溪水淙淙，鸟声欢畅,藤蔓缠绕,让人觉得这真是一个远离喧嚣的遗世之地。想想红尘中的喧哗和烦琐,此时,这山林所给我们更多的是一份清凉和寂静。抬头远看,山体婉约而丰姿,远处的雾霭像轻纱一般,缠绕在高高的山顶上。由于下过雨,水珠儿沾满了山道两边的枝条,稍一触碰,便凉凉地砸在身上。人在此中穿行,自是多了几份清凉和素静。

白岩山虽然不高,却因我们一路慢行过来,半个小时左右才到半山腰的白岩洞。白岩洞在白岩山顶崖下,又名"琼华洞",是白岩山五十八洞中的其中一洞。它岩纹方叠,晶莹如玉,如云中楼阁。洞后背高崖揭天,绝壁碍云,一根根没有分裂出来的耸天石柱,流线分明。白岩寺依洞而建,大殿前有宽敞的水泥地面,两旁是厢房。土黄色的墙体,斜飞的屋檐,精致的镂花,以及那颗嵌在屋脊上的珠子,给人一种山间寺院特有的肃静和虔诚。

站在寺门外,有曼妙的音律从庙角的音响里飞出。听不清内容,心却被这样的旋律一下子滤净了,与整片山色融为一体。走近佛门,敛声轻步地跨进去,一眼就看到正中的释迦牟尼佛像慈眉慈颜,给予人类和颜悦色的布施。两旁的十八罗汉各尽其责。去过许多有名的寺院,看到的总是一种金碧辉煌的气息。那些木鱼声、念佛声,以及络绎不绝的善男信女,让人有一种被打碎的晕眩。而眼前的白岩寺,安静如水,自有自的特色。我始终觉得寺院应是古色古香的,更应该是人间清静的圣地。比起那些名山里的寺院,白岩寺要显得古朴隽永多了。

白岩山的顶峰还没爬到,散落在周边的寺庙和景点多得数不胜数。从西边绕过去到了雨花洞,又称"仙人洞",此洞可容纳千人。我不知是哪位仙人在此修炼过,雨花洞常年有水下滴。洞内滴水处放着两口大水缸，显得笨拙而古朴。水缸盛满了从山岩处落下的滴水，此水清澈冰凉，用手轻掬一捧，凉意含着一股幽气直扑过来。深饮一口，便入人心了。喝惯了有漂白水味的自来水，此时这岩石缝里的清泉让我惊为琼浆，怀疑是不是用来清涤人类灵魂的。沿着山路一直向北，看到"大肚能容，容天下难容之事；开口便笑，笑世间可笑之人"的弥勒大佛。他深居此处，照样能为来往信众点拨迷津。后经石舫迷津、嬉娃叠石和乌龟听法石，终于来到那块裂开的巨石边。我清晰地看到中间硬生生的一刀，齐齐整整有如斧劈过一般的，然后孤绝高傲地耸立在深山之中。我不知这一刀是怎样演变而来的，但此刻面对这些奇峰异石，除了惊叹大自然的鬼斧神工，更多的是尽饱眼福。

中午时分，我们终于到达山顶，无法言及这一刻的喜悦。站在岩石上，极目远眺，起伏的山体绵延着与天际相接。近山的树木葱茏翠绿，风景幽幽；远处，童燎水库像恬静的少女，安然、寂静。山脚下的农田、村庄、道路等景色尽收眼底。这一刻，仿佛有一种羽化成仙的幻觉，尘世间所有的纷争、名利、忧烦，此时都被远远地抛在天际，留下的只有感动和惊喜。我惊叹于大自然有一种人类与之无法抗衡的美丽——那种直抵心深处的感觉，正如眼前这山巅的安谧能荡涤我浮躁的心灵一样，让我感受到内心的和谐与安详。

白岩山景点太多，无法全部走遍，再看时间，已过中饭时间。于是，我们下山重回白岩寺用餐。招呼我们的是个四十岁左右，穿一身灰色僧袍的僧人。知道我们想留在寺内用斋，他便忙碌地在小院的厨房里烧起火来。老式的灶房，大铁锅，还有一大捆从山上砍来的干柴。没一会工夫，一桌清淡素食的菜全烧好了：家常豆腐、绿毛豆、腐竹、土豆、玉米、粉条，还有一大锅清香四溢的大锅饭。可能是走得太累了，饭菜一端上桌，我们便大快朵颐起来，全无以前的斯文和小心。一大群人开心而又愉快地吃着山上的斋饭和素食。饭后，跟那位僧人聊起天，问他为什么出家，他说："是缘吧！"一个"缘"字让我没有更多的话语。是啊，漫漫人生，该惜缘珍缘。

从白岩山下来时已时下午三点多了，心里竟有一些清亮亮的东西在闪动。回望远处山峰和寺院，它们依然高耸地站立着。也许在不久的一天，我还会再来，只是不知它是否依然让人如此眷恋。

尤溪印象

如果让我选择，我会选择春天。那细浪般的薄绿，氤着淡淡的春意，浸染了那个叫尤溪的小镇。其实它离我不远，也许是太近的缘故，错过了很多次相遇的机会。这个春天，我走进尤溪，仿佛走进一段悠远的旧时光，安静、温软又清晰可见。这是一个古老的小镇，背倚青山，环抱溪流，如诗如画，古村落、古寺庙隐现于幽谷之中。我喜欢行走，更喜欢那些散落在大好河山里的点点风光。它们让我迷恋，让我沉醉。此时的尤溪小镇正以一种饱满而生动的风姿牵绊着我的视线。于是，在春光里我们相遇了。

壹.夜宿溪边

我不知尤溪这个名字的真正来源，单从一个"溪"字就让人充满了怀想。想象着有这么一条白练似的溪流从宁静的村庄缓缓流出，婉约、莹澈，那就是一幅绝美的图画。一陌住所，有山水相依，一定是件幸福的事。尤溪就是这样一个小镇，山水花草蔓延成独自的世界。是夜，和友人一起宿于溪边的农舍，干净的木楼，镂空的木窗，白墙黑瓦，典型的居家小镇。只是从没这么近距离地靠着溪水住过，推窗便是潺潺的水声。远处有闪烁的灯火，想起九莉在笔记簿上的那段话——"雨声潺潺，像住在溪边，心一下子柔软起来。"

山村的夜，寂静而清冽。吃罢晚饭，沿着溪边走过。季节还是早春，薄棉衣挡不住山风，随手拿了件红衫便出门了。不知是山里的雾岚还是水气，一切景物都像是笼了一层轻纱。朦胧中，溪水如一条白玉带，从溪的上游婉约而过。是早春的缘故吧，那些花花草草也不特别多。偶尔有一些不知名的小花，在溪边各顾各地生长着。经过一坐独桥，看到前面有一片长廊。友人说，这是尤溪有名的指岩生态乐园。一到秋天，成熟的提子一串串晶莹剔透，如繁星般密密麻麻挂满了支架。而且这里种植的提子不同于市场上的提子，品种多达十几种，有香蕉、荔枝、苹果等多种口味。我不太明白，提子为何会有其他水果的口味，但友人很真挚。我当然相信，并期待有一天能亲口尝一尝这独具风味的提子。从生态园出来，经过一座木结构的小桥，两边是木护栏，一脚踩在木桥上，竟有微微的恍惚。桥下是一片微凉的水，有茫茫的水气在式微的诗意中无声地弥漫着。时光在这一刻变得凝固了，我感觉一切都安静下来，这溪边的夜晚真的很美。

回程时，看到一中年妇女正在檐下生火，边上一大锅芋头安静地放在炉上。两个小女孩正吃着煮好的芋头，看到我们也不认生，热情地招呼我们过去。原来，她家是卖一些本地土特产小店，有玉米、芋头、番薯，还有那些翠绿绿的豆子。很久没有尝过这些农家的东西了，有点忍不住。主人却笑着说："你们先尝尝，不买也没关系的。"她的神态透着农家人的质朴和宽厚，我们争相买了一大包，打算回去好好吃。那味儿，必定和这里的民风民俗一样，浓香、质朴。

贰.幽幽情人谷

清晨，微凉，晨光滑过小镇黑灰色的瓦脊，落在那条梦境一样悄然苏醒的溪流上。

继续往前走，忽见幽幽一片竹林，心里便生出几分欢喜。友人说，这里是情人谷。我被这个诗化的名字惊了一下，环视四周，没有情人，却见一对鸟儿俏立在翠竹上，亮着嗓子，啁啾啁啾地叫唤着，还时不时低头相互理着各自的羽毛。这样的晨光，宁静而温柔，光线沿着枝条洒落，像不能复制又不能揣摩的时光。我轻着脚步走过，怕惊动这对鸟儿。还好，这鸟儿并不怕生，仍然沉浸在它们自己的世界里。旁边的几丛新竹，纤细而柔软。新长的叶子，青翠润泽，透着几分清新，几分生趣，远远看着，叫人心生安宁。

沿途，慢慢走过，几乎是贪婪地嗅着满山的青草香。周边的竹林，高高低低铺满了嫩绿，闭眼都能嗅得绿的气息。越往里走，那份安静、恬适越明显。拐弯，前面豁然出现一泓清澈的涧水，长长的溪流，水欢快地流动着。偶尔见到蹦出一两条小鱼，激起式微的水声，虚幻的像一个梦。涧流上有一些石砌的丁步，涧边不知什么时候出现了几对年轻的情侣。他们牵手在丁步上走过，笑声如清泉般洒落。望着他们的背影，不免感叹年轻真好，守着自己心爱的人，轻歌浅唱，无所羁绊。他们的快乐犹如溪边的溪流，奔放欢快。看样子，他们是昨晚露宿在情人谷的，边上有几顶色彩艳丽的帐篷，空地上有篝火燃过的痕迹。想象着他们围火而坐，木柴噼啪响着，篝火印着他们年轻的脸，鲜活的爱情在谷中的夜晚弥漫，这是一件多么幸福而快乐的事啊！我开始羡慕他们年轻而又有活力的生命。

转身，早已看不到他们远去的身影和笑声，不免有些伤感。这样热切的青春曾经也在我身上出现过。阳光依旧安静地洒落下来，只是变得如此遥远。山谷里有风吹过的声音，那声音就像是溪边激荡的溪水，虽有波澜却始终无法越过周围的沟沟坎坎。就像此时的我，早已变得沉默少言，即使有一份放飞的心却也无法轻松如他们。眼前的情人谷，只是一个梦想的天池，适合我一遍一遍地怀想。

叁. 山里人家

去白岩村只是一个偶然，走着走着，就进了山。一路上全是绵延的山，三三两两的村屋隐藏于山，又依傍于山。屋子如星点缀着，间或出现一两个农人模样的人，扛着农具，边走边看，悠闲自在。

白岩村位于江南大峡谷西巅，与黄岩仙居交界。有村人开玩笑说："我们一脚可踩三县，真可谓是金山角。"玩笑归玩笑，当我顺着溪流的潺潺声走进这座山谷，还是被惊了一下。这个村落处在山谷之上，海拔不是很高，却自成一个独立的王国。当你躺在草地上，抬头望着那一圈深蓝的天空，会有一种来到世界尽头在感觉，特别的高远和空渺。

刚进村口，就看到白岩村的友人在等我们。他是白岩村的干部，高大黑瘦，性情开朗。由他引领，我们进了白岩村的村部，一座两层楼的石屋。快进门口时，发现门前蹲着两只竖着耳朵的黑狗，见我们进来，便大声地叫起来。朋友轻轻地"嗬"了一声，那狗便摇着尾巴躲到一边去了。村子里很安静，几位年老的阿婆坐在自家门口晒太阳。身后的门虚掩着，屋后那些薄绿透过来，让这木屋显得生机盎然。进村部屋子，一眼就看到堂屋墙壁上悬挂着斗笠、蓑衣和一旁堆放着的雨具和水车。这些古旧的工具已很多年没见过，今天在这高山之巅的村部看到，竟然温暖如故。在村部的办公室里，喝着朋友端来的立春后的第一杯新茶，深切感受到山里人的质朴和温情。茶杯是那种薄而透明的塑料杯。嫩绿清新的茶叶泡过后，便在杯里舒展着。杯子盈盈一握，而杯中的茶水则清香四溢。

喝完茶，一群人便嚷嚷着要去山上挖竹笋。沿屋后的小路，我们随村长上山去。山不高却有满坡的毛竹，沿途山径有不知名的花儿开放，用手轻触摇曳的花朵，能感到风拂过的温柔。还有一些紫色的小花，开得没边没际。风吹过，竟闻到丝丝香甜的味儿。山村的朋友手拿锄头，在找寻山间鲜嫩的竹笋。我们则散落在山林间，如精灵般来来回回找寻着。我爬至最高处，举目四望，漫山遍野全是一片片竹林。那深深浅浅的翠绿绵延地交织着，形成一幅颇为壮观的绿色屏障。山脚下的村落掩映在竹林中。有几个穿红色衣衫的孩子，挎着竹篮在挖着竹笋。我被眼前这幅图画所迷惑，举起随身的相机，定格了这水彩画般的图像。有朋友大叫着说，"挖到了新鲜的竹笋了！"我忙跑过去看，却不由得笑弯了腰，原来费尽力气挖出来的竹笋竟然只有拇指般大小。

重回村部时已近中午，还没到门口就闻到了一股番薯的香甜味。进去一看，一大锅香芋、番薯飘着诱人的气味迎面扑来。几个朋友毫不客气地自拿碗筷，尽情大饱口福。午餐时，朋友用咸肉、干溪鱼、竹笋、青菜、茄子等做了一桌充满野味的山里菜。从没尝过这等原生态的菜肴，不仅色泽鲜亮，口感嫩滑，更重要的是，有一份山里人率真浸润在饭菜中。

饭后想去村落里转转,还没走几步,就看到一个阿婆从一个石屋里出来。她一身布衣,一头白发,在门前的竹竿上晒衣服。看到我手拿相机,冲我羞涩地微微一笑。我说:"阿婆给你拍张照吧!"阿婆有点羞涩地说:"不用了,胶卷贵得很。"我说,"没事,你过来坐在这里吧!"阿婆在我的执意下,坐在门前的石条上,双手不停地牵着衣角,想绽开一个最好的笑容,却又有些腼腆得不知所措。我给老人照了一张相,一张半是紧张半是好奇的相片。镜头前的老人让我想起早已过世的外婆。拍完照,老人邀请我坐一会儿。我没进屋,便坐在石条上和她聊天。她说起自己的女儿和儿子,他们都在外面打工,很少回家。她的语气里漾着许多牵挂和想念,但很快就释然了,说:"他们忙,我老骨头一个,没关系的。"

回城时,我们握手话别。老人夹在人群中,我朝她挥挥手,老人脸上掠过一个苍老的微笑。我在心里默默祝愿老人健康平安,不久的将来,她奔波在外的儿女可以和她相聚在一起。在这尤溪的山间,我深深感受到当地人的纯朴和真挚。其实,人与人之间,如果多一份坦然,多一份率真,多一份质朴,一切就会变得更加和谐和美好!

漓江的记忆

刚刚享受了海南三亚的风情，一转身就驶进桂林的漓江。如果把三亚比作一个充满风情的艳丽女子，那么漓江就是一个婉约清丽的姑娘。一个是以豁达宽阔的海为主打，一个是以舒缓灵动的江为主题。穿梭在不同的风韵中，除了感叹大自然的神奇，更多是享受这份难得的怡然。

我是在华灯初上时分抵达桂林的。一出桂林机场，就感受到一种与海南不一样的空气，青山绿水隐隐地浮荡在桂林的夜色里。从机场到下榻的宾馆也只有三十分钟，黯淡的夜色中看不清桂林真实的样子，隐约中那一座座灵秀峻奇的山峰在夜色中各具风姿。随车的导游用温软的声音讲述着桂林的各种风情。我倚在车上，于淡淡夜色中安静地倾听着。喜欢这份独在异乡的安静，夜色中的桂林，特别美好。我的心在这份静谧中自由地飞翔着。

去桂林，大部分是冲着漓江去的。游漓江，要的是一份心情，一种情调。没有人能够告诉我，这脉脉群山和泱泱漓水能给我怎样一个画面，但在我心里早就触摸到了漓江柔软的呼吸。那些风吹而摇动的草甸，那些绚丽绽放的花儿，以及清明澄亮的漓江水，总给我无边的遐想。

第二天早晨七点整，从桂林乘车到了漓江边上的一个码头，直接登上去阳朔的游船。从桂林到阳朔大约四十公里的水路，游船需要三四个小时。游轮很大，上下两层，随便站在哪里都可以观看到两岸的风光。十月的阳光已没那么灼热。当我用目光贴近这一江绿水时，心里竟无端地宁静起来，因为眼前的碧水青山、奇峰倒影让我的心悠悠地飘起来。百里漓江，百里画廊，真是名不虚传。有风吹来，在水面剪出一簇簇涟漪。此时，阳光利落地散落于江面，凝结成一片晶莹而凌乱的光影。游轮始终是缓缓地行进，我的目光追随两岸奇景，所有杂念俗尘在这一刻荡然无存。有游客在大声呼喊着，原来是一老渔翁戴着竹笠，安闲地倚在鱼篓边抽烟。竹筏上几只黑色的鱼鹰，神情木然。当老翁把它们投到水里时，它们抖动着黑色的翅膀，又变得异常灵活起来，凶猛地在水里扑腾着，捕捉着那些可口的猎物。游轮过

了冠岩和桃花村,便到了杨堤。这一带是最美的,两岸竹树成荫,绵延不绝。有村妇在江边洗衣、聊天,边上小孩嬉笑玩耍,一副悠然自得的样子。突然想起陶渊明的《桃花源记》,此时此景,可与一比。

出漓江,过遇龙河。第一次坐这么久的竹筏漂流,真是一次身与心的放逐。我坐在竹筏的边缘,把脚完全没在水里,边打水花,边大声和那个船夫聊天,偶尔碰到激流会肆无忌惮地大叫着。船过半时,船夫很地道地唱起山歌,歌声高亢质朴,很有特色。竹筏缓慢地于水面上移动,可以看见水草在水底幽幽地飘动,偶尔看到自己的倒影合着这湖光山色,真是云里雾里不知身在何处。

有人说:水的最大魅力,就是能造就叹为观止的神奇。我眼中的漓江,因为这份恬静,更像一位天生丽质的美女。这虽是一种很俗的比喻,却恰如其分。她的平静和柔顺、清秀和雅典,穿越千年,仍令人难以抵挡。漓江,哪怕只是一次邂逅,也会成为生命旅途中一场让人永生铭记的艳遇。

风雅的灵湖

我从没想过会有这么一段日子,静静地坐在这座美丽城市的一隅。事实上也确实如此,我来了;在绿意中,不可抗拒地来了。推开门看到不远处耸立的高楼,散发着饱满的热情和张力,突然有一种由衷的欢喜。是的,我喜欢这个城市,不管是白天的喧嚣还是夜晚的浮华,都让我有一种沉溺和迷醉。

这几天,临海一直下雨,绵密、细长,空气里布满了水的湿度,伸手一捏,好是润滑。沿着江边的堤坝,一直没有目的地走着。江面上的雨雾空茫而散淡,对岸的塔在远山中若隐若现,不远处有一顶红伞在雨幕中移动。此时此景让人的思绪不由得想起某段往事,在这样的雨天,生生地惆怅起来。

到临海不去灵湖是会有一些遗憾的。多年前,这里还是一片荒芜的土地。怎么也没想到,几年时间,这一湖清凌凌的水就这样生生地被营造起来,获取了无数旅人的芳心。每一次去灵湖都有不同的感受。灵湖还是那个灵湖,垂柳轻拂,微波荡漾。当眼眸接触到那一湖碧水,一树葱绿,就是一场美丽的约会。那尽显出来的别样风情,款款地伴着湖水,一点一点在心里蔓延开来。风吹来,柳絮扬起飞花,在我眼前盈盈飘忽。这风雅的灵湖总让我深深沉溺着,也许是这份温婉暗合了我心中的某种味道,在与之相遇的一瞬间,就让我迷恋上了。今天,当我再一次贴近灵湖,那水天一色的意境,让我整个人静下来,慢下来,呼气吐纳间更能体味这份清新和润泽。举目望去,远山近水,亭阁楼台,在我的视线里变得如此婉约,随意一抓就是一幅优美的水墨画。

从云湖小区的林荫道拐进去,沿着湖边慢慢走过,那幽雅气息和恬淡的风情让心不由得柔软而飘忽起来。湖边有着各种各样的花,桃花、梨花、郁金香次第开放,浓艳而明丽的色泽伴着这一湖秀水,怎能是几个字所能形容?我一人一包一相机,慢悠悠地晃荡着。远处有人在哼唱《新白娘子传奇》的主题歌,驻足停步,思绪在歌声里纠缠:"是谁在耳边,说爱我永不变,只为这一句,啊哈,断肠也无怨……"歌声浮艳而绵长,让人怅然无语。想象着白蛇与许仙断桥相遇执手相牵,令人心旌荡漾。想那白素贞为这一场爱,纵然被压在雷峰塔下,也在所不惜。其实,人和妖还不是一样,一辈子只要真爱一次,哪怕魂飞魄散,又有什么关系?要的就是这场沉溺和投入——挚深,挚爱,挚真。

从湖边出来,看到前面有一座雅致的四合院。简洁的灰白色调,院落前有薄薄的水流,这院,这椅,这茶似有一种相识。于是,拐进院内,要了一杯沾着花香的茶。水雾在杯里升腾,袅袅的茶香在弥漫。我一人独坐,喝一口清茶,望一眼湖水——风动,花香,就这样整个魂灵生生跌在这薄醉的灵湖春色里。

漫步紫阳街

周末，想找个地方走走。恰逢有朋友陪同，于是，从紫阳街这一头走到那一头。一直喜欢紫阳街这种古朴的风味，木楼木窗以及低垂的屋檐，每一次走过这青石小巷，总生出幽幽情愫，历史的沧桑让这条小巷充满了浓郁的文化气息。

可能是周末，早起的人不多，小巷里静静的。有几家店铺早早开张，我和友人进这家出那家，悠闲地淘着自己喜欢的东西。有些店铺看着不大，进去后却觉得很宽敞。在紫阳古街，我们看到了媒体早就介绍过的"鲁迅展馆"。门面虽小，但馆藏的鲁迅书籍、研究资料和纪念鲁迅的纪念品等有千余种。书架上放置了多种版本的鲁迅书籍，展柜陈列着鲁迅的图片资料、名家手稿等，墙上悬着书画家的题词和馆主的美术作品。细细品味，满室的书香与鲁迅先生的气宇不谋而合。本想买一幅馆主获奖的作品，但最后没能成交。

出展馆，我们又走进一家专卖蜡染的小店。对这种具有民族风情的蜡染，我还是比较钟情的。悬挂在壁上的蜡染画，虽大多是一些人物和风景，但那一抹幽幽的深蓝还是让我有一种无法释怀的迷恋。前几年去乌镇，买了两幅蜡染画，挂在书房里。想不到在自家小城也有这样的画作，心里涌出一股暖流。

紫阳街幽静深长，从街首走到街尾我们用了一些时间。出紫阳街，又到龙兴寺。也许是对红尘中的喧哗太过烦躁，我特别喜欢寺庙中的清静。每一次见到寺庙中肃穆的佛像，总觉得神圣而又神秘。跨进殿堂大门，那些喧哗和杂念便生生被隔绝在重门之外。忽闻一阵浑厚的钟声，循声望去，原来有人在龙兴钟楼敲钟祈福。我沿石阶而上，在钟楼的一角，遇到一位慈眉善目的僧人。他坐在古钟旁边，着一件月白色长袍，手捻佛珠，轻声诵着佛经，了无杂念。我不知他为何舍弃红尘，但瞧他那无喜无悲的姿态，一定有着自己的道理。

在钟楼，我们没有忘了敲钟祈福。虽然那敲钟的姿态并不美丽，还是和友人一起合敲了三下。钟声悠远而嘹亮，袅袅的余音一波一波在庙中荡漾，很久很久都未散去。

婺源寻梦

想去婺源由来已久，朋友们一拨一拨地去，一拨一拨地回，诉说着婺源的种种。我没去过，但心中已有了婺源的样子。婺源在我心中是宁静的，遗世的。

三月，微风，淡淡的，软软的，有花香在空气中弥漫。坐一辆大巴，约几位朋友，结伴去婺源寻梦！

初见婺源的一刻，有几秒钟的惊讶。不曾想到，这个被朋友一再描述的地方真的这么遗世，这么幽静。一脚踏进婺源，仿佛走进了一个世外桃源。青山、绿水、蓝天、屋舍、小桥、流水，眼眸所及，处处是景。那些错落有致的古民居依山傍水，远远看去粉墙黛瓦飞檐翘角，犹如一幅天人合一的绝美画卷，透着一股古朴而悠远的气息。很久没遇见这么有感觉的古村落了，身临其境真有种不知此身在何处的感觉。

游婺源的第一站是思溪延村。我们一行人随导游四处游荡。春天的思溪延村是绚丽的，绚烂的色彩掠夺着我的视线，油菜花、桃花、梨花，以及那些不知名的花，层层叠叠、簇簇丛丛，在不远处的田野上竞相怒放。亲近大自然是人类的天性，同伴们手拿相机，用光影定格了婺源的春天。

随后，我们走进古村落。这是一个耐看、耐读的古村落，至今还保存的一百三十六幢明清古建筑。白墙黑瓦，清一色的马头墙，门楣庭院上雕刻着各种栩栩如生的飞禽走兽。穿梭其中，有深深的幽暗，那明明暗暗中让人想着几百年前那些穿着丝绸，空怀等待的女子是怎样的幽怨和寂寞。她们的情怀、她们的企盼，怎么也飞不出那高高的院墙。还有那些旧家具，空落落地放置着，有经年不散的气息。隔了这么多年，它们似乎仍能抖出岁月的尘霜。出院落，沿幽远深邃的古街小巷漫步，两旁斑驳不一的沧桑墙体，仿佛在向我们诉说着什么。每一个宅院似乎都有一些故事，如果不是行程太过匆匆，真想安静地坐下来聆听片刻。

李坑是婺源最有特色的地方，虽然去的时候是黄昏，太阳刚刚下山，但日落前的那一刻很是宁静祥和，尤其适合彰显徽派建筑之精髓。我们从村头的樟树底下进入，这里是被称为李坑村的"水口"。婺源人把村口称为"水口"，原因是这里的村落全是依山傍水而建，水从这里流出村子。所以一进村，就能看到清亮亮的溪水穿村而过。我本以为这样的风情只在江南小镇才可以看到，未承想在李坑再度邂逅。沿着弯曲的石板巷，看到很多游人站在沟通两岸的溪桥之上张望来往船只，赏两岸风情。那份悠闲也只有在李坑才能感受得到。行走间，突然看到一家专卖蜡染的小店，里面挂着各种各样图案的蜡染衣服，便拐进去，趣味盎然地购起蓝印花布。有人说，李坑的亮点就是这一弯碧水，我不以为然。那傍水而建的徽派民居，各具特色的石拱桥，苍翠飘逸的垂柳，同样鲜活而生动。

其实在婺源随便一处都是景，一棵古树，一株老藤，一堵残墙，一眼深井，一位老人，一处民居……无不风姿独特。我难以用更多的词去描绘，徜徉其中，慢慢地、慢慢地去体味。

羊岩山上看风景

一

几年前参加了作协的一次活动，去过一次羊岩山，此后再没去过。记忆中的羊岩山有点模糊，恍惚只有那弯弯的山路和层层叠叠的绿。中秋到了，成说："去羊岩山上看月色吧！"这话听起来还蛮入耳的，很久没有安静地看过月色了。能一起爬山，一起看月，这种情致真的不错，于是，颇有兴致地开车上了羊岩山。

羊岩山地处临海的西北部河头镇，古以"山顶石壁上有石影如羊"而得名，今因出产"江南勾青茶"而闻名。羊岩山海拔不高，却独有风情。弯弯绕绕中，车就到山顶了。秋草的清香，在暮色的山岚里浮荡，空气里尽是洗尽铅华后的清朗和通透。一眼望去，一垄一垄的茶园，清绿清绿，特别养眼。整座羊岩山上全是茶园，茶树不高，冠状如伞，枝叶葱绿得拧得出水。深吸一口气，心似是被这清凉的绿色过滤了，整个人都神清气爽起来。远处有一条溪，在山间突奔而来，似白色的练带。这白与绿撞合在一起，透着洁净素雅和勃勃生机。

进山庄，似乎进入一个安静、遗世之所。往山下看，有村落零零散散依山而居。梯田纵横，绿草依依，雾气缭绕在山村和梯田四周，俨然一派世外桃源的景象。入住后，天色已暗，吃过晚饭，便沿茶园的田垄走过。今晚是中秋，难得好天气，又是在山顶，预感将会有一个特别的月夜。山上赏月的人还是蛮多的，大多是开车上来。茶园空地上搭着一顶顶彩色的帐篷，不时有轻言笑语传出。

我们慢慢地往前走，出山坳抬头便看到了一轮圆月。不知月亮是什么时候升起来的，只是走着走着，就看到了这一轮月。刚开始月色淡淡的，寂寂的。偌大的夜空清亮无比，天地的连接处，飘荡着淡薄的雾霭。随着月色渐渐丰盈，一轮如盘的满月安静地悬至夜空中，让人想起一个词——皎洁生辉。踩着这样的月色，心如水一般柔和、静雅。我和成徜徉在月色中，四周很静，静得能听得到茶园里茶叶舒展开来的声音，窸窸窣窣。我们小心而安静地沿着山径走着，不时听到秋虫断断续续的低鸣声和潺潺的山泉声，越往里走月色越清亮。半山上遇见一个小亭子，我们背靠着背坐下，仰望空中的皓月。此时此景让我想起赵咏华的那首《最浪漫的事》。我和他，是不是也做了一件浪漫的事？相视，微笑，仿佛那些消逝的时光又重新回来了。

二

清晨，微凉。早早起来，穿衣，洗漱，去茶园。一个人，走在晨光中，满眼是茶园的绿意，浓浓淡淡，一派清新。

茶园里的茶树，经过晨露的滋润，舒展着嫩叶，在风中生动地摇曳着。茶园里没有人，我轻手轻脚走过，怕惊动了这些茶园里的精灵。偌大的茶园，一垄一垄，层叠着在眼前绵延而去。茶园里那种绿是清浅的、鲜嫩的,这样的清晨,让人心动。我伸手采撷一朵小小的绿尖儿,轻轻放在掌心,竟然绿意盎然。这般情趣,这般雅致,让人满心欢喜。想象着将这绿尖儿清水煮透,细细冲泡,再在白瓷杯里飘荡出别样的情怀,是一件多么让人愉悦的事啊!

清晨的光线柔和、清亮,茶园里安静如水,时光在这里也变得缓慢起来。整个茶园呈现出一种宁静的光泽。抬头看天,天是蓝的,高远的。低头,便触到那一片绿。蓝和绿此刻交织着,竟让我觉得莫名欢喜。我是一个容易被感动的人,在这个秋天的山顶庄园,为这清浅而泛着绿意的早晨,眼中竟盈了泪。

大约半小时后,清晨的阳光开始一点点升起来。天空似乎被露水浸洗过一般,透着清澈和温润。山顶上的温度慢慢升起来了,那些隐在山庄里的人出来了,三三两两,嬉闹着走进茶园。山顶忽然热闹起来,我却想归隐山庄,静坐喝茶。随后便进了山庄的一个四合院,白墙灰瓦,很古朴的样子。推窗,便看到山上的茶园。喜欢这样的山庄,简洁、宁静。

羊岩山上不缺茶,一包羊岩勾青放在盘子里,边上是一套白瓷杯。我稍稍洗涮,便开始泡茶。

平常在茶室喝茶。有人会比较在意喝茶的准备工作,烫壶、选茶、温杯、选水,缺一不可。而此时,我却更愿意轻松和随意,把清晨采撷的清新茶叶放在白杯里,然后用水冲上。叶子在杯中升腾飘荡,我的心也跟着舒展开来。慢慢地,杯里的茶水颜色变成淡淡的绿,轻啜一口,竟有微微的苦。许是掐了那一段嫩叶的缘故吧,但我还是小口小口地喝着,因为这是我亲手采撷和煮出来的新茶。这个清晨,我在羊岩山慢悠悠地喝着羊岩勾青，让喧嚣与芜杂渐渐远去，这样的情景恍若仙人。其实，人一旦到了有山有水的好地方，吹了山风，看了好景，便会生出一点点邪念：何不就此做一个山人，让耳朵灌满了风声与鸟的鸣唱，晨光暮色里看云卷云舒、花开花落。我始终认为自在与欢喜，就是人生最大的圆满。

一个人的行走

有一段时间没出去,心里就会有念想,说走就走的心境,让我很率真。特别喜欢一个人的旅途,一个人的行走。谁也不认识谁,站在陌生的城市,感受落日下的那份孤单。只消想想,就会有一种莫名的激动。

喜欢三毛写的那首歌:"不要问我从哪里来,我的故乡在远方,为什么流浪,为了梦中的橄榄树,为了空中飞翔的小鸟……"三毛的流浪是为了她梦想,她的归宿,而我呢?我的行走也许只为了那份自我享受的过程。

一个偶然的机会,看到一篇名为《一个人的亚丁》的博文,心为之狂野起来。想起那年的云南之旅,想起柔软的丽江,想起暮色里的香格里拉,想起极具民族风情的中甸街角,远行的快乐再次漫过心际。那种在暮色四起的公路上,寂寞行走的情景,变成了我对远行的向往。没去过稻城,没去过亚丁,但传说中的人间美景,我是真的不愿错过的。一个人行走的时候,你会觉得天地很宽、很大。虽然在看不见人的时候,你会觉得寂寞,但听着自己的脚步声渐行渐远,会生出诸多感触,诸多回味。

小时候常会在春暖花开的季节,一个人走在乡野的小路上,那些随意开放的小花在阳光的暖意中流淌着淡薄的香,偶尔飞过的蝴蝶张开翅膀搅动着天空的色彩。那一刻，风痛快地穿过我的身体。于是，就有一种想飞、想走的理由。就是从那一刻起，对于远行有了一种渴望。长大后，会选一个合适的时候，去看更高更宽的天，更远更蓝的海。

生命本就是一场行走和漂泊，过惯了朝九晚五、按部就班的上班族生活，行走成了一种对心灵最好的释放。有时会傻傻地想，去一个没人的山林里，看日落日出，过一些简朴的生活，这多好啊！当然，这只是我偶尔的念头，红尘俗念还是让我有对自己怀疑的时候，如果真正有一天面对如此简朴清冷的生活，会习惯吗？我不知道，也不敢回答自己。人的心思永远没有透彻的时候，但是，找个日子出去行走，我是很渴望的。毕竟，外面的世界很是精彩。

有一位朋友，一年总有一些时间留给自己行走，一个人背起一个包，一个相机就上路。一路行走一路拍摄，一路记录着行走的文字。他到过很多地方，全是一些游人很少去的地方，这似乎更符合一些行走的内容。前几年，他去了稻城和亚丁，告诉我，那里的阳光很清亮，那里的藏民很纯朴。飘飞的经纬，神秘的转经筒，让他在高原的暮色里深深陶醉了。记得那次在稻城的一个邮局里，他给我寄明信片，上面写满祝福，然后从遥远的稻城飘到我所在的小镇。握着那张明信片，我感受到一份真情和高原的强烈气息。我羡慕这样的生活，我说："我真想去那里看看。"

"孤单是一个人的狂欢，狂欢是一群人的孤单，我一个人吃饭旅行，到处走走停停……"阿桑的歌让我更加渴望一个人的行走，没有羁绊，只有向往。背上行囊，可以散漫不羁，也可以偶尔哭泣，可以沉默无言，也可以开心微笑。一个人的行走，也就是一个人的天空。